Verena K. Böckli

HARRY DER POTT
oder
DER BEUTELMENSCH

VERENA K. BÖCKLI

Harry der Pott
oder
der Beutelmensch

DEUTSCHE LITERATURGESELLSCHAFT

Die Deutsche Nationalbibliothek verzeichnet diese Publikation in der Deutschen Nationalbibliografie; detaillierte bibliografische Daten sind im Internet über dnb.dnb.de abrufbar. Die Schweizerische Nationalbibliothek (NB) verzeichnet aufgenommene Bücher unter Helveticat.ch und die Österreichische Nationalbibliothek (ÖNB) unter onb.ac.at.

Unsere Bücher werden in namhaften Bibliotheken aufgenommen, darunter an den Universitätsbibliotheken Harvard, Oxford und Princeton.

Verena K. Böckli:
Harry der Pott, oder der Beutelmensch
ISBN: 978-3-03831-213-0

Foto: © 2019 Ingelore Schulz
Buchsatz: Danny Lee Lewis, Berlin: dannyleelewis@gmail.com

Deutsche Literaturgessellscht ist ein Imprint der
Europäische Verlagsgesellschaften GmbH
Erscheinungsort: Zug
© Copyright 2019
Sie finden uns im Internet unter: www.Deutsche-Literaturgesellschaft.de

Die Literaturgesellschaft unterstützt die Rechte der Autoren. Das Urheberrecht fördert die freie Rede und ermöglicht eine vielfältige, lebendige Kultur. Es fördert das Hören verschiedener Stimmen und die Kreativität. Danke, dass Sie dieses Buch gekauft haben und für die Einhaltung der Urheberrechtsgesetze, indem Sie keine Teile ohne Erlaubnis reproduzieren, scannen oder verteilen. So unterstützen Sie Schriftsteller und ermöglichen es uns, weiterhin Bücher für jeden Leser zu veröffentlichen.

*Gewidmet meiner Lebensgefährtin,
die mich mit ihrer Liebe und ihrem Dasein
durch die dunkelsten Stunden meines Lebens
begleitet hat.*

𝒜LS MEINE FREUNDIN AN DIESEM SCHÖNEN SOMMERTAG ENDE JULI ABENDS VON DER ARBEIT NACH HAUSE KAM, LAG ICH AUF DEM SOFA UND WAND MICH IN BAUCHKRÄMPFEN. Es dauerte eine ganze Weile, ehe ich überhaupt reden konnte. Die Schmerzen, die mich seit Tagen quälten, nahmen mir den Atem und raubten mir die letzten Kräfte. Endlich wurde es etwas besser und ich beruhigte mich etwas. Ich setzte mich auf, sah sie verzweifelt an und sagte ganz leise zu ihr:

»Ich glaube, wir können nicht nach Sylt fahren. Ich schaffe das nicht!«

Dann weinte ich laut auf. Die ganze Anspannung der vergangenen Wochen löste sich in einem endlosen Tränenstrom. Sie nahm mich liebevoll in den Arm, tröstete mich und sagte:

»Dann stornieren wir eben den Urlaub. Das ist nicht so schlimm. Wir rufen in der Klinik an, damit wir einen neuen Termin beim Professor machen können. Jetzt werden Nägel mit Köpfen gemacht. So kann das einfach nicht weitergehen. Dieses ständige Auf und Ab macht uns beide noch total fertig. Du wirst sehen, alles wird gut.«

Mir fiel ein Stein vom Herzen. Das ganze Jahr freuten wir uns auf unsere 3 Wochen auf der Insel Sylt, und das seit vielen Jahren. Wir konnten uns immer so gut erholen und genossen in vollen Zügen die zauberhafte Natur dieser wundervollen Insel. Dass wir ein Jahr mal nicht dahin fahren konnten, war für mich fast unvorstellbar. Doch meine behandelnden Ärzte meinten, eine Luftveränderung würde mir guttun. Auch ich glaubte das. Doch die Bauchschmerzen wurden immer heftiger, mein Kreislauf immer schwächer und mein Mut immer kleiner. Ich fühlte, dass ich auf Sparflamme lief und langsam aber sicher an den Anschlag kam. Meine Angst vor der Krankheit wuchs und türmte sich langsam wie ein schwarzes Ungeheuer vor mir auf. Ich fühlte mich am Ende und sah keinen Ausweg mehr. Gott sei Dank ahnte ich damals noch nicht, dass das ganze Elend noch nicht einmal richtig begonnen hatte!

Wie alles begann:

Das Leben meiner Freundin und mir verlief bis dahin eigentlich in ganz normalen Bahnen; mit den üblichen Ups und Downs. Wir lebten seit vielen Jahren zusammen. Jede ging ihrem Beruf nach. Sie nach früheren Ausbildungen zur Einzelhandelskauffrau und Krankenschwester als Berufsschullehrerin für Pflegende und als Atemtherapeutin nach Middendorf und ich nach meinem KV-Abschluss als Texterfasserin einer grossen Zeitung. Meine Prioritäten im beruflichen Tagesverlauf lagen bei Inserat-Grössen, Internet-Fragen, Kundenwünschen und waren verbunden mit relativ viel Stress. Ich war auf meinem Posten allein verantwortlich für alle Inserate im Internet. Der Arbeitsablauf in einer Tageszeitung ist deshalb von Hektik und Schnelligkeit geprägt, weil alles hier und jetzt und gleich zu geschehen hat. Man kann nichts vorholen, nichts auf morgen verschieben und nichts auslassen. Denn was gibt es Unnützeres als eine Zeitung von gestern!

Ganz wichtig in unserem Leben war auch ein kleiner Junge von Bekannten. Meine Freundin hatte eine Praxis für Atem- und Körpertherapie. Vor einigen Jahren kam der Kleine im Alter von 6 Jahren zur Behandlung. Er litt an einer angeborenen Immun-Erkrankung, und meine Freundin konnte ihm mit ihren Behandlungen das Leben und seine vielen Spitalaufenthalte sehr erleichtern. Es entstand dadurch auch eine Freundschaft zu seiner Familie und so ergab es sich, dass er über Weihnachten/Neujahr oder über Ostern, wenn seine Eltern mit den beiden Geschwistern im Urlaub waren, die Ferien bei uns verbrachte. Meine Freundin war dank ihrer Ausbildung in der Lage, alle medizinisch notwendigen Vorrichtungen vorzunehmen, und so war er bei uns bestens versorgt. Die Spitex (= Spital externer Dienst), die er zusätzlich brauchte, kam dann eben jeden Tag zu uns und so war alles schön und gut. Er gehörte zu uns, war wie unser Patenkind, und wir unternahmen viele Ausflüge mit ihm. Einmal pro Woche übernachtete er bei uns und darauf freute er sich jedes Mal sehr.

Durch seine Krankheit bedingt, war er sehr klein. Sein Geist, sein Wille zum Leben und seine Fantasie aber waren riesig und so nannten wir ihn liebevoll »unseren Grossen«. Wir liebten ihn zärtlich und die Tage und Wochen, die er bei uns verbrachte, waren auch für uns etwas ganz Besonderes und schmiedeten uns eng zusammen.

Die Freizeit verbrachte ich unter anderem mit meinen beiden Island-Pferden. Jeden Tag war mehrmals Stallarbeit angesagt und natürlich reiten. Die Pferde standen bei uns direkt vor dem Haus in einem selber gebauten Unterstand und »meine Kinder« aus der Nachbarschaft halfen mit Begeisterung im Stall-Team mit. Bei vielen Ausritten mit mir oder auch zu zweit untereinander hatten wir alle viel Spass. Ich gab daneben noch »Reitstunden« für kleinere Kinder, die noch zu klein waren für die »richtigen« Reitstunden. Ich nannte dies MuKi (= Mutter/Kind)-Reiten und Mütter mit Mädchen im Kindergartenalter oder darunter rannten mir die Bude ein. So ergaben sich viele neue Bekanntschaften und für mich eine sinnvolle Freizeitgestaltung.

Früher hatte ich eine Hundezucht und ein bis zwei Hunde gehörten seit Jahren zu meinem Leben. Als dann beim letzten Wurf 5 Rüden und keine einzige Hündin geboren wurden, mit der ich meine eigene Linie hätte weiterführen können, hörte ich mit der Zucht auf.

Zur Gesellschaft für meinen alten Rüden und zu meiner Freude kaufte ich dann ein kleines Siamkätzchen und so schlitterte ich mit viel Freude und Elan in die Katzenzucht. Doch nach einigen Jahren starb die selbst gezogene Zuchtkatze an FIP (= Feline infektiöse Peritonitis, Bauchfellentzündung, unheilbar), und ich hörte vernünftigerweise mit der Zucht auf, denn der Virus ist sehr renitent, kaum mehr wegzukriegen und hoch ansteckend.

Übrig blieben unser Oriental-Kater und ein kleines Oriental-Mädchen, ein Töchterchen der verstorbenen Zuchtkatze aus deren letztem Wurf, beide schwarzsilber getigert. Zwei Schönheiten mit vielen Ausstellungserfolgen. Wir liebten sie sehr. Natürlich machten wir uns grosse Sorgen, dass sie sich bei ihrer Mutter und Gefährtin angesteckt haben könnten. Doch während der nächsten Jahre geschah nichts und sie blieben zu unserer Erleichterung beide gesund.

Ich konnte mir ein Leben ohne Tiere nicht vorstellen, sie gehörten seit Jahren einfach zu uns. Auch unser Grosser liebte die Katzen sehr, waren sie doch sein einziger Kontakt zu Vierbeinern. Aufgrund seiner Krankheit waren alle Tiere für ihn als potenzielle Krankheitsüberträger zu gefährlich, als dass er mit ihnen Körperkontakt hätte haben dürfen. Unsere Kleine erfreute ihn mit ihrem verspielten Wesen, wenn sie zum Beispiel unermüdlich von ihm geworfene Papierbällchen apportierte. Und der alte Kater, der genau wusste, dass er dem Kind nicht zu nahe kommen durfte, legte sich einen halben Meter vor den Jungen, faltete seine Pfötchen unter sich und sah ihn mit wissenden, klugen Augen still an. Unser Grosser genoss die für ihn unbekannte Aufmerksamkeit der Tiere sehr.

Oft waren meine Freundin und ich übers Wochenende zusammen unterwegs in den Bergen beim Wandern oder in der Stadt beim Schaufensterbummel. Oder wir genossen ganz einfach auch nur die Zweisamkeit in unserem schönen Haus oder im grossen mit Liebe angepflanzten Garten und am selbst gebauten Teich. Darin tummelten sich viele verschiedene Molche und die Beobachtung dieser selten gewordenen Tiere machte uns viel Freude.

Im Urlaub auf Sylt war jeweils Radfahren angesagt und wir entdeckten viele schöne Plätzchen. Auch die Inliner standen bei mir hoch im Kurs und ich genoss es in vollen Zügen, abends hinter dem Deich zu fahren, allein mit den Schafen, Lämmern und den Vögeln, die mir in der Dämmerung alles Mögliche zuzwitscherten. Auch Schwimmen war angesagt, in der Sylter Welle oder im Meer. Ich bin eine echte Wasserratte und fühle mich unheimlich wohl über oder unter dem kühlen Nass.

Unsere Wanderungen entlang des Meeressaumes nahmen viel Zeit in Anspruch, gefielen uns beiden überaus gut und wir fanden dabei immer wieder tolle oder seltene Motive für unsere Fotoalben, vor allem am frühen Morgen, wenn andere Leute noch schliefen und wir den ganzen Strand nur mit Vögeln, Krebsen und anderem Getier teilten. Besonders die Möwen untermalten unsere Ausflüge mit viel Gekreisch und Gezeter, wenn sie sich am üppig gedeckten Tisch der Nordsee im Wassersaum um ihr Frühstück stritten.

Alles in allem verlief unser Leben geordnet und ganz normal.

Meine Gesundheit war eigentlich ganz gut. Ich kam zwar als Früh- und Sturzgeburt zur Welt und musste bis zu meinem 8. Lebensjahr alle Kinderkrankheiten und viele Infekte überstehen. Das Schlimmste war eine Diphtherie mit 3 Jahren und mit 8 ein schwerer Scharlach mit den Komplikationen Herzerweiterung und Herzentzündung. Infolgedessen durfte ich ein ganzes Jahr lang nur noch langsam laufen. Kein Springen, Rennen oder Toben war erlaubt. Ich durfte in der Schule nicht mehr mitturnen, nicht mehr Schwimmen oder Fahrrad fahren, nicht Eislaufen und nicht mehr Skifahren. Es fiel mir sehr schwer, mich so lange so diszipliniert zu verhalten, war ich doch ein rechter Springinsfeld.

Aber diese Massnahme half mit, die Herz-Geschichte ganz auszukurieren und von da an war alles mehr oder weniger in Ordnung, abgesehen von Blinddarm- und Mandel-Operation, einigen chirurgischen Eingriffen an Fuss und Knie und dann mit 35 Jahren die Entfernung der Gebärmutter und eines Eierstocks infolge einer sehr massiven Endometriose. Dieser Eingriff bereitete mir ein ganzes Jahr lang Bauchschmerzen. Trotz Spiegelung von Dick- und Dünndarm wurde keine organische Ursache gefunden und das Ganze schlussendlich in das Gebiet des Psychosomatischen verwiesen.

Dann kam die Jahrtausendwende.

Im Sommer verkauften wir unser Haus und zogen vorübergehend in eine Mietwohnung, denn seit 1999 hatten wir grosse, weitreichende Pläne:

Mit einer Kollegin, die wir seit vielen Jahren kennen, und ihrem Freund, wollten wir ein Pferdezentrum aufbauen. Dazu gehörten die Stallungen mit Aussenauslauf für die Tiere, Garderoben, Umkleideräume und Nasszellen für die Pensionäre und Reitschüler, oben drüber zwei schöne Wohnungen, eine für uns zwei und eine für meine Kollegin und ihren Lebenspartner, einen Therapieraum für die Atemtherapie meiner Freundin sowie genug Räumlichkeiten für die Hundezucht der Kollegin und dazu natürlich die erforderlichen Nebenräume sowie Weiden und Trockenplätze für die Pferde.

Meine Kollegin würde sich um den Reitunterricht und die diversen anzubietenden Kurse sowie um Kauf und Verkauf der Pferde kümmern, ich mich um die Kinder beim MuKi-Reiten. Füttern, Ausmisten und Pferdepflege würden wir gemeinsam betreiben. Meine Freundin würde ihren Job weiter ausüben. Auch der Lebenspartner der Kollegin würde in seiner eigenen Firma weiterarbeiten. Bis alles einigermassen auf eigenen Füssen stehen könnte, würde auch ich meinen Arbeitsplatz bei der Zeitung noch behalten. Alles in allem ein Refugium, das uns allen genügend Platz für Entfaltung und Broterwerb bot und gleichzeitig ein Eldorado für Menschen und Tiere sein sollte, mitten in noch heiler Natur.

Ich sah endlich eine Chance, dem ungeliebten Büro-Alltag im Grossraumbüro und dem Stress zu entkommen. Arbeiten mit Kindern und Tieren, den Kontakt mit Menschen und das alles in freier Natur, es erschien mir wie ein Paradies.

Eifrig suchten wir nach geeignetem Bauland, schmiedeten Pläne, verwarfen sie wieder und waren alles in allem sehr euphorisch. Wir fanden einen Architekten und einen Bauer mit 4000 qm Land sowie angrenzendem Weideland, das zum Verkauf stand. Da nun alles konkreter wurde, brauchten wir Geld und so war es naheliegend, unser Haus zu verkaufen. Da mir gleichzeitig die Pacht für die Pferdeweiden meiner beiden Pferde gekündigt wurde, musste ich auch für die Tiere einen neuen Stall suchen. Den fanden wir ein Dorf weiter bei unserer Kollegin und ihren beiden Isländern und so war alles bestens gerichtet. Das Ganze zog sich jedoch über Monate hin, kostete viel Zeit, Geld und Nerven, aber wir waren mit viel Engagement und Feuereifer dabei.

Im Herbst verstarb völlig unerwartet mein Vater im Alter von fast 90 Jahren. Meine Eltern waren ein paar Tage vorher noch bei uns zu Besuch, da wir am Wochenende nach Sylt in die Ferien fahren wollten. Gegen Abend brachten wir sie nach Brugg zum Zug nach Bern. Wir sahen ihnen nach, wie sie einstiegen. Er kam noch mal unter die Tür, winkte uns zu und meinte:

»Macht's gut. Wir telefonieren.«

Wir winkten zurück, die Tür schloss sich, und der Zug fuhr langsam an. Ich habe ihn nie wieder gesehen.

Da wir gerade auf Sylt im Urlaub weilten, den wir übrigens beide dringend nötig hatten, bat ich meine in Südafrika wohnende Schwester, in die Schweiz zu fliegen. Ich wollte nicht, dass meine Mutter in dieser schweren Zeit alleine war und hoffte, sie würde ihr über diese erste schwierige Phase hinweghelfen. Anstatt sich aber mehr um meine Mutter zu kümmern, begann sie, die privaten Notizen und Aufzeichnungen meines Vaters wegzuräumen. Vater und sie hatten nicht das allerbeste Verhältnis. Als Kinder erfuhren wir viel physische und psychische Gewalt, und sie konnte ihm das auch als Erwachsene nie verzeihen.

Als ich 2 Wochen später nach Bern fuhr, war er bereits kremiert und ich konnte nur noch die allerletzten Behördengänge erledigen und die wenigen verbliebenen Papiere ordnen. Auch seine privaten Papiere und Aufzeichnungen, die er seit den 1930er-Jahren gesammelt hatte, und von denen ich mir noch so viele Antworten auf offene Fragen und weitere Erklärungen zu seinem sowie zu meinem eigenen Leben erhofft hatte, waren verschwunden. Meine Schwester hatte sie einfach weggeworfen. Ich war sehr traurig und enttäuscht darüber. Ich hatte meinem Vater immer wieder versprochen, auf seine Aufzeichnungen aufzupassen und achtzugeben, dass sie nicht in falsche Hände gerieten. Nur in dieser Form konnte er sich all die Jahrzehnte mit seinen Problemen auseinandersetzen. Es umgab ihn ein grosses Geheimnis und er hatte panische Angst davor, dass wir, seine Familie, dahinterkommen könnten.

Von da an war ich jede Woche einmal in Bern, um meiner Mutter zu helfen. Ich kaufte für sie ein, reinigte die Wohnung, erledigte ihre Post und las ihr vor oder ging mit ihr spazieren. Sie baute gesundheitlich merklich ab, und meine Freundin und ich suchten mit ihrem Einverständnis einen Platz im Altersheim für sie.

Ich tat dies alles gerne für sie, und doch fehlte mir einfach ein Tag in der Woche, um mich von meiner Arbeit zu erholen. Ich fühlte mich aber für sie verantwortlich und freute mich jeweils auf die gemeinsame Zeit mit meiner Mutter, auch wenn es manchmal anstrengend war.

Den Tod meines Vaters versuchte ich, auf den Zugfahrten von Baden nach Bern zu verarbeiten. Lange Zeit konnte ich es überhaupt nicht glauben, dass er einfach nicht mehr da war. Tränenblind starrte ich oft aus dem Fenster. Ich hatte noch so viele Fragen an ihn, an sein Leben, seine Kindheit, seine Krankheit, auch im Bezug auf mich. Das ging nun nicht mehr. Meine Fragen hingen unbeantwortet in der Luft, und er nahm etliche Geheimnisse mit sich ins Grab. Vielleicht war es auch besser so. Wer weiss, wie ich mit der Wahrheit, *seiner* Wahrheit, umgegangen wäre.

Für mich war das der erste sehr nahe Todesfall, der mich traf. Doch das Leben ging trotzdem weiter, und ich musste funktionieren. Im Alltag hatte ich nicht viel Zeit, darüber nachzudenken. Die Arbeit, die Pferde, der Stalldienst, unsere Pläne, die Katzen, alles hatte mich fest im Griff. Dazu kam, dass wir uns in der Mietwohnung nicht sehr wohl fühlten. Gott sei Dank war das nur unsere vorübergehende Bleibe. Also trieben wir unsere Pläne mit viel Elan voran.

Weihnachten verbrachten wir zu viert. Wir holten meine Mutter zu uns, damit sie nicht allein und einsam die Festtage ohne ihren Mann verbringen musste. Unser Grosser war auch da und so verbrachten wir friedliche Tage beim Spielen mit den Katzen und mit einem schönen Ausflug. Der Grosse freute sich königlich über unsere kleine Katze, die versuchte, sich im Weihnachtspapier zu verstecken und sich richtiggehend darin einrollte. Daneben spielte er begeistert mit seiner neuen Eisenbahn.

2001 begann ruhig, angefüllt mit Arbeit und mit unseren Plänen, die immer mehr Gestalt annahmen. Jedes Wochenende fuhr ich nach Bern zu meiner Mutter. Der Platz im Altersheim liess auf sich warten. Sie konnte die Wohnung im 2. Stock nicht mehr alleine verlassen, denn sie konnte die Treppen nicht mehr ohne Hilfe bewältigen. Somit war ich die einzige Verbindung zur Aussenwelt für sie. Doch im Juli wurde endlich ein Platz in dem für sie zuständigen Altersheim frei.

Meine Freundin und ich lösten die Wohnung auf, in der meine Schwester und ich geboren worden waren, und richteten für sie ein kleines Zimmer im Altersheim mit ihren eigenen Möbeln ein. Sie konnte von ihrem Zimmer aus die Kühe auf der Weide grasen sehen und fühlte sich in ihre Jugend zurückversetzt. Darüber freute sie sich sehr.

Ihren 90. Geburtstag im August feierte sie schon im Kreise ihrer neuen Mitbewohnerinnen und -bewohnern, und ich spendierte für alle ein leckeres Dessert. Immer noch fuhr ich jedes Wochenende zu ihr. Jetzt hatte ich allerdings weniger Arbeit, weil Putzen und Einkaufen wegfielen. Ich erledigte aber immer noch ihre Post oder ging mit ihr spazieren ins nahe gelegene Wäldchen. Es waren dieselben Wege, die sie schon vor vielen Jahren mit mir und meiner Schwester im Kinderwagen gegangen war. Sie erzählte viel von früher, aus ihrer Kindheit und Jugend, die sie in sehr armen Verhältnissen im Emmental erlebt hatte.

Wenn es ihr nicht so gut ging, las ich ihr vor oder erzählte ihr, wie unsere grossen Pläne mit den Pferden Gestalt annahmen. Sie fühlte sich recht wohl. Doch sie sprach auch viel von meinem Vater und wünschte sich, auch sterben zu können, da sie meinte, sie sei jetzt doch »zu nichts mehr nütze«. Mein Einwand, sie hätte ihr Leben lang gearbeitet und sei für die Familie da gewesen, sodass sie jetzt alles Recht der Welt hätte, sich zufrieden auszuruhen, tröstete sie nicht wirklich.

Im Frühjahr 2002 bemerkte ich in meinem Gesicht am Kinn, auf der Nase sowie auf der Stirn dunkle Punkte. Sie störten mich und da mich das Ding auf der Stirn juckte, und sich auch nach mehrmaligem Abkratzen nicht vertreiben liess, beschloss ich, unseren Hausarzt aufzusuchen. Er besah sich die Stellen gründlich und beschloss dann, alle drei kleinen Geschwüre auszuschneiden. Er meinte, sie würden nicht gefährlich aussehen. Aber ich bestand darauf, wenigstens das entfernte Gewebe von der Stirn zur genaueren Gewebeprüfung in ein Labor einzusenden; ich traute dem Ding nicht so recht.

10 Tage später kam ich zum Entfernen der Fäden wieder vorbei und wollte auch gleich den Laborbefund abholen. Der Arzt führte mich ins

Sprechzimmer und legte mir einen Bericht vor. Ich überflog kurz meine Resultate, konnte aber nicht allzu viel verstehen. Doch zu meinem Entsetzen standen da unter anderem zwei böse Worte auf dem Papier, die mir sofort in die Augen und in die Seele sprangen: »Malignes Melanom«! Es war Krebs!

Ich hörte kaum, wie mir der Arzt erklärte, dass er mich sofort im KSA (Kantonsspital Aarau) anmelden würde, da mit dieser Diagnose eine grössere Operation auf der Stirn anstehen würde, um das kranke Gewebe noch viel tiefer im Gesunden auszuschneiden und auszuräumen.

Wie betäubt fuhr ich anschliessend zu meiner Mutter. Ich erzählte ihr nichts, um sie nicht zu beunruhigen, und auch mit meiner Freundin redete ich erst am nächsten Tag. Sie war genau so schockiert wie ich. Wir redeten lange zusammen. Klar wusste ich, dass es Krebs gibt, aber doch nicht bei mir. Warum nur glaubte ich, dass diese Krankheit nur andere, fremde Leute bekämen?! Aber *ich*, warum ausgerechnet *ich*? Nun ja, warum ausgerechnet nicht ich? Nur langsam gewöhnte ich mich an den Gedanken, dass ich Krebs hatte. Die Gespräche mit meiner Freundin halfen mir sehr, die Krankheit ohne grosses Wenn und Aber zu akzeptieren und auf die Ärzte zu vertrauen.

Noch in derselben Woche wurde ich von einem Arzt der plastischen Chirurgie im KSA operiert. In nur lokaler Betäubung bekam ich die ganze Operation mit. Ich lag still unter meinem Laken und an meinem Kopf wurde fleissig gearbeitet. Der Arzt erklärte mir immer, was er gerade tat. Mit 36 Stichen nähte er anschliessend die grosse Wunde an der Stirne zu, nachdem er die Kopfhaut abgelöst hatte, um mit dem Transplantat die grosse Stirnwunde zu bedecken, und entliess mich mit einem blauen Turban nach Hause.

Meine Freundin übernahm natürlich sofort meine Betreuung und ich erholte mich nach vielen blauvioletten und später gelbgrünen Blutergüssen im ganzen Gesicht relativ schnell von dem Eingriff. Das entfernte Gewebe wurde nochmals eingehend untersucht und auch da wurde noch Krebsgewebe festgestellt. Das bedingte, dass ich von nun an alle 3 Monate mein Blut untersuchen und meinen Tumor-Marker bestimmen lassen musste. Da die Untersuchungen immer wechselnd mal besser und dann wieder schlechter ausfielen, und mich dieses Auf und Ab extrem belastete, gab ich nach 2 Jahren auf und ging gar nicht mehr hin. Heute bin ich wenigstens in der Beziehung ganz gesund.

Von Anfang an behandelte ich für mich selber den Krebs als Freund und nicht als Feind. Ich glaubte einfach, dass ich mich mit einem Freund besser arrangieren und auseinandersetzen konnte, als mit einem Feind zu kämpfen. Doch wir beschlossen, dass ich psychologische Hilfe in Anspruch nehmen sollte, damit ich besser lernte, mit der Situation umzugehen. Da ich auch noch etliche schwerwiegende Probleme aus meiner Kindheit und Jugend mit mir herumschleppte, die ich vor dem Tod meines Vaters nicht artikulieren konnte, schien es uns angebracht, eine entsprechende Fachperson zu suchen. Wir fanden auch eine sehr kompetente, nette Ärztin, die mich lange Zeit begleiten sollte.

Gesundheitlich ging es mir wieder gut. Meine Mutter hatte sich im Altersheim relativ gut eingelebt. Allerdings sprach sie jetzt noch öfters vom Sterben. Ich wusste, dass sie keine Angst davor hatte (aber ich!). Gesundheitlich ging es ihr recht ordentlich. Aber mit bald 91 Jahren fühlte sie sich einfach müde, was ich gut verstehen konnte.

Wenn ich in der Eingangshalle des Altersheimes die Kerze brennen sah, wusste ich, dass wieder jemand gestorben war. Meine Mutter sah mich dann an und sagte sehnsüchtig:

»Ich wünsche mir, dass die Kerze endlich auch für mich brennt.«

Das berührte mich und tat mir immer sehr weh. Dennoch lächelte ich sie an, nahm sie in den Arm und sagte beruhigend:

»Du kannst ganz sicher sein, dass diese Kerze auch einmal für dich brennen wird.«

Dann traf uns unerwartet ein harter Schlag. Unsere Pläne mit den Pferden scheiterten. 14 Tage vor Baubeginn, wir waren im Besitze von sämtlichen Bewilligungen von Gemeinde, Kanton und B-Vet. (= Bundesamt für Veterinärwesen), und eben dabei, mit dem Architekten die Bauarbeiten zu vergeben, da löste sich alles mit einem Riesenknall in Luft auf:

Aufgrund eines fehlenden letzten Blattes von einem Fax, gesendet von unserem Architekten an die Bank, merkten wir im letzten Moment, dass zu der von der Bank zugesagten Finanzierung noch ein ganz stattlicher Betrag fehlte, da die Gesamtfinanzierung auf eben diesem letzten – nie angekommenen Blatt – zusammengerechnet war.

Die Bank gewährte uns eine Nachfinanzierung nur unter Bedingungen, die kaum zu erfüllen waren und die letztendlich zum finanziellen Ruin von uns allen geführt hätte. Wir mussten aufgeben! 3 Jahre Arbeit, 3 Jahre Hoffnung, Einsatz und Herzblut waren vergebens. Wir konnten es alle kaum glauben. Da waren die vielen Tausend Franken, die wir verloren hatten, fast nebensächlich. Für mich stand meine Welt einen Augenblick still. Alles, was ich mir erträumt hatte, war verloren. Ich hatte keine Chance, nochmals von vorne anzufangen, dafür war ich zu alt. Jetzt wusste ich, ich musste, ob ich wollte oder nicht, bis zu meiner Pensionierung auf meinem ungeliebten Bürostuhl sitzen bleiben. Nichts war mit Arbeiten in der Natur, mit den Pferden, in Freiheit!

Nachdem ich eine Woche lang mit dem Schicksal gehadert hatte, rappelte ich mich wieder auf. Doch diese Niederlage beschäftigte mich noch lange, auch in der Psychotherapie, und viele Monate konnte ich nicht ohne zu weinen an unserem »Ex-Baugrundstück« vorbeifahren. Gottlob war der Vertrag mit dem Verkäufer so abgefasst, dass wir wenigstens ohne weitere Verluste den Landkauf rückgängig machen konnten.

Wir wollten nun so schnell wie möglich aus der ungeliebten Mietwohnung raus. Das hiess, ein neues Daheim suchen. Meine Freundin und ich stiessen sehr schnell auf eine im Bau befindliche Überbauung in der Nähe, die wir eigentlich schon vor unserem Projekt mit den Pferden einmal angesehen, dann aber als zu teuer verworfen hatten.

Wir liessen die Prospekte nochmals kommen, studierten sie eingehend, besahen uns in derselben Woche die Baustelle und machten anderntags die verlangte Anzahlung. So wurden wir stolze Besitzer einer schönen, altersgerechten Wohnung mit Lift, mit einem Therapieraum für meine Freundin, mit viel Licht und mit Fernsicht ins Reusstal.

Mit Eifer stürzten wir uns ins neue Abenteuer, galt es doch, Bäder, Küche, Platten und Lichtsysteme, die wir schon fest für unser verlorenes Projekt in Auftrag gegeben hatten, möglichst 1:1 zu übernehmen. Gottlob gelang uns dies sehr gut und der Bau schritt zügig voran. Im Sommer nächsten Jahres würden wir einziehen können.

Natürlich waren wir jetzt sehr beschäftigt. Die Bodenplatte des 6-Familienhauses war eben gegossen worden. Die Baustelle wurde wöchentlich von uns inspiziert und es gab viel zu organisieren, zu planen und auszusuchen. Jeden Abend nach dem Reiten fuhr ich kurz auf dem Bauplatz vorbei und beobachtete, wie die Arbeiten vorangingen. Die neue Aufgabe bereitete uns beiden viel Freude.

Da begann uns der Gesundheitszustand unseres Katzen-Mädchens zu beunruhigen. Das kleine, quirlige Wesen, das sonst kaum zu bändigen war und uns mit allerlei Unsinn bestens unterhielt, lag still und in sich gekehrt im Katzenbaum und war irgendwie weit weg. Sofort fuhren wir mit ihr zum Tierarzt. Vor meinem inneren Auge sah ich ihre Mutter, wie sie von eben diesem Tierarzt vor fast 3 Jahren eingeschläfert werden musste. FIP ist sehr ansteckend und ich fürchtete, dass die Kleine, auch so viele Jahre später, dasselbe Schicksal ereilen würde. Doch der Arzt stellte keinerlei Anzeichen für die tödliche Krankheit fest, gab ihr eine Spritze und uns Medikamente für sie mit.

Am nächsten Morgen lag sie tot in ihrem Körbchen. Sie hatte FIP! Wir waren sehr niedergeschlagen. Vor allem meiner Freundin setzte ihr Tod schwer zu. Die Kleine war ihr von all unseren Tieren das Liebste gewesen, sie war in unseren Händen geboren. Mich erfasste neben der Trauer um das noch junge Tier – sie war erst 5 Jahre alt – grosse Angst um unseren alten Kater. Würde er mit 13 Jahren den Tod seiner Gefährtin, die er mit grossgezogen und betreut hatte, verkraften können? Die Gefahr war gross, dass auch er sich bei ihr angesteckt hatte.

Nur langsam gewöhnten wir uns an das Leben mit nur noch einem Vierbeiner. Doch die Welt drehte sich weiter und wir funktionierten in unserem Alltag. Der Bau der Wohnung schritt voran. Ab und zu kam es jetzt vor, dass ich plötzlich Bauchschmerzen bekam und dann sehr schnell eine Toilette brauchte. Doch da es mir sonst gut ging, achtete ich nicht besonders darauf. Es war einfach lästig, gerade weil auf der Baustelle das Plumps-Klo meist abgeschlossen war, und so musste ich dann auf dem allerschnellsten Wege nach Hause rasen, damit mir kein peinliches Unglück geschah.

Im August, zu Mutters 91. Geburtstag, kam meine Schwester mit ihren Kindern von Südafrika. Mutter freute sich sehr, mit ihren beiden Enkelkindern zu feiern. Bei dieser Gelegenheit beschlossen wir mit der Heimleitung und ihrem Arzt zusammen, bei ihr die Star-Operation an einem Auge machen zu lassen. Sie konnte schon länger schlecht Fernsehen und auch die Kreuzworträtsel, die sie fleissig und oft löste, konnte sie nicht mehr gut lesen, obwohl ich für sie Rätselhefte mit extra gross geschriebenem Text gekauft hatte. Meine Schwester und ich besprachen das Vorgehen ausführlich mit ihr und sie willigte ein. Das Heim meldete sie im Spital zur Operation an. Doch wir mussten noch eine Weile auf den Termin warten.

An einem Montag im November war es dann so weit. Morgens um 7 musste ich mit ihr in der Klinik sein. Ich reiste am Sonntagnachmittag nach Bern. Besorgt verabschiedete ich mich von Freundin und Kater. Dem Katzentier ging es nicht gut. Er lag sehr, sehr ruhig auf dem Sofa, sah mich mit seinen grünen, unendlich tiefen und wissenden Augen an, als blickte er bis auf den Grund meiner Seele. Ich knautschte ihm zärtlich die Ohren, was er sehr liebte, er kniff die Augen zusammen, was er oft tat, wenn wir zusammen redeten. Ich flüsterte ihm mit Tränen in den Augen zu:

»Mach ja keinen Unsinn, hörst du! Ich bin bald wieder da«!

Dann ging ich aus der Tür. Von Bern aus rief ich nochmals an:

»Wie geht es dem Kater?«

»Nicht so gut, ich war notfallmässig mit ihm beim Tierarzt. Ich passe auf ihn auf. Mach dir keine Sorgen«, meinte meine Freundin bedrückt am Apparat.

Die folgende Nacht wurde lang und schwer. Ich schlief im Zimmer meiner Mutter. Sie war sehr unruhig, stand alle Nase lang auf und geisterte herum. Auch ich schlief kaum. Die Sorge und die Verantwortung um Mutter und Kater liess auch mich keine Ruhe finden.

Am Morgen fuhren wir mit dem Taxi zur Tagesklinik. Die Operation verlief gut und am Nachmittag wollte ich sie wieder ins Heim bringen, um dann so schnell wie möglich wieder nach Hause zu fahren, zu Freundin und Kater. Doch alles kam ganz anders:

Plötzlich konnte meine Mutter nicht mehr richtig atmen. Sie bekam sofort Sauerstoff, und als sich ihr Zustand nicht verbesserte, wurde sie aus der Tagesklinik intern in die Wachstation verlegt. Sie bekam eine Infusion und einen Katheter, lag ganz still mit geschlossenen Augen da und ich wusste nicht, was geschah. Als klar wurde, dass sie in eine andere Klinik verlegt werden musste, rief ich im Heim an und gab Bescheid. Der Krankenwagen kam bald darauf und brachte sie und mich in eine andere Klinik. Dort kam sie auf die Intensivstation. Ich war wie gelähmt. Was passierte hier? Die Ärzte kamen, untersuchten sie, ein alter Professor tätschelte meiner Mutter die Hand und meinte lapidar:

»Das wird schon wieder«!

Ich wäre ihm beinahe quer übers Bett an den Hals gesprungen.

Nach der Visite nahm mich eine junge Ärztin beiseite und besprach mit mir das weitere Vorgehen. Für sie war klar, dass eine Therapie eigentlich keinen Sinn mehr machen würde. Aber meine Mutter sollte keine Schmerzen leiden, deshalb bekam sie Morphium und Sauerstoff. Ich hatte die Verfügung bei mir, dass sie keine lebenserhaltenden Massnahmen wollte (intuitiv hatte ich das Papier am Morgen noch schnell eingesteckt). Dann wurde sie in ein kleines, separates Kabäuschen auf der Wachstation verlegt, dort hatte sie mehr Ruhe.

Mittlerweile war es 22 Uhr geworden. Ich war den ganzen Tag bei ihr gewesen, von einer Klinik in die andere und von einem Raum zum nächsten hatte ich sie begleitet. Ich war völlig fertig, hatte den ganzen Tag nichts gegessen und war todmüde. Jetzt döste sie. Ich verabschiedete mich von ihr und den Schwestern, die mir versicherten, sie würden gut auf meine Mutter aufpassen.

Mit dem Taxi fuhr ich zurück ins Heim. Gottlob konnte ich trotz der späten Stunde noch mit der Heimleitung und der Pflegedienstleitung sprechen. Was war bloss geschehen? Ich wollte doch nur, dass sie wieder besser sehen konnte. Von Sterben war doch nie die Rede! Daran hatte ich auch gar nie gedacht. Ich war verzweifelt und hatte ein richtig schlechtes Gewissen, weil ich ihr zu dieser OP geraten hatte.

Die nächste Nacht allein in ihrem Zimmer wurde noch härter. Ich telefonierte mit meiner Freundin. Dem Kater ging es nicht besser, aber auch nicht schlechter. Ich suchte mit ihr nach Erklärungen. Aber auch sie konnte mir keine geben. Warum nur waren wir jetzt, in diesen schweren Stunden, voneinander getrennt!

Ich starrte in die Nacht hinaus. Es war ein leuchtender Winter-Sternenhimmel. Die Sterne funkelten und glänzten, als gäbe es das grösste Fest zu feiern, und dabei war mir doch so elend zumute. Ich fühlte mich so hilflos und allein, einsam wie nie zuvor. Was sollte ich tun? Mir wurde schnell bewusst, dass ich nichts tun konnte. Nichts als anzunehmen, was kommen würde. Also ging ich ans Fenster, öffnete es weit, dass die kalte Nachtluft hereinströmte und flüsterte zum Himmel hinauf:

»Geh, Muetti, geh hinein in dieses Licht, geh hinein in die Sterne, zu Gott. Du hast es dir so sehr gewünscht. Du darfst gehen, ich halte dich nicht zurück. Mach dir um mich keine Sorgen. Ich habe meine Freundin, ich habe mit ihr meinen Weg im Leben gefunden. Sag Vati einen Gruss von mir. Es geht mir gut!«

Lange stand ich so da. Tränen strömten über mein Gesicht. Ich zitterte am ganzen Körper.

»Hilf mir, lieber Gott, bitte, gib mir Kraft«, betete ich. Ich war völlig leer.

Am nächsten Morgen rief die Klinik an und gab Bescheid, dass meine Mutter die Nacht gut überstanden hatte. Ich setzte mich sofort ins Taxi und fuhr zu ihr. Ich sass an ihrem Bett, hielt ihre Hand. Sie hatte die Augen geschlossen, ich wusste nicht, ob sie schlief. Doch dann schlug sie die Augen auf, sah mich und lächelte mich an.

»Ich habe keine Angst«, flüsterte sie.

Ich drücke ihre Hand.

»Das ist gut so. Du brauchst auch keine Angst zu haben. Ich bin bei dir.«

Plötzlich klingelte das Telefon. Wer konnte das sein? Kein Mensch wusste, wo wir waren. Meine Mutter war am Morgen wieder in ein anderes Zimmer auf Station verlegt worden. Ich hob ab. Meine Freundin war dran.

»Wie geht's?«, fragte sie.

»Es geht so«, antwortete ich.

Da wurde meine Mutter unruhig. Ich legte den Hörer ab und ging zu ihr hin.

»Wie geht es dem Kater, lebt er noch?«

Ich war völlig perplex über diese Frage, war mir doch gar nicht bewusst geworden, dass sie überhaupt verstanden hatte, dass es ihm nicht gut ging.

»Ich weiss es nicht, ich muss meine Freundin fragen.«

Ich nahm den Hörer wieder auf:

»Lebt der Kater noch? Wie geht es ihm?«

Die Stimme meiner Freundin war sehr belegt:

»Ich bin hier beim Tierarzt. Wir müssen ihn einschläfern. Er hat FIP.«

»Dann tue es gleich, bitte, er soll nicht mehr länger leiden müssen. Ich denke an euch. Drück ihn von mir.«

»Ja«, sagte sie nur, »er liegt auf meinem Schoss. Er wird gleich die letzte Spritze bekommen. Ich bin bei ihm und halte ihn. Nachher komme ich zu euch nach Bern.«

Ich hörte sie schluchzen. Fassungslos legte ich auf.

Ich setzte mich wieder zu meiner Mutter ans Bett.

»Der Kater wird jetzt grad eingeschläfert, hörst du?«

Sie öffnete die Augen, sah mich an, lächelte, tat einen tiefen Atemzug und sagte ganz ruhig:

»Das ist gut, jetzt kann ich auch gehen.«

Ich umarmte sie, legte meinen Kopf auf ihre Hände und weinte leise. Die Uhr zeigte genau 11.15.

Fast 3 Stunden später trat meine Freundin ins Zimmer. Wir umarmten uns stumm und sie setzte sich zu meiner Mutter ans Bett, nahm ihre Hand und sprach sie an:

»Wie fühlst du dich?«

Mutter drückte ihre Hand zum Zeichen, dass sie verstanden hatte, und nickte nur mit geschlossenen Augen.

»Mach dir keine Sorgen um deine Tochter, ich bin bei ihr und werde immer bei ihr bleiben. Du darfst ruhig loslassen. Alles ist gut.«

Meine Mutter nickte und drückte ihre Hand fester.

Ich trat auf die andere Seite des Bettes und nahm meine Mutter in den Arm.

»Ist es in Ordnung, wenn wir jetzt gehen?«, fragte ich sie. »Ich muss nach Hause, ich bin sehr müde. Aber morgen kommen wir wieder, habe keine Angst«, flüsterte ich in ihr Ohr.

Sie nickte nur und drückte meine Hand. Die Augen blieben geschlossen.

Ich sah sie noch mal an, dann gingen wir aus der Tür.

Die Heimfahrt im Auto verlief schrecklich. Es regnete heftig, nach den letzten schönen und für die Jahreszeit lauen Tagen. Meine Freundin musste sich auf die Strasse konzentrieren. Wir weinten zusammen, dann schwiegen wir zusammen, später erzählte sie mir von den letzten Augenblicken im Leben unseres Katers.

»Weisst du«, sagte sie, »er lag auf meinem Schoss. Kaum hatte der Arzt die Spritze gesetzt, war er weg. Es ging wie ein Hauch durch das Zimmer und hinaus durchs offene Fenster. Er war ein ganz alter Ceist. Und er hatte ein gutes Leben, ein schönes Leben bei uns.«

Ich nickte nur. Im Verlauf der vielen gemeinsamen Jahre hatten wir oft festgestellt, dass er etwas ganz Besonderes war. Es schien, als ob alles Wissen dieser Welt in diesem Geschöpf schlummerte, und ab und zu blitzte dieses Wissen aus seinen wundervollen Augen und liess uns durch ein kleines Spältchen die Geheimnisse des Lebens erahnen.

Als wir dann die völlig stille Wohnung betraten, wurde es nochmals sehr schwer. Ich war seit über 30 Jahren gewohnt, dass mir Hunde oder Katzen entgegensprangen, zeitweise auch alle zusammen, in einem wirren Durcheinander. Die immer freudige Begrüssung der Tiere gehörte einfach wie selbstverständlich zu meinem Leben. Jetzt war alles still, leer und sehr ruhig.

Der Anruf aus der Klinik von Bern erreichte meine Freundin am nächsten Tag in der letzten Unterrichtsstunde in der Schule auf ihrem Handy. Ich war schon unterwegs, wir wollten uns in Aarau treffen und dann nach Bern zu meiner Mutter fahren. Meine Mutter war gestorben, um 11.15 Uhr.

Sie lag im Spitalbett schön zurechtgemacht, ein Zweiglein in den gefalteten Händen. Das Fenster stand weit offen, ihre Seele war weggeflogen, heimgekehrt zu ihrem Schöpfer, auf die Minute genau 24 Stunden nach unserem Kater. Ich war jetzt ganz allein. Nein, das stimmte nicht. Meine Freundin war bei mir, fing mich auf, tröstete und beruhigte mich. Ich war so froh, sie bei mir zu haben.

Wir fuhren zusammen ins Altersheim. In der Eingangshalle brannte die Kerze, die Kerze für meine Mutter, so wie sie es sich immer gewünscht hatte. Ich war nur noch am Weinen. Die Schwestern und die Heimleitung waren sehr betroffen und sehr lieb zu uns. Wir regelten, was zu regeln war, schenkten alles, was Mutter noch besessen hatte, dem Heim und fuhren wieder nach Hause.

Die ganze folgende Woche pendelten wir zwischen unserem Wohnort und Bern und erledigten die erforderlichen Behördengänge. Ohne meine Freundin wäre ich völlig verloren gewesen. Das letzte Mal sah ich meine Mutter beim Leichenbestatter im Sarg. Neben ihr auf dem Kopfkissen sass der kleine Teddy, den ich ihr im Spital aufs Totenbett gelegt hatte, damit sie nicht so allein war. Scheu strich ich ihr nochmals übers Haar zum allerletzten Abschied.

Sie wurde kremiert und wir holten die Urne nach Hause. Zusammen mit der Asche meines Vaters und einem Reisszahn von unserem Kater verstreuten wir sie in die Aare, zur Weiterreise in die ferne Nordsee. Wir schickten sie auf die weite Reise in die Unendlichkeit, frei von Zwängen, Krankheiten und Sorgen, ins ewige Licht.

Ich konnte mir dieses Jahr nicht vorstellen, Weihnachten in unserer Wohnung allein mit meiner Freundin zu verbringen. Zu frisch waren die Wunden und zu still unser Leben geworden. Wir flohen kurz entschlossen nach Sylt und verbrachten Weihnachten und Neujahr bei Eis und Schnee am Meer. Die traurigen Erlebnisse des vergangenen Jahres schmiedeten uns noch näher und fester zusammen. Sie war mein Halt, meine Festung und meine Zuversicht. Ich weiss nicht, was ich ohne sie gemacht hätte.

Das neue Jahr (2003) brachte uns den Alltag zurück. Ich musste nicht mehr nach Bern fahren. Doch der Tag, der mir früher oft gefehlt hatte, liess mich in ein Loch fallen. Klar hatte ich mir den freien Tag manchmal zurückgewünscht, aber bestimmt nicht so. In der Psychotherapie hatte ich viel zu tun und führte mit meiner Ärztin viele und lange Gespräche.

Der Bau der Wohnung schritt nur zögerlich voran. Wetter bedingt gab es diverse Engpässe und Verzögerungen, erst gab es viel Regen, alles wurde nass, dann kamen Schnee und im Februar viele Wochen strenger Frost, sodass die Bautätigkeit wochenlang ruhte.

Beim Innenausbau war die halbe Familie meiner Freundin damit beschäftigt, uns zu helfen. Ihr Schwager und ihre Brüder besserten Löcher in der Wand aus, zogen fehlende Mauern hoch und verlegten Platten, bauten Dusche und Badewanne ein und der andere Schwager stellte uns mit seinem Sohn den Specksteinofen zusammen. Ohne ihre tatkräftige Hilfe wären wir nie fertig geworden.

Meine Bauchschmerzen wurden häufiger und heftiger. Als ich dann zufälligerweise Blut im Stuhl feststellte, wurde mir doch etwas mulmig und ich ging zum Hausarzt. Der überwies mich an einen Magen-Darm-Spezialisten zur Darmspiegelung und sehr schnell war die Diagnose klar: Ich litt an Colitis ulcerosa. Das sind gutartige, blutende Geschwüre im Dickdarm. Ich bekam Pentasa (Tabletten) und Salofalk (Klistiere), dazu Prednison (Cortison). Auf das Cortison reagierte ich allergisch, ich bekam Halsschmerzen und Husten. Doch da die Bauchschmerzen besser wurden und ich nach ca. 3 Wochen fast keine Beschwerden mehr hatte, nahm ich die Unannehmlichkeiten in Kauf. Nach einer weiteren Woche konnte ich mich aus dem Cortison ausschleichen und der Husten und die Halsschmerzen verschwanden so schnell, wie sie gekommen waren.

Fast gleichzeitig begann meine rechte Schulter zu schmerzen. Ich merkte es vor allem beim Türöffnen, aber auch bei vielen anderen Gelegenheiten. Die Stallarbeit ging mir nicht mehr so gut von der Hand und ich fing immer mehr an, mit der linken Hand zu arbeiten. In der Folge probierte ich es mit Physiotherapie, das half aber nichts. Dann erhielt ich im CCM (= Centrum für Chinesische Medizin) Akupunktur. Die Ärzte dort verschrieben mir einen Tee, der schon abartig roch und noch viel grässlicher schmeckte. Es kam mir vor, als ob gehackte Affenschwänze, Schlangenhäute und verfaulte Eingeweide drin wären. Er war extra für mich zusammengemischt worden, doch auch dieses Gebräu konnte meine Schmerzen nicht vertreiben.

Der Umzug in unser neues Heim hatte sich bereits um 2 Monate verzögert, aber am 26. September 2003 war es dann so weit:

Wir zogen um! Allerdings mit Handicap.

14 Tage vor dem Umzug brach sich meine Freundin den Mittelfuss und musste abends um 23 Uhr notfallmässig ins Spital gebracht werden. Dort verbrachte sie eine Nacht auf der Notfallstation, der Fuss wurde eingegipst und ich konnte sie am nächsten Tag wieder abholen. Ein Jahr später wurde sie dann doch noch operiert, weil die Heilung nicht erwartungsgemäss verlief. Leider hat sie heute noch oft Schmerzen in dem Fuss.

Beim Umzug half ich beim Schleppen der Kisten, obwohl meine Schulter schmerzte, und sie sass mit ihrem Gipsbein in der neuen Wohnung, überwachte die Logistik und dirigierte die Männer mit den Umzugskartons in die jeweils richtigen Zimmer, was das spätere Aufstellen und Einräumen sehr erleichterte. Mit viel Freude richteten wir uns ein und bauten uns ein schönes, kuscheliges Nest.

Weihnachten und Neujahr verbrachten wir nochmals auf Sylt. Diesmal konnten wir es etwas mehr geniessen als letztes Jahr, vor allem auch deshalb, weil wir jetzt wieder bei unseren langjährigen Freunden und Vermieter wohnen konnten, die letztes Jahr leider schon ausgebucht waren.

2004 fing damit an, dass ich im Februar mit meiner Schulter zum Arzt ging. Er besah sich den Arm und das Bild, das ich im MRI (= Magnetic Resonance Imaging, Magnetresonanztomographie), gespritzt mit einem Kontrastmittel in mein Schultergelenk, hatte machen lassen, untersuchte mich gründlich und meinte dann lakonisch:

»Das ist eine klassische Frozen Shoulder, das sind Ablagerungen im Gelenk und die blockieren die Bewegungsfreiheit. Aber wissen Sie, 70 % aller Patienten mit diesem Krankheitsbild leiden an Colitis ulcerosa.«

Ich fand diese Aussage erstaunlich. Doch dann fiel mir ein, dass ich im Centrum für chinesische Medizin schon davon gehört hatte, dass der Zusammenhang zwischen Bauch und Schulter durch die Meridiane den Chinesen gut bekannt ist.

Der Chirurg riet mir zur Operation, da die Beschwerden mittlerweile schon mehrere Monate andauerten und schlimmer wurden. Die Pferde weilten momentan auf der Winterweide und ich war somit frei vom Stalldienst. Deshalb erschien mir der Zeitpunkt günstig, und so begab ich mich vertrauensvoll in seine Hände.

Kurze Zeit später bezog ich im KSB (Kantonsspital Baden) ein schönes, grosses Zweierzimmer und wurde am nächsten Tag operiert. Eigentlich hatte ich keine Angst vor dem Eingriff. Ich freute mich darauf, meinen rechten Arm wieder normal benützen zu können. Die Operation verlief auch ohne Komplikationen. Zufälligerweise konnte ich vom Zimmerfenster aus unsere Island-Pferdchen sehen, die ein paar Kilometer weiter weg in einem grösseren Herdenverband auf der Winterweide grasten. Das tröstete mich doch sehr, die Jungs so nahe bei mir zu haben.

Meine Zimmergenossin war eine Frau in den 80ern. Sie erinnerte mich an meine Mutter. Sie war so still und bescheiden und allem Anschein nach sehr krank. Ich bekam bald heraus, dass sie nach einer schweren Darm-OP einen künstlichen Darmausgang hatte. Wenn der Verband gewechselt wurde, roch es im Zimmer sehr unangenehm. Ihr war viel übel, und wenn sie sich erbrechen musste, kam es schon vor, dass ich ihr schnell die Nierenschale brachte und sie so vor einem verschmutzten Bett bewahrte. Sie war sehr dankbar dafür und sie tat mir sehr leid. Ich war froh, nicht an ihrer Stelle zu sein und »nur« einen schmerzenden Arm zu haben.

Ich schnappte auch zufälligerweise bei einem Gespräch unter den Schwestern den Begriff »Stoma-Beratung« auf, der im Zusammenhang mit dem künstlichen Darmausgang meiner Nachbarin auftrat. Ich wunderte mich damals, was da so Kompliziertes an einem künstlichen Darmausgang dran sein musste, dass es extra dafür ein Büro für eine Beratung geben musste. Ich hatte keine Ahnung.

Am 2. Tag sollte die Physiotherapie beginnen. Ich sass auf einem Stuhl am Fenster und las. Da kam die Schwester und verabreichte mir eine Spritze.

»Das ist eine Schmerzspritze, damit die Physiotherapie nicht so schmerzt«, sagte sie erklärend.

Doch kaum hatte sie die Nadel wieder herausgezogen, wurde mir schlagartig speiübel.

»Was ist da drin?«, fragte ich.

»Morphium«, erwiderte sie arglos.

»Nein«, schrie ich und taumelte zum Bett. »Ich vertrage absolut keine Morphin-Derivate. Das steht doch alles in meinem Allergiepass!«

Ich schaffte es gerade noch, mich aufs Bett zu legen, bevor die weisse Zimmerdecke zu einem leuchtenden Blau wechselte und die Wände des Zimmers über mir zusammenstürzten. Ich war blitzartig auf dem Trip. Ich hatte das früher schon einmal in einem Spital erlebt, darum erschrak ich auch nicht allzu sehr. Ich wusste, ich war jetzt für mindestens 24 Stunden zu nichts mehr zu gebrauchen. Ich hörte zwar, was um mich lief, konnte mich aber weder artikulieren noch sonst gross reagieren. Durch mein Gehirn schossen Farben und lautlose Schreie und immer wieder geometrische Figuren, die in sich zusammenfielen. Mir wurde sterbensübel und ich musste brechen. Aber ich wusste, mir half nur die Zeit, bis dieser Scheisszustand vorbei war. Darauf hätte ich nun wirklich verzichten können.

Meine Freundin kam und fand mich schneeweiss im Bett liegend, schweissüberströmt und kaum ansprechbar. Ich nahm wahr, dass sie mit mir sprach, verstand aber die Fragen nicht und konnte auch nicht antworten. Ich lalle nur komische Töne. Noch am nächsten Tag hatte ich Sehstörungen, dann war der Albtraum vorbei. Die Wirkung des Morphiums war verpufft, und ich wurde wieder normal.

Der Zustand meiner Zimmergenossin beschäftigte mich sehr. Die Ärzte versuchten, mit ihrem Mann und ihr selber zu reden, dass die

Situation wohl nicht ungefährlich war. Er tat mir so leid, wenn er so hilflos an ihrem Bett sass und nicht wusste, was er tun oder sagen sollte. Ich glaube, dass die beiden mit der Situation hoffnungslos überfordert waren. Jedenfalls machte ich mir grosse Sorgen um die Frau und ich fragte meine Freundin:

»Denkst du, dass sie wieder gesund wird?«

Sie zuckte mit den Schultern und meinte:

»Das kann ich dir nicht sagen. Aber ich glaube, es sieht nicht allzu gut aus.«

Nach einer Woche konnte ich nach Hause. Dreimal in der Woche musste ich nun in die Physiotherapie. Die war doch ziemlich schmerzhaft und es dauerte fast 10 Monate, bis mein Arm wieder ganz hergestellt war. Gottlob befindet sich in unserem Dorf die Reha-Klinik der SUVA (= Schweiz. Unfallversicherungsanstalt), und so konnte ich dort problemlos nach der Arbeit meine Übungen absolvieren, später sogar im Wasser, und mein Therapeut, ein netter, junger Mann, war mit seinem Verständnis und seinem Wissen massgeblich daran beteiligt, dass es mir schlussendlich wieder gut ging.

Das Jahr neigte sich dem Ende zu. Im Dezember kamen meine Bauchschmerzen wieder zurück. Diesmal heftiger und unbarmherziger als vorher. Die Krämpfe und die Durchfälle setzten wieder ein und ich griff verzweifelt zu den Medikamenten, die mir das erste Mal schon geholfen hatten. Doch diesmal nützten sie nichts.

Kurz vor Weihnachten konnte ich nicht mehr zur Arbeit. Ich lag zu Hause und verbrachte meine Tage zwischen Toilette und Bett oder Sofa. Es war ein stilles Weihnachten, das erste in unserer neuen Wohnung. Doch wir konnten uns nicht richtig freuen, obwohl meine Freundin – wie immer – den Baum und die Wohnung festlich geschmückt, und ich unsere alte Krippe, ein Geschenk meines Onkels aus den 1950er-Jahren, aufgestellt hatte. Unser Grosser war auch wieder da und schmückte die Krippe zusätzlich mit ein paar Dinosauriern. Die sollten schliesslich auch Weihnachten haben. Das Jesuskind in der Krippe schien sich jedenfalls nicht darüber zu wundern.

Wir drei ahnten nicht im Entferntesten, dass dies unsere letzte gemeinsame Weihnacht sein sollte.

Nach Neujahr (2005) beschloss ich, diese dumme Bauchgeschichte zu ignorieren und mich wieder in den Alltag zu stürzen. Irgendwann würde es schon wieder besser werden.

»Ich tue einfach so, als wäre alles ganz normal«, beschied ich meiner Freundin.

Sie schüttelte nur zweifelnd den Kopf.

Bis im Februar hielt ich durch. Dann ging nichts mehr. Ich blieb wieder daheim und versuchte weiterhin, mit den bekannten Medikamenten die Sache in den Griff zu kriegen. Als die Schmerzen kaum mehr auszuhalten waren, raffte ich mich nochmals auf und wollte mich bei meinem Hausarzt anmelden. Doch der war in den Sportferien und so ging ich zu einem anderen Arzt, der zwar meine Geschichte noch nicht kannte, der mir aber seit Jahren gut bekannt war.

»Das gefällt mir nicht«, meinte der zu mir. »Am besten wäre es, wenn ich dich in die Klinik einweise. Du bist ziemlich ausgetrocknet.«

Meine Gegenwehr war ziemlich schwach, und ich stand eigentlich auf verlorenem Posten. Doch mein Verstand sagte mir, dass es so nicht weitergehen konnte, und so willigte ich widerwillig ein.

Genau ein Jahr nach meiner Schulter-OP landete ich jetzt also wieder im KSB. Diesmal kam ich über den Notfall rein. Nachdem die Anästhesie endlich mit viel Mühe eine Vene auf dem Handrücken gefunden hatte, steckten sie mir eine Infusion, untersuchten mich und brachten mich auf die Notfallstation, da kein Bett auf Station frei war.

Ich war ziemlich geschwächt und mit den Nerven etwas am Boden, sodass ich erst mal zu heulen anfing. Es war das erste Mal seit Mutters Tod, dass ich wieder der Atmosphäre einer Notfallstation ausgesetzt war, und die Angst um meine Mutter und die ganze Hilflosigkeit, die ich damals verspürte, kehrten schlagartig zurück. Dazu kam, dass ein paar Betten weiter eine junge Frau lag, die von ihrem Freund zusammengeschlagen worden war und diese Geschichte wohl ein dutzend Mal am Handy all ihren Freunden und Bekannten mitteilen musste. Die Story trug nicht gerade zu meinem Wohlbefinden bei.

Am nächsten Morgen kam ich dann auf Station, erst mal in ein Viererzimmer, dann am Nachmittag doch endlich in ein Zweierzimmer. Es wurde beschlossen, meinen Darm nochmals zu spiegeln. Die Diagnose Colitis ulcerosa wurde bestätigt. Ein Drittel meines Dickdarms war befallen. Die Infusion brachte mir Linderung, doch der Einsatz von Cortison löste sofort wieder Halsschmerzen und Pilzbefall aus.

Noch hätte ich alles essen dürfen, was mir schmeckte. Doch ich verspürte keinen Hunger und liess die meisten Mahlzeiten fast unberührt. Ich machte mir Sorgen, wie alles weitergehen sollte. Bereits hatte ich fast 5 kg Gewicht verloren. Ich bekam die neuen Medikamente Salazopyrin, Prednison, Imodium und Buscopan, teilweise in der Infusion, und die Durchfälle wurden etwas weniger, hörten aber nicht auf.

Mitten in diese Krankenhauszeit erreichte mich der Anruf eines meiner Mädchen aus dem ehemaligen Stall-Team, das die ganzen Jahre über mit noch einer Kollegin bei mir die Pferde mitbetreute und ritt. Unsere Kollegin, bei der die Pferde untergebracht waren, legte uns aus relativ durchsichtigen Gründen nahe, uns einen anderen Stall zu suchen. Wir standen also mit den Tieren auf der Strasse.

Es schmerzte mich unheimlich, dass eine jahrelange Freundschaft aus so nichtigen Gründen zu Ende sein sollte. Hatten wir doch viele schöne Jahre zusammen mit den Pferden und beim Reiten verbracht und erlebnisreiche Stunden erleben dürfen. Und in meiner Situation der körperlichen Schwäche tat es doppelt weh.

Dank Internet und der Initiative des Mädchens fand sich im Berner Jura eine Bleibe für unsere Pferde auf riesigen Weiden. Da mir die Hände gebunden waren, übernahm sie die ganze Organisation, telefonierte und fuhr in den Jura, um sich die Sache anzusehen. Ich war sehr froh, dass ich alles beruhigt ihr überlassen konnte. Schnell war klar, dass das ein prima Platz für unsere Tiere war und es wurde abgemacht, die beiden so schnell wie möglich in den Jura zu bringen. Ich wollte aber unbedingt dabei sein, und so mussten wir warten, bis ich aus dem Spital entlassen wurde.

Das war eine Woche später der Fall. Ich war zwar noch schwach und wackelig auf den Beinen. Ich hustete und bekam nicht so gut Luft.

Der Pilz in Mund und Rachen, die Reaktion auf das Cortison, machte mir noch sehr zu schaffen. Meine Beschwerden hatten sich verbessert, waren aber nicht ganz weg. Es wurde mir empfohlen, eine Therapie mit dem Medikament Remicade in Betracht zu ziehen. Doch nach einem Blick ins Internet war klar, dass das für mich nicht infrage kam. Den Berichten war zu entnehmen, dass das Medikament, das in Verbindung mit Cortison über einen längeren Zeitraum genommen werden musste, die Gefahr von Tumorbildungen barg, und das war für mich mit meiner Vorgeschichte bezüglich des Melanoms wohl nicht das Richtige. Zudem ist Remicade eine richtige »Bombe« und meinem sehr geschwächten Immunsystem wohl nicht gerade förderlich.

Am nächsten Sonntag fuhren wir also zu dritt los. Dir Pferde waren im Hänger, der Vater des Mädchens fuhr uns in seinem Offroader. Es schneite den ganzen Tag. Die letzten 3,5 km führten durch einen schmalen, unbefestigten, steilen Waldweg. Es war unmöglich, mit dem Anhänger hochzufahren. Also luden wir die Pferde aus, und die Jugendliche wollte die Pferde an der Hand hinaufführen, während wir versuchen sollten, im Auto nachzukommen. Doch schon nach kaum 100 Metern hing vor uns quer ein anderes Auto im Weg. Wir mussten zurückrollen und halfen den Liegengebliebenen, den Wagen freizuschaufeln. Mit viel Mühe gelang das schliesslich. Als der Weg endlich wieder frei war, entschloss ich mich aber, mit den Pferden und dem Mädchen mitzulaufen, da ich sie nicht alleine in dieser Schneelandschaft dem Schicksal überlassen lassen wollte. Dazu kam, dass ihr Vater, der an uns vorbeifuhr, nicht mehr anhalten konnte, denn er wäre auf dem steilen Weg nach dem Stopp nicht mehr vom Fleck gekommen und unweigerlich auch stecken geblieben. Besorgt sah ich ihm nach. Hätte er nicht zwingend fahren müssen, er wäre bestimmt nicht gefahren, aber er musste das gesamte Equipment nach oben bringen.

Mutig stapften wir los. Der Schnee lag 20 bis 30 cm hoch. Unablässig fielen weisse Flocken. Es war steil, der Boden unter dem Schnee vereist, der Weg knapp so breit wie ein Auto. Wir keuchten. Ab und an rutschten wir oder die Pferde aus. Verrückterweise kamen uns vereinzelt Autos entgegengeschlittert. Wir konnten kaum ausweichen, weil der Weg so schmal und der Abgrund so nah war. Rechts ging es steil nach oben, auf der linken Seite genau so steil nach unten. Es gab keine Chance zum Ausweichen. Einmal streifte ein Auto ein Pferdchen am rechten Hinterlauf. Gottlob lief das Tier trotzdem tapfer weiter. Wir machten Pause, ich lief aber gleich wieder los, weil ich Angst hatte, einfach nicht mehr weiter zu können, wenn ich zu lange stehen blieb.

»Wie lange dauert das denn noch«, fragte ich meine Begleiterin verzweifelt. »Du kennst doch den Weg«.

»Ich glaube, es geht nicht mehr so lange«, meinte sie etwas verzagt.

Die kalte Luft schmerzte in meinen Lungen. Immer wieder musste ich husten. Doch tapfer marschierten wir weiter. Der Weg zog sich wie Kaugummi in die Länge. Endlos und still erschien uns der Wald. Am liebsten hätte ich mich in den Schnee gelegt und auf das Frühjahr gewartet. Doch immer wieder trieben wir uns gegenseitig an und machten uns Mut. Es blieb uns nichts anderes übrig als immer weiter zu gehen. Jeder Schritt wurde zur Qual. Mein geschwächter Zustand machte sich unangenehm bemerkbar. Doch ich nahm mich zusammen. Meine Begleiterin sollte nicht noch Angst um mich bekommen. Zum Glück waren wir ein seit Jahren eingespieltes Team und wussten, dass wir uns aufeinander verlassen konnten.

Und endlich, nach 2 endlos langen Stunden erreichten wir durchnässt, erschöpft und frierend den Hof. Wir waren gerettet. Die Pferde kamen in den Stall zu Heu und Stroh, wir in die warme Stube zu heissem Tee. Die Frau, die dieses Paradies leitete, war sehr lieb zu uns und wir fühlten uns sofort wie zu Hause.

Mit der Gewissheit, dass unsere Tiere hier bestens versorgt wurden, fuhren wir dann – das erste Stück im Wald im Schritttempo – beruhigt nach Hause.

Im März konnte ich meine Arbeit bei der Zeitung wieder aufnehmen. Doch es dauerte nur bis Mai, da kamen die Krämpfe wieder mit aller Heftigkeit zurück. Es gab Tage, da lief ich über 50-mal zur Toilette. Manchmal blieb ich auch eine halbe Stunde da sitzen, denn ich kam noch nicht mal mehr bis zur Tür, da musste ich auch schon wieder umkehren. Ich konnte kaum mehr etwas essen, denn was in den Körper reinkam, das kam postwendend wieder unten heraus, und das bereitete mir viele Schmerzen. Die logische Konsequenz war, nichts mehr nachzuschieben.

Meine Freundin konnte dem Desaster nicht mehr zusehen. Sie fand übers Internet die gastroenterologische Abteilung in der Hirslanden-Klinik in Zürich und machte umgehend einen Termin für mich aus.

An einem heissen Sommertag im Juni fuhren wir dahin mit dem Auto quer durch die ganze Stadt. Für mich war die Fahrt eine wahre Tortur. Ich hatte starke Schmerzen, mir war schwindlig und jede Bodenunebenheit liess mich zusammenzucken. Meine Freundin fuhr ganz sorgfältig und sachte und fragte mich immer wieder besorgt, ob ich noch da sei. Ich konnte nur nicken.

Endlich hatten wir unser Ziel erreicht. Am Eingang liess sie mich aussteigen, um das Auto zu parken. Ich taumelte gekrümmt über den Vorplatz, fand irgendwie die Treppe, zog mich am Geländer hoch und schaffte es bis zum Empfang.

»Ich habe einen Termin beim Professor«, stammelte ich leise an der Anmeldung. Ich konnte mich kaum mehr auf den Beinen halten. Die Dame am Empfang reagierte sofort. Sie kam um den Schalter herum, nahm mich um die Schultern und stützte mich.

»Das haben wir gleich, nur keine Angst. Gleich wird Ihnen geholfen«, meinte sie beruhigend und führte mich den Gang entlang in ein Zimmer, legte mich auf eine Untersuchungsliege und wollte den Professor rufen. Doch der kam grad zufällig an der offen stehenden Tür vorbei, sah mich, erfasste mit einem Blick die Situation und ordnete sofort eine Infusion an.

Ich lag zitternd auf der Liege und vor lauter Erschöpfung liefen wieder mal die Tränen. Er nahm beruhigend meine Hand und sagte:

»Keine Angst, das kriegen wir schon in den Griff.«

Zwischenzeitlich war auch meine Freundin eingetroffen und sass bei mir. Allein ihre Anwesenheit beruhigte mich so weit, dass der Professor in Ruhe den Ultraschall durchführen konnte. Er sah auf dem Bild die Entzündungen in meinem Darm, ich erzählte ihm meine Krankengeschichte und am Schluss meinte er:

»Es ist besser, wenn Sie gleich da bleiben. Sie sind völlig ausgetrocknet und auch sonst in schlechtem Zustand. Wir päppeln Sie auf und werden dann sehen, was wir weiter tun werden.«

Einerseits fühlte ich mich wohler bei dem Gedanken, endlich in den richtigen Händen am richtigen Ort zu sein, andererseits war ich über die Aussicht, in der Klinik bleiben zu müssen, nicht gerade begeistert. Aber es war auch klar, dass ich gar keine Alternative hatte, als vernünftig zu sein und mich den Anordnungen zu fügen.

Also bezog ich ein Zweierzimmer auf der Station BRC. Wieder bekam ich eine intravenöse Therapie mit hochdosierten Steroiden, initial kurzfristig auch Ciproxin und Tiberal. Sehr schnell stellten sich wieder Halsschmerzen und Husten, diesmal auch mit heftigen Kopfschmerzen verbunden, ein. Der Verdacht lag nahe, dass es sich dabei nicht um einen viralen Infekt handelte, sondern um die schon bekannten Steroidnebenwirkungen. Da der Einsatz von Remicade bei mir nicht infrage kam, erhielt ich nun Imurek, ein sehr starkes Präparat, das sonst in der Transplantations-Medizin eingesetzt wird, damit die Transplantate vom Körper der operierten Patienten nicht abgestossen werden. Die Folge war natürlich, dass mein Immunsystem seine Leistung noch weiter herunterfuhr.

Ich konnte mich normal ernähren, war aber sehr eingeschränkt. Ich bekam hauptsächlich leicht verdauliche Sachen. Früchte, rohes Gemüse, dunkles Körnerbrot und Weichkäse waren verboten. Alles musste ich gut und lange kauen. Die Milchprodukte waren alle lactosefrei.

Als ich mich mit meinem Professor eines Abends darüber unterhielt und mich beschwerte, dass ich weder Birchermüesli noch Salat essen dürfte, stützte er seine Arme auf den Bogen am Fussende meines Bettes, sah mich an und sagte ernst:

»Wissen Sie, Rohkost und Vollwertkost sind für gesunde Menschen sehr, sehr gut. Aber Sie müssen sich bewusst sein, dass Sie sehr schwer krank sind! Sie werden sich zeit ihres Lebens bei der Nahrungsaufnahme einschränken müssen und genau darauf achten, was Sie essen.

Auch dass Sie alles gut kauen, ist für Sie besonders wichtig. Es heisst schliesslich »Mahlzeit« und nicht »Schlingzeit«.«

Ich war sehr froh, dass er mit mir so offen redete. Die Therapie schien langsam anzuschlagen. Doch sobald ich anfing zu essen, musste ich sofort wieder auf die Toilette. Langsam machte ich mir Sorgen, dass ich vor vollen Tellern verhungern würde, wenn das so weiterging. Mein Gewicht war um weitere 5 kg auf 55 kg gesunken. Alles in allem hatte ich bisher 9 kg abgenommen.

Nach 14 Tagen durfte ich wieder nach Hause. Da Halsschmerzen und Husten auch unter Einnahme von Augmentin nicht nachliessen, wurde beschlossen, das Prednison auszuschleichen und gleichzeitig die Gabe von Imurek zu erhöhen. Zusätzlich wurde mir noch Asacol verschrieben. Alle Medikamente nahm ich zuverlässig ein, doch ich wurde das Gefühl nicht los, dass mein Körper Mühe hatte, die verschiedenen Präparate richtig zu verarbeiten. Ich habe eine ziemlich lange Liste von Medikamenten, die ich absolut nicht vertrage. Unter anderem sind dies Opiate, Tramadol, Penicillin, Cortison, fast alle starken Schmerzmittel, Rohypnol, Fortran und noch ein paar weitere.

Mein Zustand verbesserte sich nicht wesentlich. Im Bauch wurde es etwas besser, die Durchfälle etwas weniger, die Krämpfe schwächer. Doch mein Kreislauf wurde immer instabiler. Mir war schwindlig, es wurde mir öfters schwarz vor Augen und meine Arbeit konnte ich immer noch nicht aufnehmen.

Der Sommer war sehr warm. Ich lag herum wie eine tote Fliege. Ich ass kaum noch und auch das Trinken bereitete mir Mühe, weil ich immer noch an diesem blöden Pilz litt, der mir das Schlucken fast verunmöglichte. Meine Tage und Nächte verbrachte ich dösend, nur unterbrochen durch die unzähligen Gänge auf die Toilette.

Anfang August wollten wir für 3 Wochen nach Sylt fahren. Dieses Jahr gedachten wir, in Husum eine Nacht Station zu machen und meine Freundin hatte das Hotel gebucht, die Fahrkarten für den Autozug gekauft und die Ferienwohnung bei unseren Sylter Freunden wartete nur noch auf uns.

Der Professor meinte, Klima- und Luftveränderung würden mir guttun, und der positive Stress wäre Balsam für meine Seele.

»Sie werden sehen, wenn Sie wieder kommen, sind Sie wie neu«, meinte er gut gelaunt, als er mich entliess.

Die folgenden Tage straften seine Worte Lügen. Wenn meine Freundin von ihrer Arbeit nach Hause kam, war sie froh, wenn sie von mir überhaupt Antwort auf ihre Fragen erhielt. Ich fühlte mich so schlapp und unendlich müde, als wäre ich 100 Jahre alt. Ich verschlief fast den ganzen Tag, bekam kaum die Augen auf und auch nachts schlief ich wie ein Stein, wenigstens in der Zeit, die ich nicht auf dem WC verbrachte. Schon fast schlafwandlerisch stand ich nachts halbwach auf, ging aufs Klo und wankte zurück ins Bett, um gleich darauf wieder wegzudösen. Allerdings bekam ich kaum mehr als eine Stunde am Stück Ruhe, dann weckten mich die Krämpfe wieder auf und trieben mich erbarmungslos auf die Toilette.

Und dann kam eben dieser besagte Juliabend, als ich meiner Freundin unter Tränen gestand, dass ich mir die Fahrt nach Sylt einfach nicht mehr zutraute. Sie griff sofort zum Telefon. Sie erreichte meinen Professor, erklärte ihm die Situation und er beorderte uns sogleich über die Notfallstation in die Klinik.

Da lag ich also am 1. August, am Nationalfeiertag der Schweiz, in der Hirslanden-Klinik im Bett, direkt am Seerosenteich im Erdgeschoss, anstatt mit meiner Freundin in den Urlaub zu fahren. Der Professor war sehr besorgt. Im Ultraschall sah man, dass jetzt fast der ganze Dickdarm befallen war. Auch das CT (= Computertomographie) sprach eine deutliche Sprache. Die Steroidtherapie und das Cortison vertrug ich nicht, Remicade kam für mich nicht infrage und so blieb langsam aber sicher nichts anderes mehr übrig, als an eine Operation zu denken, obwohl eine Colitis im Allgemeinen nicht so schnell operiert wird.

Der Professor redete lange mit uns und bereitete uns sorgfältig auf diese neue Entwicklung vor.

»Ich habe einen sehr netten Kollegen hier im Haus und ich denke, Sie müssen sich mit ihm besprechen. Ich glaube, dass eine Operation wirklich das Einzige ist, das Ihnen jetzt noch helfen könnte. Sie sind austherapiert.«

Mit meiner Freundin besprach ich mich eingehend. Auch wenn mir der Gedanke an eine Operation Angst machte, sah ich mittlerweile selber keinen anderen Ausweg mehr. Auch sie redete mir zu und so warteten wir gespannt und mit Bangen auf den Viszeral-Chirurgen. Zwischenzeitlich erholte ich mich dank Infusionen und Schmerzmedikamenten etwas und wurde wieder entspannter.

Zwei Tage später, um 21 Uhr war es dann so weit. Meine Freundin war auch zugegen und wir lernten den Arzt kennen, der mir helfen sollte.

»Sie wollen von mir operiert werden?«, fragte er.

Ich nickte etwas eingeschüchtert.

»Das geht nicht. Erstens bin ich für die nächsten 3 bis 4 Monate völlig ausgebucht und zweitens kann ich unmöglich in diesen hochgradig entzündeten Darm schneiden. Das Risiko wäre zu hoch und die Komplikationen fast unabsehbar.«

Ich erschrak, sah hilfesuchend meine Freundin an. Was meinte er? Ich konnte es unmöglich noch 3 bis 4 Monate in meinem jetzigen Zustand aushalten.

Doch dann setzte sich der Arzt an den Tisch, nahm ein Blatt Papier und sagte:

»Nun, dann erzählen Sie mir mal Ihre Geschichte.«

Mithilfe meiner Freundin erzählte ich ihm von meinen Beschwerden. Er machte sich eifrig Notizen und stellte hie und da eine Frage. Dann untersuchte er meinen Bauch gründlich. Seine ruhige, leise Art machte mich wieder etwas zuversichtlicher.

Dann schien er zu merken, dass ich nicht aus lauter Jux und Tollerei auf eine Operation versessen war, sondern dass mir – und somit ihm – einfach kein anderer Ausweg mehr blieb als eine OP.

Ausführlich und lange erklärte er uns anhand von Zeichnungen und Skizzen, dass er meinen ganzen Dickdarm amputieren und mir dann aus dem Dünndarm einen neuen Darmausgang, einen sogenannten Pouch formen werde, d. h., der Dünndarm würde umgeleitet, von unten durch meine Bauchdecke hindurchgeführt und auf meinem Bauch festgenäht. Durch diese Öffnung würde mein Stuhl in einen Beutel laufen. Wenn mein Schliessmuskel gut funktionierte und alles richtig verheilt wäre, könnte die Rückverlegung des künstlichen Ausgangs nach zirka 6 bis 8 Wochen ins Auge gefasst werden.

Er zählte eine ganze Menge Komplikationen auf und sagte uns ganz klar, dass die Operation ein hohes Risiko beinhalte. Mit seinen Worten hörte sich das so an:

»Es ist eine totale Colektomie mit Proktomukosektomie und ileo-analem J-Pouch nach Uzonomya mit vorübergehendem Schutzileostoma vorzunehmen. Der Eingriff ist offen und nicht laparoskopisch vorzunehmen.

Ich habe den Eingriff der Patientin anhand von Zeichnungen erklärt und bin auf die hohe Komplikationsrate (septische Komplikation im kleinen Becken, Nahtinsuffizienz, Fistelbildung, schlechte Langzeitresultate, 30 % Ileusbildung im späteren Verlauf, etc.) im Detail zu sprechen gekommen.«

Ich verstand in meinen Schmerzen nur, dass die Operation nicht ungefährlich war und einige Komplikationen möglich sein könnten. Er verabschiedete sich und versprach mir, mich dazwischen zu schieben, sobald ihm sein dicht gedrängter OP-Plan dies erlaubte. Meine Freundin blieb noch lange bei mir und wir sprachen über die bevorstehende Operation.

Ich war gleichzeitig angsterfüllt und doch auch erleichtert. Es würde mit dieser Operation alles wieder in Ordnung kommen und ich könnte ganz gesund werden. Ich wollte nichts lieber als das. Heute weiss ich, dass meine Freundin in der Beziehung viel skeptischer war. Durch ihr berufliches Insider-Wissen war ihr von Anfang an ganz klar, dass wir beide viel zu verlieren hatten, und das machte ihr verständlicherweise Angst. Doch sie liess mich nicht fühlen, wie ihr zumute war.

Am 5. August lag ich auf dem OP-Tisch. Dass meine Chance, den OP lebend zu verlassen, nur bei gut 40 % lag, wusste ich damals nicht. Meine Freundin sass daheim nervös am Telefon und wartete auf den erlösenden, versprochenen Anruf. Doch dann hielt sie es nicht mehr aus und fuhr in die Klinik, dackelte stundenlang durch den Park und durch die Gänge. Nach über 6 Stunden wurde sie mit der Mitteilung erlöst, dass der Eingriff geglückt sei und ich auf der Intensiv-Station läge.

Ich blieb 5 Tage auf der IPS (= Intensiv-Pflege-Station). Meine Freundin besuchte mich täglich und half mir mit Atemtherapie und ihrem Dasein über Schmerzen hinweg. Es tat gut, sie bei mir zu haben. Ich war ziemlich schwach. Angeschlossen an viele Schläuche, mit Katheter, Drainagen, einem ZVK (Zentral-Venen-Katheter) am Hals und verbunden mit verschiedenen Apparaten, dämmerte ich vor mich hin, ab und zu aufgeschreckt vom Piepsen einer Apparatur oder von umherhuschenden Pflegenden. Ich kann mich gar nicht mehr so gut an diesen ersten Aufenthalt auf der IPS erinnern. Mein Bauch war verbunden und zwei Beutel hingen rechts und links an meinem Körper. Ich hatte Durst, durfte aber kaum trinken.

Zweimal im Tag musste ich aus dem Bett, auf einen Stuhl, mit all den Kabeln und Schläuchen war das jedes Mal ein Prozedere, das nur mithilfe von 2 Pflegenden gelingen konnte. Es strengte mich auch sehr an, die Schmerzen verstärkten sich dadurch, mein Kreislauf war auch nicht gerade begeistert und ich war jedes Mal froh, wieder die kühlen Laken des frisch gemachten Bettes um mich zu spüren. Dank einer PDA (Periduralanästhesie) hielten sich die Schmerzen sonst in Grenzen. Ich konnte selber spritzen, wann immer die Schmerzen mich zu überrennen drohten. Mein Ruhepuls befand sich in einem Hoch von bis zu 155 Schlägen pro Minute. Ich hörte dementsprechend laut und heftig mein Herz pochen.

Wenn ich etwas wacher war, tastete ich sachte auf meinem Bauch herum, versuchte zu sehen, was mit mir geschehen war und betrachtete die Beutel auf meinem Bauch. Der linke war eine Drainage, da flossen Blut und Wundflüssigkeit hinein. Der rechte war der Beutel für meinen Stuhl, festgeklebt an meinem rechten Unterbauch. Ich betrachtete ihn sehr skeptisch und in mir tauchte die Erinnerung an meine Bettnachbarin seinerzeit im KSB auf. Jetzt war ich also auch so weit. Nie hätte ich mir träumen lassen, einmal in dieselbe missliche Lage zu kommen. War ich jetzt auch so schwer krank wie sie? Doch ich tröstete mich sofort damit, dass der künstliche Darmausgang bei mir ja nur eine vorübergehende Massnahme war. Eigentlich könnte das doch eine ganz interessante Erfahrung werden. Da dieser Beutel nun schon mal da war und jetzt zu mir gehören sollte, musste er auch einen Namen bekommen.

Zurzeit kam gerade in weiterer Harry-Potter-Band auf den Schweizer Markt. Ich hatte es im Fernsehen gesehen, als ich noch daheim war. Auch die Zeitungen waren voll davon und es fanden überall Events deswegen statt. Es war ein Riesen-Tamtam. Deshalb kam ich auf die Idee, den Beutel Harry zu nennen. Ich taufte ihn auf den Namen: »Harry, der Pott.«

Meine Freundin wurde gleich bei ihrem nächsten Besuch darüber instruiert, und auch die Pflegenden mussten sich anhören, ob sie wollten oder nicht, dass ich von nun an mit Harry im Bett lag.

Dann wurde mein Zustand stabiler und ich wurde samt Harry auf mein Zimmer gebracht, diesmal wieder auf der Station BRC, genau einen Stock über dem Zimmer vom letzten Mal.

Die Schwestern und Pfleger kannte ich ja bereits, und so wurde es fast zu einer Heimkehr.

Die Heilung verlief recht ordentlich. Meine Schmerzen waren zu ertragen. Mühsam war, dass ich jetzt dicke Binden brauchte, da mein Stuhl zwar in den Beutel lief, mein Darmausgang aber offen war und Wundsekrete und Schleim austraten. Ich wurde öfters im Tag trockengelegt und lernte, als ich unter Aufsicht wieder aufstehen konnte, meinen Harry selbst auf dem WC zu leeren. Daneben hatte mir mein Arzt aufgetragen, meinen Schliessmuskel zu trainieren, damit die Rückverlegung meines Darmausgangs später nicht durch Stuhl-Inkontinenz verhindert wurde. Also kniff ich brav meine Po-Backen zusammen, blieb während 10 Sekunden in der Stellung und liess dann wieder los, und das jede Stunde 10 Mal. Ich übte fleissig, denn ich wollte ja meinen Harry um jeden Preis später wieder loswerden.

An dem Tag, als ein netter Herr von der Stoma-Beratung zu mir kam, mit zwei Koffern voller Beutel, verschiedener Systeme und viel

Literatur, dämmerte mir so langsam, was an einem Stoma so kompliziert war.

Erst erklärte er uns theoretisch die Funktion des Beutels. Dann entfernte er den OP-Beutel von meinem Bauch und zeigte meiner Freundin und mir genau, wie mit einer Spezial-Lotion die Haut gereinigt werden musste, dann wurde ein spezieller Puder aufgetragen und am Schluss folgte ein Spezial-Leim, der wiederum sorgfältig um das Stoma herum geformt und angepasst wurde (das musste ja absolut dicht sein, keine Flüssigkeit durfte austreten). Zuletzt wurde die Platte darauf geklebt und am Schluss der Beutel mittels Klickverschluss daran befestigt. Es musste schnell und zügig gearbeitet werden, daneben aber äusserst exakt und sorgfältig, denn sonst platzte der Beutel früher oder später ab und ich erlitt erhebliche Schmerzen durch die aggressive, auslaufende Flüssigkeit. Da mein Stoma sehr klein war und ausserdem in einer trichterförmigen Vertiefung unter meinem rechten Rippenbogen lag, konnte ich es in der Rückenposition nicht sehen und war schon gar nicht in der Lage, selber einen Plattenwechsel vorzunehmen.

Durch die Vertiefung bedingt musste die Platte konvex sein, damit sie am Bauch genau angepasst werden konnte. Da dieses herausragende Stück Dünndarm (Stoma) natürlich keinen Schliessmuskel aufweist, läuft der Kot unkontrolliert und sehr flüssig ab. Da der Dickdarm, dessen Funktion ja im Eindicken der Stuhlflüssigkeit besteht, nun weg war, waren meine Ausscheidungen flüssig und mussten mit entsprechenden Medikamenten (Loperamid) wenigstens etwas eingedickt werden, da der Flüssigkeitsverlust in der Situation natürlich sehr gross war.

Wir sahen eifrig zu und ich war sehr erleichtert, als meine Freundin sich bereit erklärte, den jeweiligen Wechsel von Beutel und Platte, der ca. alle 3 Tage vorgenommen werden musste, zu übernehmen. Dazwischen musste nur der Beutel mittels Ausstreichen des Inhalts, mehrmals am Tage geleert werden, und das konnte ich zwischenzeitlich ganz gut selber.

Im Verlauf der nächsten Tage gab es zunächst Probleme durch eine verzögerte Magenentleerung und mit einer Dünndarmpassage, die wohl etwas sehr eng war, sich dann aber unter der Gabe von Gastrografin gottlob normalisierte. Der Arzt erklärte uns dazu, dass mein Dünndarm sehr eng sei, wie bei einem Kleinkind, nur etwa so dick wie ein Bleistift, und er ermahnte mich wieder, mein Essen sehr gut zu kauen, das ich übrigens immer zusammen mit der hausinternen Ernährungsberaterin zusammenstellte.

Nach einer Woche fing plötzlich eine Stelle der langen, vom Schambein bis über den Nabel hinaus senkrecht verlaufenden Wunde an, zu eitern. Deswegen wurde die Wunde zweimal täglich mit Ringerlactat gespült, was mir ziemliche Schmerzen verursachte, bevor sie wieder sorgfältig neu verbunden wurde.

Alles in allem ging es mir zufriedenstellend. Langsam konnte ich auch das Bett wieder alleine verlassen. Ich war allerdings unwahrscheinlich müde und es gelang mir kaum, meinen Kopf aufrecht zu halten. Ich musste mich immer irgendwo anlehnen. Nach knapp 3 Wochen wollte ich gerne nach Hause. Der Arzt hätte mich eigentlich lieber in die Reha (= Rehabilitation) geschickt. Aber nachdem ich ihn davon überzeugt hatte, dass ich daheim genau so gut, wenn nicht besser, liegen könne und meine Freundin bestimmt zuverlässig meine Wunde spülen würde, liess er uns mit den besten Wünschen ziehen und überwies mich wieder zurück an unseren Hausarzt.

Ich war sehr froh, wieder zu Hause zu sein. Meine Freundin bettete mich aufs Sofa, brachte mir meine Medikamente, stellte Essen und Trinken bereit und umsorgte mich liebevoll. Da sie aber nach einiger Zeit ihre Arbeit an der Berufsschule wieder aufnehmen musste und ich noch nicht den ganzen Tag alleine bleiben konnte, kamen abwechslungsweise meine beiden Mädchen (die mittlerweile zu Jugendlichen herangewachsen waren) aus dem ehemaligen Stall-Team zu mir, und übernahmen meine Versorgung mit Essen, Trinken und den Medikamenten. Die Rollen waren jetzt vertauscht: Als die beiden noch Kinder waren, hatte ich ihnen das Reiten bei mir ermöglicht und war mit ihnen zu Pferde-Veranstaltungen gefahren. Jetzt schauten die beiden zu mir und ich war ihnen unendlich dankbar dafür. Später, als Studium und

Berufsschule wieder anfingen, übernahm die Mutter des einen Mädchens diese Aufgabe.

Der Hausarzt kam ab und zu vorbei und kontrollierte die Wunde, die nach wie vor, jetzt an zwei Stellen, offen war. Er war zufrieden und beschied uns, Geduld zu haben, so ein Eingriff brauche Zeit, um vom Körper verkraftet zu werden.

Meine Freundin fuhr mit mir nach Zürich zur Stoma-Beratung, um sicher zu sein, dass mit dem Stoma alles in Ordnung war und sie alles richtig machte. Die Fahrt war eine ungeheure Strapaze für mich und strengte mich sehr an. Doch für sie war es eine grosse Beruhigung zu wissen, dass alles in Ordnung war. Der von der Stoma-Beraterin aufgeklebte Beutel hielt übrigens nur bis zum Abend, dann platzte er auf und musste neu gemacht werden.

Mit der Zeit gewannen wir beide mehr Ruhe und Sicherheit beim Wechseln es wurde zur Routine. Wir merkten, dass es besser war, Harry nachts, wenn die letzte Mahlzeit ein paar Stunden her war und er ruhiger wurde, zu wechseln, denn es konnte vorkommen, dass es ewig dauerte, bis keine Flüssigkeit mehr nachlief. Die aggressive Stuhlflüssigkeit schmerzte auf der entzündeten Haut sehr und brannte wie Feuer. Im allerschlimmsten Fall dauerte so ein Wechsel auch mal 1 ½ Stunden. Im Normalfall war es aber in etwa 15 Minuten erledigt.

Nach wenigen Wochen ging es mir aber nicht besser, sondern schlechter. Die Schmerzen im Bauch waren nur in Rückenlage zu ertragen, sobald ich mich auf die Seite drehen wollte, wurden sie sehr heftig, mein Kreislauf machte wieder schlapp und mir wurde immer öfters schlecht. Auch mit der Atmung hatte ich Probleme und mein Zwerchfell auf der rechten Seite bescherte mir dauerndes, heftiges Seitenstechen. Mein Puls war immer noch viel zu schnell und Harry benahm sich öfters recht schlecht und platzte auf. Wenn meine Freundin da war, liess sich das Malheur schnell beheben, war sie aber auf Arbeit, lag ich hilflos im Bett wie ein gestrandeter Käfer auf dem Rücken, mit Haushaltspapier auf der undichten Stelle und musste warten, bis sie kam und mich neu verband. Dabei bestand natürlich immer die Gefahr, dass Stuhlflüssigkeit in die noch offene Wunde lief. Gottlob wussten wir das immer zu verhindern, sonst wäre die Katastrophe wohl komplett gewesen.

Als ich Fieber bekam, verlangten wir vom Hausarzt eine Blutuntersuchung. Das Labor-Resultat zeigte Entzündungszeichen und so verschrieb er mir zusätzlich zu den Schmerzmitteln Antibiotika, die dann auch recht rasch ihre Wirkung zeitigten. Meine Freundin kontrollierte immer wieder besorgt meinen Bauch, um eine eventuelle Verhärtung sofort zu entdecken.

Eines Morgens konnte ich überhaupt nicht mehr schlucken. Wir liessen den Arzt kommen, der schaute mit der Lampe in meinen Hals, erschrak sichtlich und meinte dann etwas unüberlegt:

»Mein Gott, einen solch ausgedehnten Pilz habe ich das letzte Mal bei einem Aids-Kranken gesehen«!

»Du machst mir Mut«, krächzte ich mühsam. »Da kannst du mit meinem Blut auch gleich einen Aids-Test machen.«

Das tat er denn auch, Gott sei Dank war der aber negativ. Er verschrieb mir Sporanox gegen den Pilz. Ich schluckte das Zeug wochenlang, ohne Erfolg. In der Mundhöhle bildeten sich Aften, dann dehnte sich der Pilz über die Speiseröhre bis hinunter zum Magen aus. Ich konnte zeitweise nicht mehr schlucken, musste sogar meinen Speichel in eine Schüssel laufen lassen. Das Essen wurde unmöglich. Und doch wäre es gerade in der Situation wichtig gewesen, regelmässig kleine Portionen zu essen. Tat ich das nicht, bekam ich extremste Bauchkrämpfe. Meine Freundin und meine Mädchen schmierten mir immer Brote, die in einer kleinen Box, liebevoll verpackt damit sie frisch blieben, neben meinem Bett standen, so konnte ich auch nachts essen, es zumindest versuchen.

Der Sommer war bald vorbei. Meine Nachbarin mähte uns netterweise den Rasen. Ich winkte ihr vom Bett aus dankbar zu. Ich war nicht in der Lage, die schönen und warmen Tage auf der Terrasse zu verbringen. Der Weg dorthin war einfach zu weit.

Langsam kam der Herbst. Meine Freundin drängte immer wieder darauf, in der Klinik anzurufen und einen Termin zu vereinbaren. Doch ich hatte Angst davor, weil ich dachte, ich könnte den langen Weg dahin im Auto nicht schaffen. Ich wusste genau, dass der Arzt mich in seiner Sprechstunde zu sehen wünschte, und die Sache nicht am Telefon zu erledigen wäre. Ich wehrte mich vehement dagegen, und als der Hausarzt uns versicherte, wir müssten einfach Geduld haben, das würde sich schon wieder einspielen, waren wir wieder beruhigt.

Dann bekam ich wieder Fieber. Mal stieg es, dann sank es wieder. Die Bauchnaht war jetzt nur noch an einer Stelle offen. Der Bauch schmerzte mich, doch war er weich. Ich versuchte immer wieder krampfhaft, aus dem Bett und auf die Beine zu kommen. Mal schaffte ich es bis auf den Gang, mal gar nicht. Ich wusste nicht recht, ob die Krankheit so stark oder ich so schwach war. Ich war deshalb öfters unglücklich und mit mir sehr unzufrieden, dass ich nicht stärker war. Ich wollte endlich gesund werden, wollte meiner Freundin und dem Arzt beweisen, dass ich willens war, doch es gelang mir einfach nicht.

Ich war froh, dass wenigstens die Toilette so nah war, dass ich sie erreichen konnte, doch kaum war ich draussen, wurde mir schon wieder so schwindlig und ich bekam kaum Luft, dass ich mich blindlings zum Bett zurücktastete und erst mal wieder erschöpft einschlief.

Wenn der Hausarzt da war, fragte ich ihn:

»Warum bin ich so müde? Ist das normal nach dieser Operation? Wie machen das andere Patienten? Kennst du jemanden?«

»Ich habe eine Patientin mit derselben OP. Die hat 8 Monate gebraucht, bis sie wieder auf dem Damm war. Du musst Geduld haben. Gehe jeden Tag ein paar Schritte und jeden Tag etwas mehr. Du wirst sehen, das wird schon.«

Ich versuchte, den Ratschlag umzusetzen. Es gab aber Tage, da kam ich überhaupt nicht aus dem Bett und wenn ich es doch einmal geschafft hatte, war ich ganz stolz und erzählte es am Abend meiner Freundin. Auch unser Grosser meinte, wenn er mich einmal in der Woche sah:

»Du läufst heute schon viel besser als letztes Mal.«

Doch es ging nicht wirklich voran. Mir war immer öfters übel, ich musste brechen und bekam ganz komische Würgekrämpfe, die manchmal bis zum Erbrechen führten, manchmal aber lief nur Flüssigkeit aus

Augen, Mund und Nase, und ich hatte das Gefühl, ich müsste ersticken. Diese Anfälle kosteten mich sehr viel Kraft und schmerzten mich natürlich sehr in meiner Bauchwunde. Sie kamen fast immer dann, wenn ich mich überanstrengte oder auch wenn ich ass und trank. Manchmal aber kamen sie aber auch, wenn ich *nicht* ass und *nicht* trank. Es geschah auch immer wieder beim Sprechen und so gab es Tage, da redete ich kaum noch. Auch das Telefon konnte ich nicht mehr bedienen. Ich wusste bald nicht mehr, was ich tun und was ich lieber lassen sollte.

Seltsamerweise veränderte sich der Geschmack der Speisen. Alles schmeckte, als würde ich Karton essen oder es war extrem bitter. Mit den Getränken kam ich nur noch zurecht, wenn sie eiskalt waren. Meine Freundin stellte mir eine Thermoskanne mit lactosefreier Milch und eine andere mit eiskaltem weissem Tee hin. Immer wieder schleppte sie neue Getränke und Tees in verschiedenen Aromen an, immer in der verzweifelten Hoffnung, dass mir irgendetwas wieder besser schmecken würde. Früher hatte ich viel Wasser getrunken. Das ging komischerweise gar nicht mehr. Sobald ein Schluck Wasser in meinen Mund kam, musste ich sofort brechen.

Es bereitete mir enorme Mühe, meine Medikamente zu schlucken. Manchmal brauchte ich mehrere Minuten, bis ich eine Tablette unten hatte. Die Kapseln öffnete ich und mischte den Inhalt mit Joghurt, aber das dauerte ewig, bis ich schlucken konnte. Unser Grosser, der mir manchmal dabei zusah, wie ich mich abmühte, konnte das so überhaupt nicht verstehen. Er selber muss seit seiner Geburt jeden Tag über 20 Tabletten, Kapseln und Dragées schlucken, und er tat das mit der Selbstverständlichkeit eines Profis. Doch er konnte sehr gut verstehen, dass ich Geschmacksveränderungen beim Essen feststellte. Ihm ging es selber genauso. Alles was er jeweils ass, war für uns total versalzen, für ihn aber gerade richtig. Ich konnte ihm jetzt auch seine jeweilige Enttäuschung nachfühlen, wenn er sich ein Gericht bestellte, und es so gar nicht mehr seinem Geschmack entsprach. Es ist frustrierend, wenn man sich auf ein bestimmtes Essen freut, und dann schmeckt das plötzlich ganz anders, als man sich das bis anhin gewohnt war.

Der Herbst kam und mit ihm meine späte Einsicht, dass ich jetzt vielleicht doch endlich die Klinik kontaktieren sollte. Das Leben hinter dem Fenster meines Schlafzimmers lief weiter, ohne mich. Seit 3 Monaten lag ich im Bett, die Situation verbesserte sich nicht, und ich wurde immer schwächer. Meine Muskulatur war verschwunden, meine Beine wirkten wie zwei Zündhölzer und trugen mich kaum. Mein Körper wurde mir immer fremder, ich konnte ihn nicht mehr kontrollieren, ihn nicht mehr richtig pflegen, er schien irgendwie gar nicht mehr zu mir zu gehören. Schmerzen und Angst wurden meine ungebetenen Begleiter und so nahm ich allen Mut zusammen, rief die Klinik an und machte einen Termin aus. Ganz egal, wie ich dahin kommen sollte, ich *musste* dahin.

Meine Freundin war sehr erleichtert, dass ich endlich einlenkte. Anfang Dezember fuhren wir los. Mit ihrer Hilfe hatte ich mich gewaschen und angezogen. Mit meinem kleinen grünen Becken (falls ich brechen musste), brachte sie mich ins Auto und fuhr wieder einmal quer durch die Stadt. Ich war mehr weggetreten als anwesend, musste aber nicht brechen und überstand die Fahrt relativ unbeschadet.

Mein Arzt, der mich operiert hatte, untersuchte mich gründlich, erschrak über meinen elenden Zustand und meinte zu mir:

»Warum in aller Welt sind Sie nicht vorher gekommen. Sie sind medizinisch total vernachlässigt.«

»Es tut mir leid. Ich hatte solche Angst vor der Fahrt. Ich habe sie mir einfach nicht zugetraut«, meinte ich kleinlaut.

»Na ja«, lenkte er ein. »Aber versprechen Sie mir bitte, dass Sie nie mehr so lange warten. Ich habe Ihnen doch gesagt, dass Sie sich melden sollten, wenn Sie ein Problem haben.«

Ich versprach es niedergeschlagen. Er hatte ja recht.

Er behielt mich gleich in der Klinik. Meine kluge Freundin hatte in weiser Voraussicht meine Sachen schon mitgenommen, weil sie ahnte, dass ich bleiben musste. So war mein Zimmer, wieder auf der Station BRC, schnell eingerichtet. Die Pflegenden waren mir fast alle bekannt, und so war es für mich nicht ganz so schlimm, wieder hier zu sein. Ich bekam ein Bett am Fenster, dazu die obligate Infusion und liess die üblichen Eintrittsuntersuchungen über mich ergehen. Auch ein CT wurde gemacht, das aber nichts Dramatisches ans Licht brachte.

Es war Anfang Dezember. Meine Freundin pendelte wieder täglich zwischen Aarau und Zürich hin und her, jedes Mal durch den Stossverkehr. Daneben betreute sie natürlich weiterhin unseren Grossen und der ganze Haushalt hing auch noch an ihr. Sie tat mir ganz schön leid, wie sie müde und bleich an meinem Bett sass. Sie erzählte mir von ihrer Arbeit, brachte mir die Tageszeitung mit, die übrigens auch ohne mein Mitwirken täglich erschien (!), und verbrachte ihre knappe Freizeit bei mir.

Dank Infusion, Wunschkost und neuen Medikamenten ging es mir wieder besser. Anfang Januar sollte die Rückverlegung vorgenommen werden. Üblicherweise geschieht dies 6 bis 8 Wochen nach der ersten Operation. Bei mir waren inzwischen 4 Monate vergangen. Ewig konnten wir nicht mehr warten, sonst würde die OP nicht mehr den gewünschten Erfolg bringen können.

Am 24. Dezember durfte ich nach Hause. Wie immer war unsere Wohnung schön geschmückt. Meine Freundin und der Grosse hatten schon ein paar Tage zuvor zusammen Weihnachten gefeiert, weil er anschliessend mit seiner Familie die Feiertage in den Bergen verbrachte. Bei der Krippe standen seine Dinos und entlockten mir ein paar wehmütige Tränen.

Es war ganz ruhig bei uns, aber wir waren froh, dass wir diese Tage zusammen verbringen durften. Ich konnte sogar kurze Zeit auf dem Sofa liegen und so genossen wir die stillen Stunden zu zweit. Ich bekam Angst, wenn ich an das neue Jahr dachte. Was würde es uns bringen? Konnte ich endlich wieder gesund werden? Seit über einem Jahr war ich nun aus dem Verkehr gezogen, herausgerissen aus meinem Leben, von einem Tag auf den anderen, ohne Vorwarnung. Würde es wieder besser werden?

»Bitte, lieber Gott«, flehte ich im Stillen, »lass mich wieder gesund werden. Ich wünsche mir nichts anderes, nur Gesundheit.«

Wie gut ist es doch eingerichtet, dass wir Menschen nicht in die Zukunft sehen und somit nicht wissen können, was uns noch alles bevorsteht.

Am 4. Januar 2006 wurde ich wieder auf Station BRC erwartet. Schweren Herzens fuhren wir hin. Ich hatte Angst. Auch die Rückverlegung war eine lange, schwere Operation. Ich musste noch verschiedene vorbereitende Untersuchungen über mich ergehen lassen, unter anderem auch ein CT und eine Darmspiegelung. Dann war es so weit:

Ich wurde in den Vorsaal zum OP geschoben, bekam meine PDA, dann die Narkosespritze und war weg.

Was dann geschah, liest sich auf dem OP-Bericht wie folgt:

»Verschluss des doppelläufigen Ileostomas nach nochmaliger Pouch-Endoskopie und gynäkologischem Untersuch.«

Diesmal erwachte ich auf der IPS West. Ich hatte darum gebeten, wenn immer möglich nicht auf die IPS Ost zu müssen, da es dort seinerzeit sehr laut zu- und herging.

Sorgfältig tastete ich meinen Bauch ab. Es war wie ein Wunder: Harry war weg! Nach fast einem halben Jahr war ich wieder ohne ihn! Ich würde wieder auf dem Bauch liegen können, wieder schwimmen und reiten, und, und, und... Ich machte in meinem Kopf die tollsten Pläne, bis ich wieder einschlief.

Nach ein paar Tagen war ich wieder in meinem Zimmer auf Station. Ich hatte unheimlichen Durst, durfte aber kaum trinken. Ich fühlte mich wie in der Wüste, die Zunge klebte am Gaumen, die Lippen wurden spröde und rissig und ich hatte kaum mehr Speichel. Die Schwester liess deshalb die Infusion schneller laufen und meine Freundin wischte mir den Mund mit Tupfern aus, die mit Tee getränkt waren. Doch es half nicht viel. Ich litt ziemliche Qualen.

Alle warteten gespannt darauf, dass der Darm seine Tätigkeit wieder aufnahm. Doch das tat er nicht. Stattdessen wurde mir extrem übel. Ich hatte das Gefühl, meine Eingeweide würden von unten her nach oben gedrückt und ich fühlte mich, als müsste ich nächstens zerplatzen. Wie ein Panzer lag etwas Unsichtbares um meinen Leib, von der

Leiste bis Mitte Brustkorb. Die Haut fühlte sich gespannt und heiss an. Ich fing an zu erbrechen. Es war, als würde ich alles, was in mir war, herauswürgen. Ich füllte eine Nierenschale nach der anderen mit schwarzer, stinkender Flüssigkeit, die Schwestern kamen kaum nach mit Auswechseln. Mein frisch operierter Bauch schmerzte wie die Hölle und ich wusste kaum mehr, wie ich meine Wunde festhalten musste, um sie möglichst zu schonen. Gleichzeitig brauchte ich meine Hände ja auch noch zum Festhalten der Nierenschale. Ich wünschte mir, vorübergehend ein Oktopus zu sein. Meine Freundin brachte mir daraufhin mein kleines grünes Becken, da die Nierenschalen für mich einfach zu klein waren, und so wurde es mir ein treuer Begleiter.

Am Abend kam der Arzt. Er besah sich die Bescherung und meinte:
»Wir müssen Ihnen eine Magensonde legen, das geht so nicht.«
Ich schaute ihn erschrocken an.
»Nein, bitte, das nicht, ich möchte keine Magensonde«, flehte ich.
»Es geht nicht anders. Sie müssen sich dann nicht mehr so quälen mit dem Erbrechen. Es wird alles durch die Sonde abfliessen. Glauben Sie mir, es ist besser so. Sie wollen doch auch nicht, dass die Wunde wieder aufgeht.«

Nein, das wollte ich wirklich nicht. Aber mir wurde angst und bange bei dem Gedanken, diese Sonde schlucken zu müssen. Ich stellte es mir schrecklich vor, den Schlauch durch die Nase bis in den Magen geführt zu bekommen.

Es war auch schrecklich. Zwei Schwestern kamen. Sie waren bewaffnet mit einem Becher Wasser und einem langen Schlauch. Sie erklärten mir genau, wie ich zu atmen und dabei das Wasser zu schlucken hatte, und gleichzeitig mit meinem Schlucken würden sie den Schlauch in die Nase, durch den Rachen und in die Speiseröhre bis in den Magen führen.

Wie von mir erwartet, musste ich den Schluck Wasser gleich wieder erbrechen. Ich würgte und spuckte, Tränen liefen mir über die Wangen, ich bekam fast keine Luft. Doch die Schwestern waren sehr routiniert, beruhigten mich mit gutem Zureden und der Versicherung, dass sie gleich fertig wären mit der Prozedur. Und wirklich, trotz aller

Schwierigkeiten sass dieser Fremdkörper nun an seinem Platz. Noch ein paar Mal wurde er höher und dann wieder tiefer gezogen, und dann mit einem Pflaster auf meinem Gesicht befestigt. Bei jedem Schlucken fühlte ich nun, wie etwas in meinem Hals steckte und zuerst glaubte ich, ich müsste gleich wieder erbrechen. Doch die Pflegenden brachten mich dazu, etwas ruhiger zu atmen, mich zu entspannen und so wurde es etwas besser.

Die folgende Nacht wurde hektisch und sehr unruhig. Ich musste fast pausenlos erbrechen. Obwohl die Sonde gut sass und auch förderte, spuckte ich regelmässig, ca. alle 2 bis 3 Stunden, grosse Mengen Flüssigkeit. Nach dem Erbrechen wurde mir etwas wohler, dann baute sich der Druck wieder auf, bis er sich wieder durch Erbrechen entleerte. Mein kleines grünes Becken war im Dauereinsatz.

Am Morgen fuhr man mich zum Röntgen. Ich war so schwach und erschöpft, dass die Aufnahmen im Liegen gemacht werden mussten. Es wurde ein Kontrastmittel gespritzt und eine Aufnahme gemacht. Dann wurde die Sonde abgeklemmt, und nach 2 Stunden wurde das Ganze wiederholt. An diesem Tag wurde ich noch 4 weitere Male zum Röntgen gebracht. Schon nach dem 2. Mal glaubte ich, diesen Tag nicht zu überleben. Ich hatte extreme Schmerzen, war immer wieder am Erbrechen und nahm das ganze Geschehen nur noch halb betäubt wahr.

Am nächsten Morgen bekam ich ein neues Medikament und gleichzeitig wurde mir über den ZVK (Zentral-Venen-Katheter) künstliche Ernährung zugeführt, da ich erneut viel Gewicht verloren hatte. Ich wog noch 47 kg. Ich durfte weder essen noch trinken. Das Essen war mir auch gründlich vergangen, aber Durst hatte ich immer noch, ich glaube, ich hätte eine Badewanne voll austrinken können. Auf dem Nachttisch meiner Bettnachbarin stand ständig eine Tetra-Packung Traubensaft. Sie selbst trank nur sporadisch und sehr wenig davon. Doch ich hätte ohne Weiteres einen Mord begehen können, um an die begehrte Flüssigkeit heranzukommen, um sie gierig und bedenkenlos in einem Zug unvernünftigerweise in mich hineinzuschütten. Es war eine ziemliche Folter für mich, dieses Getränk in Reichweite und doch unerreichbar weit, ständig vor mir sehen zu müssen.

Langsam liessen die Schmerzen nach, das Medikament wirkte. An die Magensonde gewöhnte ich mich nur langsam, sie schmerzte bei jedem Schlucken, bis eine neue Schwester merkte, dass die Sonde nicht korrekt lag. Sie zog sie etwas heraus und von da an ging es etwas besser.

Mein Leib war nicht mehr so gespannt, aber meine Darmtätigkeit kam nicht in Gang. Nach einigen Tagen kam der Arzt gegen Abend in mein Zimmer, setzte sich zu mir ans Bett und sagte:

»Wir können nicht mehr länger zusehen. Wir müssen nachsehen, was los ist, warum der Darm nicht in Schwung kommt. Wir werden Sie morgen früh operieren.«

Mein Herz begann zu rasen. Nein, bitte nicht, nicht schon wieder, flehte ich innerlich. Aber ich sagte nur:

»Habe ich eine Wahl?«

»Nein«, meinte er, »eigentlich nicht.«

Als er hinausgegangen war, rief ich meine Freundin an und wollte sie über die unerwartete Operation informieren. Doch nur der AB (= Anrufbeantworter) war zu erreichen und so schilderte ich dem Apparat mit schwacher Stimme meine Lage und bat meine Freundin, mich doch zurückzurufen. Wenige Minuten später rief sie besorgt an. Sie schien jedoch nicht sehr überrascht, hatte sie doch so was Ähnliches schon erwartet.

»Ich komme gleich zu dir, dann können wir alles Weitere besprechen. Hab keine Angst.«

Viele Monate später gestand sie mir, dass sie diese Aufzeichnung meines Anrufs monatelang gespeichert liess, weil sie befürchtete, ich könnte nie mehr wiederkommen und sie meine Stimme als Andenken behalten wollte.

Doch da stürmte der Arzt auch schon wieder ins Zimmer:

»Wir operieren Sie heute Nacht noch, jetzt gleich.«

Ich sah ihn erstaunt an:

»Warum denn das, ich bin doch überhaupt nicht vorbereitet.«

Er setzte sich nochmals, nahm meine Hand in seine und sagte:

»Ich habe Sie eingeschoben, weil ich Ihnen nicht eine Nacht voller Angst auf die morgige OP zumuten wollte. Sie sollten nicht zu viel darüber nachdenken. Die Vorbereitungen machen wir alle unten. Machen Sie sich keine Sorgen, alles wird gut.«

Ich war ihm sehr dankbar, dass er mir diese Nacht ersparte. Ich kam gerade noch dazu, meine Freundin anzurufen, um sie davon abzuhalten, herzukommen, da kam auch schon der hausinterne Transportservice und schob mich mit dem Bett in den Vorsaal vom OP. Die Angst trippelte ungefragt hinterher, sprang auf mein Bett und krallte sich ungebeten in mein Herz.

Die Leute da unten kannte ich ja nun auch schon länger. Sie begrüssten mich wie eine alte Bekannte, nahmen mir dadurch etwas von meiner Angst. Wieder bekam ich eine PDA, diesmal schmerzte aber das Einsetzen, trotz der örtlichen Betäubung, sehr. Die üblichen Vorbereitungen wurden vorgenommen, die Narkosespritze gesetzt, und schon war ich im Land der Träume.

Ich erwachte morgens um 2.25 Uhr. Die grosse Uhr hing direkt in meinem Blickfeld an der Wand, gross wie eine Bahnhofsuhr, sodass ich die Zeit auch ohne Brille ablesen konnte. Ich wusste gleich, ich war auf der IPS, solche Uhren gab's nur da. Durch die halb geöffnete Schiebetüre sah ich im schummrigen Nachtlicht eine Person auf einem Stuhl vor meinem Zimmer sitzen, sie schien zu schlafen, der Kopf war auf die Brust gesunken.

Mit Schrecken bemerkte ich auch gleich, dass ich noch intubiert war. Der Apparat machte laute Geräusche. »Ich muss mit der Maschine atmen«, schoss es mir wie ein Blitz durch den Kopf. *Mit* der Maschine, nicht *gegen* sie.

Beim Ansehen einer medizinischen Sendung fragte ich vor längerer Zeit einmal meine Freundin:

»Wie machen die das, dieses Atmen mit der Maschine?«

»Das macht man nur bei Leuten, die bewusstlos sind. Die Maschine steuert die Luftzufuhr automatisch, in einem bestimmten Rhythmus.

Wenn du bei Bewusstsein bist und selber atmest, hast du vielleicht einen anderen Rhythmus«, erklärte sie mir.

»Und was ist, wenn man wach wird, und man ist immer noch an der Maschine?«

»Dann musst du mit der Maschine atmen, und nicht gegen sie. Aber das wird nur bei Bewusstlosen gemacht. Im Wachzustand geht das nicht, weil du ja unbewusst atmest. Da wirst du sofort von der Maschine genommen.«

Dieses Gespräch war ganz schnell und klar in meinem Bewusstsein. Also, mit der Maschine atmen, und nicht gegen sie. Ich versuchte es, zwei-, dreimal ging es gut, dann fiel ich aus dem Rhythmus, atmete gegen den Widerstand, doch es kam keine Luft, der Apparat war in einem anderen Takt. Warum kam denn niemand und erlöste mich von diesem Ding? Hilfe! Ich will atmen können! Bevor mich die Angst völlig irre machte, umfing mich wieder gnädige Nacht, und ich war weg.

2 Stunden später wurde ich wieder wach. Ich hing noch immer an der Maschine. Doch dieses Mal reagierte die Person, die auf dem Stuhl sass. Ich hörte, wie sie sagte:

»Ich komme gleich, wir hängen Sie gleich ab«, und sie verschwand im Gang.

Ich geriet in Panik, als ich merkte, dass ich nicht mit der Maschine atmen konnte und dadurch aus dem Takt fiel. Ich atmete ein (gegen die Maschine) bekam deshalb keine Luft, dann schnappte ich gierig nach der Luft, die mir die Maschine spendete, aber zum falschen Zeitpunkt, ich fand den richtigen Takt nicht mehr und glaubte, elendiglich zu ersticken.

Zwei Leute standen jetzt an meinem Bett und versuchten, den Tubus aus meinem Hals zu ziehen. Irgendetwas klemmte, und wieder lief einer davon.

»Wir haben's gleich«, versuchte mich eine Stimme zu beruhigen.

»Nicht gleich, jetzt«, schrie ich in Gedanken. »Ich kriege keine Luft, ich werde ersticken!«

Endlich wurde ich befreit. Im selben Moment bäumte sich mein Körper in einem Bogen auf, ich tat röchelnd einen tiefen Atemzug (welche Befreiung!) und musste gleichzeitig erbrechen. Es wurde leicht hektisch im Raum. Eine Nierenschale wurde gebracht, später das Bett gesäubert und wieder Ordnung gemacht. Auch meine Tränen trockneten und ich schlief wieder ein. Endlich konnte ich wieder atmen.

Der Morgen kam und mit ihm der übliche Alltag auf der IPS. Es war Schichtwechsel, der Rapport wurde gemacht, die Patienten der Frühschicht übergeben. Ein neuer Pfleger, der für mich zuständig war, stellte sich vor, der Arzt kam und erzählte mir, dass die OP gut verlaufen war. Ich hatte 2 Darmverschlüsse und Verwachsungen. In Arzt-Deutsch heisst das:

»Relaparotomie mit Adhäsiolyse und 2 Dünndarmsegment-Resektionen«

Ich hing wieder an vielen Schläuchen, überall piepste und summte es, ab und zu gab es Alarm und es war die übliche Hektik.

Der Pfleger kam mit Waschutensilien und frischem Nachthemd und begann, mich zu waschen. Ich hätte lieber noch geschlafen, ich bin aber doch gar nicht schmutzig, dachte ich trotzig. Ich war so schrecklich müde.

»Nachher werden wir mal versuchen aufzustehen«, sagte er gut gelaunt.

Aufstehen? Nein danke, lieber nicht, dachte ich. Und was heisst da »wir«? Du bist ja wohl schon auf. Laut aber erwiderte ich ihm:

»Wir können es ja versuchen.«

Mithilfe eines weiteren Pflegers hievte er mich dann wirklich aus dem Bett, samt Schläuchen und Kabeln, und ich konnte auch 2 Sekunden stehen, aber mir war übel und schwindlig, ich konnte kaum atmen und war froh, als sie mich wieder hinlegten.

»Am Abend können Sie dann etwas im Stuhl sitzen«, teilte er mir mit.

Ich überlegte mir ernsthaft, ob und wie ich ihn ermorden könnte.

Mir graute vor dem Abend, ich wollte nur möglichst bewegungslos liegen und meine Schmerzen vergessen. Doch das war ein Ding der Unmöglichkeit. Alle Viertelstunden blies sich die Manschette vom Blutdruck-Apparat selbstständig auf und weckte mich immer wieder, oder ein Medikament war fertig durchgelaufen und ein Neues musste her. Der Oximeter (misst den Sauerstoffgehalt im Blut), war auf meinen Zeigefinger geklemmt, verabschiedete sich aber öfters, und ich wurde mit lautem Piepsen von der Überwachungsanlage dafür bestraft. (Unser Grosser nannte das Ding: »Krokodil«).

Da ich ziemliche Schmerzen hatte, betätigte ich oft den Druckknopf der PDA, verspürte aber keine wirkliche Linderung. Als ich das meinem Pfleger erzählte, kam der mit einem Beutel Eis und wir versuchten festzustellen, wo die PDA wirken sollte. Es stellte sich heraus, dass sie falsch gesetzt und die Wirkung gleich null war. Also wurde sie gezogen.

Mir war übel. Ich musste öfters erbrechen. Mein Kreislauf schien einige Eskapaden zu vollführen, öfters hörte ich Satzfetzen beim Rapport wie: »nicht messbar« oder ähnlich. Sie führten mir grosse Mengen Flüssigkeit über die Infusion zu, und so sah ich bald aus wie ein Michelin-Männchen. Mein Rücken schmerzte extrem und meine Freundin machte bei jedem ihrer Besuche, oft 2-mal am Tag, Atemübungen mit mir und verschaffte mir wenigstens vorübergehend etwas Linderung.

Die Schwestern vom BRC besuchten mich, auch die Stationsleiterin kam kurz vorbei. Ich freute mich darüber. Meine Freundin hetzte täglich von Aarau nach Zürich, um wenigstens kurz bei mir zu sein. Ihre Besuche halfen mir sehr, diese schwierige Phase durchzustehen. Ihr allmorgendlicher Anruf gab mir die Kraft, den Tag überhaupt anzufangen.

Die Pfleger waren in meinen Augen geradezu besessen von der Idee, mich ständig aus dem Bett zu zerren. »Mobilisation« hiess das angesagte Zauberwort. Ich hasste es. Wenn ich endlich nach vielen Mühen und grossem Aufwand auf dem Stuhl sass, die Brechschüssel in Reichweite und kaum meinen Kopf halten und meine Augen öffnen konnte, wurde mir regelmässig noch übler, und ich kämpfte mit Atemnot. Doch irgendwie ging auch diese halbe Stunde vorbei und ich wurde wieder erlöst, indem sie mich wieder ins Bett brachten.

Endlich, nach fast einer Woche, kam ich »heim« auf »meine« Station. Ich war sehr erleichtert, wieder im Zimmer zu sein. Mein Darm besann sich allmählich auf seine Funktion. Doch was vorher gar nicht ging, wurde nun zu rasant. Der Stuhl, der sehr flüssig war, lief von selbst. Manchmal spürte ich es, manchmal nicht. Es wurde für mich ein Vabanque-Spiel, die Schüssel rechtzeitig einzusetzen. Es gab peinliche Momente und unangenehme Situationen. Doch immer blieben die Schwestern liebevoll und freundlich und versuchten, mich aufzumuntern und aufzustellen:

»Wir haben doch alle so lange darauf gewartet, dass es wieder läuft. Und jetzt läuft es, und wir sind alle froh darüber. Sie werden sehen, das regelt sich schon wieder«, sagten sie beruhigend zu mir und das Bett wurde wieder mal frisch bezogen.

Mit dem Medikament Loperamid wurde versucht, den Stuhl wenigstens etwas einzudicken. Die ständigen Attacken schwächten mich zusätzlich. Dank bester Pflege gelang es den Schwestern zu verhindern, dass ich mich wund lag. Daneben quälten mich epigastrische Krämpfe (Krämpfe im Oberbauch) und unerklärliches Erbrechen immer wieder. Mein kleines grünes Becken hatte viel zu tun. Ich bekam schlecht Luft. Wenn ich sass oder stehen musste, konnte ich nicht mehr sprechen, weil ich die Luft zum Atmen brauchte. Auch meine Bauchwunde, die an derselben Stelle wie bei der Darmamputation wieder aufgeschnitten und geklammert worden war, schmerzte mich.

Eines Nachts wurde es besonders schlimm. Als ich erwachte, wusste ich erst nicht genau, weswegen ich wach wurde. Ich lag bewegungslos, ganz still, und lauschte in meinen Körper hinein. Und plötzlich merkte ich es: Ich konnte nicht richtig atmen. Wieder einmal erschrak ich und begann sofort, mich zu testen. Ich atmete tief ein, es kam auch Luft in meine Lungen, aber nicht genug. Nochmals atmete ich tief. Nein, es war alles in Ordnung, oder doch nicht? So ging das eine Weile hin und her. Ich schwankte zwischen Angst und Beruhigung. Doch als ich am Morgen nur noch eine Schnappatmung hatte und nach jedem Wort, das ich sprach, keuchend Luft holen musste und dadurch immer mehr ins Defizit rutschte, war klar, dass wir wieder einmal ein Problem zu lösen hatten.

Ein Lungenspezialist wurde gerufen. Der kam mit Ultraschallgerät und einer Schwester an mein Bett und untersuchte mich. Schnell war klar: Meine Lunge war voll Wasser. Das wunderte mich eigentlich nicht. Vor der OP wog ich 47 kg, als ich wieder auf mein Zimmer kam, zeigte die Waage 61 kg. Das war so ziemlich die ganze Flüssigkeit, die sie auf der IPS in mich hineinlaufen liessen und die anscheinend nicht in die Gefässe gelaufen war, wo sie eigentlich hingehörte.

»Ich werde Sie punktieren«, meinte er zu mir. »Keine Angst, ich kann das gleich hier im Zimmer machen, Sie werden sehen, gleich geht es Ihnen besser«, sagte er, als er mein Erschrecken bemerkte.

Ich musste mich auf den Bettrand setzen, den Kopf auf die Arme legen, aufgestützt auf mein Esstischchen, die Stationsschwester hielt meine Hand und stützte mich. Mit Sicht zur Kontrolle auf dem Ultraschall begann der Arzt dann, mir die Flüssigkeit mit einer riesigen Spritze aus der rechten Lunge zu ziehen. Es war sehr unangenehm, aber was blieb mir anderes übrig, als die Zähne zusammenzubeissen. Der Lohn der Anstrengung war: Ich konnte sofort wieder frei atmen und im Topf befanden sich 1,5 l abgesaugte Flüssigkeit. Ich war ungeheuer erleichtert.

Mein Zustand verbesserte sich dahingehend, dass ich die Stuhlabgänge etwas besser in den Griff bekam. Ich konnte zwar das Bett nicht verlassen, aber die Schüssel konnte ich mir selber nehmen und musste erst klingeln, wenn sie geleert werden musste. Daneben aber war mir sehr viel übel, ich musste brechen, und es setzten wieder Fieberschübe ein. Ich war immer sehr froh, wenn meine jeweiligen Bettnachbarinnen, die immer nur ganz kurz bleiben mussten, ruhige Personen waren, denn schon laute Geräusche oder Gerüche von Essen verursachten mir Schmerzen und Übelkeit.

Es geschah jetzt sehr oft, dass ich nachts, oder wenn ich glaubte zu schlafen, Stimmen hörte. Die Stimmen, die dunkel, leise und sehr eindringlich waren, lasen aus uralten, riesengrossen Büchern irgendwelche Texte vor. Manchmal las ich die Texte auch selber, sie standen in dicken, uralten Folianten, geschrieben in der alten, gotischen Schrift. Es waren Worte, die mir bekannt vorkamen, aber vom Zusammenhang her für mich nicht zu begreifen waren. Es berührte mich unheimlich und es war irgendwie wunderbar, auch wenn ich eigentlich gar nichts verstand. Immer wieder versuchte ich, mir Worte oder Sätze zu merken. Ich wollte sie mir aufschreiben, damit ich sie nie wieder vergessen konnte. Doch das war leider vergebliches Bemühen. Wurde es draussen wieder hell, war alles wie weggeblasen und erschien mir dann im Licht des Tages, als wäre alles gar nicht wahr.

Doch es war schon wirklich, denn es geschah über mehrere Tage immer wieder. Ich fühlte mich jedes Mal in dieser Situation so unendlich wohl, als wäre ich am Ende all meiner Träume und Sehnsüchte angelangt und hätte keine Wünsche mehr. In dieser fremden Welt konnte ich mich aber nicht bewegen und konnte auch verbal keinen Kontakt mit den Stimmen aufnehmen, ich war auch irgendwie nicht existent. Ich konnte nur zuhören und war doch dazu verdammt, alles gleich wieder zu vergessen. Mein Körper war weg, die Schwere, die Last und die Schmerzen, sie gab es nicht mehr. Es war, als wäre nur noch meine Seele da, ohne Hülle, ganz nackt, und nur noch meine Gedanken existierten und diese wunderbaren Worte, die ich hörte und nicht verstand. Es tat aber so gut, sie zu hören und alles wurde leicht und hell. Ich wünschte mir, ich könnte ewig in diesem Zustand verweilen.

Diese Zustände verwirrten mich sehr und manchmal weinte ich auch deswegen. Ich wusste nicht, was das bedeuten sollte, grübelte darüber nach, wenn ich so alleine dalag. Die Zeit wurde mein Freund und mein Feind. Sie verging, oder stand sie still? Ich wusste es nicht mehr, denn ich war nicht mehr dabei. Sie ging irgendwie an mir vorüber und vergass, mich mitzunehmen.

Ich hörte Schritte und Stimmen von Besuchern oder Schwestern auf dem Flur der Klinik. Sie kamen näher, manchmal gingen sie vorbei, wurden wieder leiser, und ich wusste nicht, sollte ich mir wünschen, dass sie herein zu mir kamen, oder aber dass sie vorbeigingen. In meinem Leben war nicht mehr wichtig, ob ein Kunde mit seinem Internet-Eintrag zufrieden war oder nicht. Es drehte sich alles nur noch um Untersuchungen, Resultate derselben, Laborbefunde, Medikamente, Spritzen, Fieberkurven und Ausscheidungen. Meine Emotionen drehten sich hauptsächlich um Angst oder Schmerz. Mein Leben wurde auf dieses kleine Zimmer reduziert mit ganz wenigen Personen darin. Da waren natürlich die Pflegenden und die Ärzte, ab und zu kamen meine Mädchen, eine Nachbarin oder ein Freund. Und da war natürlich der wichtigste Mensch: meine Freundin.

Jeden Tag, egal wie streng der Tag für sie gewesen war, kam sie zu mir. Sie rieb sich auf zwischen ihrer Arbeit, unserem Grossen und mir. Sie richtete mich auf, sie tröstete mich und sie war immer für mich da. Wer war für sie da? Wer schaute zu ihr, wenn sie verzweifelt war und Angst um mich hatte? Sie war wirklich alleine. Die Telefonanrufe, die sie am Anfang noch ab und zu erhalten hatte, wurden immer weniger. Sie rutschte recht schnell in die soziale Isolation. In solchen Situationen lernt man, echte Freunde von den unechten zu unterscheiden.

Meine Laborwerte waren nicht die besten. Ich hatte zu wenig rote Blutkörperchen, die allgemeine Blutbildung war eingeschränkte und deshalb sollte ich jetzt Blutkonserven bekommen.

»Das ist von einem feurigen Spanier«, spasste die Schwester, als sie mir das Erytrozyten-Konzentrat sorgfältig anstöpselte.

Gottlob vertrug ich die Transfusion gut. Früher, vor meiner Krebserkrankung, war ich selber regelmässig Blut spenden gegangen. Nie hätte ich im Ernst daran gedacht, dass ich selber mal zum Empfänger werden würde. Wie gut, dass es Blutspender gibt!

Eines Tages kam die Stationsschwester in mein Zimmer, setzte sich auf mein Bett und sagte:

»Wir haben beschlossen, sie etwas näher zu uns zu holen.«

Mein Zimmer war das allerletzte auf dem langen Gang, das Stationszimmer war genau entgegengesetzt, somit ziemlich weit weg und ich war doch recht einsam. Ich freute mich, als sie mich und mein Bett in ein Zimmer fuhr, das genau neben dem Schwesternzimmer lag. Hätte ich an die Wand geklopft, hätten sie mich vermutlich hören können.

Von meinem Bett aus, das am Fenster stand, konnte ich drei grosse Kräne sehen. Die Klinik bekam einen Erweiterungsbau und unter der

Woche war reger Betrieb auf der Grossbaustelle. Der Lärm störte mich nicht, so wusste ich wenigstens, dass ich noch auf der Welt war.

Da es mir immer noch nicht gut ging, wurde das zweite Bett im Zimmer nur noch in Notfällen belegt. So kam es, dass ich alleine bleiben konnte, was mir die Situation sehr erleichterte. War ausnahmsweise eine Mitpatientin da, konnte es passieren, dass sie ihr Mittagessen bekam und ich gleichzeitig anfing zu würgen und zu brechen, weil ich den Geruch der Speisen nicht ertragen konnte, was für beide Seiten äusserst unangenehm und für mich zudem sehr peinlich war.

Die roten Lichter auf den grossen Kränen zeigten den Piloten der anfliegenden Rettungshelikopter, die auf dem Spitaldach landeten, wie sie nachts gefahrlos ihren Landeplatz anfliegen konnten. Oftmals in der Nacht, wenn ich schlaflos dalag und meinen Gedanken nachhing, waren mir die leuchtenden Lichter Trost in meiner Einsamkeit.

Ich fragte mich oft genug: Warum? Warum ausgerechnet ich? Warum hörten die Schmerzen nicht auf, warum konnte ich nicht gesund werden? Irgendwann wurde mir klar, dass ich auf mein »Warum« keine Antwort bekommen würde. Es nützte nichts, wenn ich mich in meine Trauer vergrub. Abwechselnd haderte ich mit Gott und dann wieder flehte ich ihn an, mich doch bitte, bitte endlich gesund zu machen. Doch die Beruhigung, die sich seit meiner Kindheit nach einem Gebet jeweils einstellte, blieb aus. Es brachte mir weder Trost noch Erleichterung, und ich glaubte langsam, der liebe Gott hätte mich vergessen. Warum nur erhörte er mich nicht? Was hatte ich getan? Wofür wurde ich so bestraft?

Es dauerte sehr lange, bis ich anfing zu begreifen, dass meine Krankheit keine Strafe war, sondern eine sehr schwere und wohl auch sehr lange Prüfung. Es gab keinen anderen Weg, als irgendwie da durchzukommen. Die Devise war: Augen zu und durch. Und dazu den Mut nicht verlieren.

Das war leichter gesagt als getan. Mittlerweile lag ich seit 2 Monaten im selben Bett. Draussen tobte das Leben und im Februar kam der grosse Schnee. Die Stadt legte sich unter einer 50 cm hohen, weichen Schneedecke schlafen. Nichts ging mehr. Am Bellevue sah man Langläufer und Schlittenfahrer und die Strassenbahnen standen alle still. An diesem Sonntag war kaum eine Menschenseele im Spital zu sehen. Es war ungewöhnlich ruhig auf den Gängen. Auch meine Freundin konnte nicht kommen, der Schnee lag daheim 70 cm hoch und die Strassenverhältnisse waren mehr als prekär. Alles war meterhoch zugeschneit. Unser Frühstück kam fast zwei Stunden zu spät, denn auch der Bäcker konnte mit seinem Auto nicht mehr fahren. Die ganze Station war nur zur Hälfte besetzt. Wie gerne wäre ich auch draussen gewesen und hätte die so veränderte Welt angeschaut. Wie gerne würde ich wieder an einem ganz normalen Alltag teilnehmen.

Ich wurde wieder künstlich ernährt und konnte mein Gewicht von 47 kg kaum halten. Daneben hätte ich essen müssen, konnte aber absolut keine Essensgerüche vertragen, nicht mal im Fernsehen eine Kochsendung ansehen, ohne dass ich erbrechen musste. Getränke vertrug ich nur eiskalt. Hunger- und Durstgefühle waren mir abhanden gekommen. Meine Haut schälte sich von Kopf bis Fuss, ich kam mir vor wie eine Schlange. Auf meinen Fingernägeln entwickelten sich harte Längsrillen. Die Haare fielen mir aus, ich konnte nicht mehr richtig schlucken, und manchmal konnte ich meinen Mund nicht richtig öffnen, weil meine Kiefergelenke schmerzten. Auch gähnen konnte ich seltsamerweise nicht mehr.

Aus heiterem Himmel überfielen mich manchmal sehr starke Rückenschmerzen, sodass ich kaum mehr wusste, wie ich liegen sollte. Dann wieder schmerzten alle meine Gelenke, als sei ich unter einen Lastwagen geraten. Dazu musste ich immer noch x-mal am Tag auf den Topf, manchmal schaffte ich es auf die Toilette, und ich trug immer noch dicke Einlagen, weil immer noch unkontrolliert Stuhl floss, zwar nicht mehr so viel, aber doch so, dass ich oft im Feuchten lag, und das störte mich doch sehr und war äusserst unangenehm.

Wenn ich ganz ruhig im Bett auf dem Rücken lag, waren die Schmerzen leichter zu ertragen. Sitzen konnte ich schlecht, und stehen und laufen fast gar nicht. Mir war fast ständig übel. Ich schlief mit Übelkeit ein und erwachte mit Übelkeit. Sie wurde mein ständiger, lästiger Begleiter. Ich hatte Fieberschübe, dann wieder Schüttelfrost, und die Würgeanfälle suchten mich täglich heim.

Mein Tagesablauf verlief immer gleich, vorausgesetzt die Pflegenden schleppten mich nicht zu irgendeiner Untersuchung oder die Vampire vom Labor trachteten mir mit ihren Nadeln ausnahmsweise mal nicht nach dem Leben: Nach der endlos langen Nacht versuchte ich, etwas Brot zu essen, irgendwann am Vormittag wurde ich gewaschen und das Bett gemacht. Der Fernseher lief, ich konnte damit so gut schlafen. Bis zum Mittagessen döste ich, machte mit der Ernährungsberaterin aus, was ich am nächsten Tag zu essen wünschte (am liebsten gar nichts), dann kam das Mittagessen, ¼ Portion, die ich meistens stehen liess, dann schlief ich wieder ein. Wenn meine Freundin kam, brachte sie mir die Post, las mir vor, wer mir was geschrieben hatte, aber meistens war ich zu müde, um richtig zuzuhören. Dann sass sie nur da, hielt meine Hand und machte sich wahrscheinlich grosse Sorgen.

Grosse Sorgen machten sich auch die Ärzte. Nebst unzähligen Laboruntersuchungen wurden mehrfach Blutkulturen angelegt, Computertomogramme erstellt sowie ein Urinstatus durchgeführt, um den offensichtlich vorliegenden Entzündungsherd in meinem Körper aufzuspüren. Ich war beim Lungenfunktionstest, (der musste abgebrochen werden, weil ich nur noch am Würgen war und dabei fast ohnmächtig wurde), beim Kardiologen, bei der HNO-Ärztin, beim Internisten, bei der Magenspiegelung und bei der Gynäkologin, ohne dass irgendjemand irgendetwas gefunden hätte. Ich wurde jeweils im Rollstuhl in die entsprechenden Abteilungen gefahren und nach den Untersuchungen wieder abgeholt. Öfters aber musste ich lange warten, und das rief wieder Würgen und Brechen hervor, sodass mein kleines grünes Becken mein ständiger Begleiter war. Diese »Ausflüge« setzten mir mächtig zu und raubten mir meine letzte Kraft. Auch von einer Psychiaterin wurde ich betreut, die versuchte, mir Mut zu machen. Auf dem Krankenblatt las sich das wie folgt:

»CT Abdomen, 10.1.: Status nach ileo-analem J-Pouch mit entzündlichen Veränderungen präsakral und fraglich Kontrastmittel in der Vagina nach rektalem Kontrastmitteleinlauf, möglicherweise einer Fistel entsprechend.

CT Abdomen, 9.2.: Mechanische Passagebehinderung des Dünndarms mit ausgedehnten Adhäsionen im Kleinbecken ventral. Kein umschriebener Abszess. Irregulär konfigurierter präsakraler Pouch mit Flüssigkeit und Luft, mässig ausgeprägter Pleuraerguss rechts mit Minderbelüftung des posterobasalen Unterlappens rechts ohne pneumonisches Infiltrat.

CT Abdomen, 21.2.: Verglichen mit der Voruntersuchung vom 9.2. Zunahme der entzündlichen Veränderung präsakral. Unverändert Flüssigkeitskollektion mit peripherer Kontrastmittelanreicherung ventral des Musculus iliacus rechts.

Doppler-Echokardiographie, 10.3.: Kleiner linker Ventrikel mit allseits hyperdynamer Kontraktion bei tachykardem Sinusrhythmus. LVEF hoch normal. Klappen ohne Hinweise auf Endokarditis. Keine pulmonalarterielle Hypertonie.

CT Abdomen, 13.3.: Die von der Voruntersuchung her bekannten Befunde sind insgesamt rückläufig. Es bleibt ein ebenfalls kleineres entzündliches Areal auf dem Musculus iliacus rechts. Schwierig beurteilbarer Befund präsakral.

Oesophago-Gastro-Duodenoskopie, 17.3.: Unauffällige Befunde, leichte aktive Oesophagitis, histologisch ohne Pilzbesiedelung.

CT-gesteuerte Abszess-Punktion der Flanke rechts, 20.3.: Es liess sich Material aus der Flankenregion rechts nahe dem Os Ileum gewinnen.

Thorax ap stehend, 3.5.: Normale Herzgrösse, kompensierte Lungenzirkulation, leicht gradiger Zwerchfellhochstand rechts, keine Infiltrate oder Ergüsse.«

Endlich, gegen Ende März, wurde ich wieder mal fieberfrei. Mein Kopf wurde etwas leichter und an meinem Geburtstag blätterte ich erstmals seit Wochen wieder eine Tageszeitung durch, die mir meine Freundin gebracht hatte. Da sprang mir eine Todesanzeige in die Augen und ich las entsetzt, dass mein Hausarzt verstorben war. Er war lediglich 2 Jahre älter als ich und erlag einem Herzinfarkt. Ich konnte es nicht glauben und wurde sehr traurig und nachdenklich. Ich konnte mir nicht vorstellen, dass er nun einfach nicht mehr da war und mich nicht mehr ärztlich betreute.

Zu der Zeit bekam ich eine Bettnachbarin, die am Fuss operiert werden musste. Diese Frau war sehr verständnisvoll und daneben so

lustig und aufgestellt, dass wir viel Spass zusammen hatten. Auch als sie nach einer Woche entlassen wurde, rief sie mich täglich an, machte mir Mut und schickte mir viele positive Gedanken und später im Jahr, an Weihnachten, einen speziellen Schutzengel. Ich war ihr unendlich dankbar, dass sie nicht locker liess und mich so tatkräftig mental unterstützte.

Und dann, als ich glaubte, es würde sich endlich alles zum Guten wenden, begann mich eine Stelle über der Blase extrem stark zu schmerzen, man durfte sie nicht berühren, die Haut war gespannt und heiss und 2 Tage später platzte das untere Ende meiner Wundnaht auf und Eiter schoss heraus. Ich ahnte Schlimmes.

Am Abend kam der Arzt zu mir und nahm meine Hand. Ich schaute ihn erwartungsvoll und gespannt an, und er sagte:

»Es tut mir leid, ich muss Sie aufmachen. Ich muss nachsehen, was da los ist. Wir können nicht mehr länger warten.«

Ich gab keine Antwort, drehte nur dem Kopf von ihm weg, starrte aus dem Fenster und die Tränen liefen lautlos.

Im OP-Bericht steht:

> »Es entwickelte sich eine pouch-cutane Fistel mit retroperitonealem Abszess, sodass eine Relaparotomie mit Adhäsiolyse, Exzision des Flankenabszesses rechts, eine Übernähung des Kleinbecken-J-Pouches und eine erneute Anlage eines Entlastungs-Ileostomas notwendig wurde.«

Für mich hiess das, medikamentöse Vorbereitung, erneute Fahrt in den OP, 5-stündige OP, dann Wachstation, anschliessend, weil es mir wieder ziemlich schlecht ging, IPS. Das Schlimmste für mich war, als ich nach dem sorgfältigen Abtasten meines Bauches feststellen musste, dass Harry wieder da war. Ich weinte. Vor der OP hatte ich nicht zu fragen gewagt, weil ich unterschwellig wahrscheinlich genau ahnte, dass es ohne künstlichen Darmausgang nicht ging.

Wieder wurden mir grosse Mengen Flüssigkeit über die Infusion zugeführt. Doch dieses Mal sammelte sich alles in meinen Armen und Beinen und ich bekam Füsse wie ein Elefant. Ich war aber schon sehr erleichtert, dass meine Lunge verschont wurde.

Dafür plagten mich diesmal kleine, weisse Strichmännchen. Sobald ich die Augen schloss, tanzten sie um mein Bett, beugten sich über mich und grinsten. Sie rüttelten auch an meinem Bett, und das tat mir ziemlich weh. Öffnete ich die Augen, waren sie schlagartig weg. Machte ich sie wieder zu, tanzten sie an den Wänden herum, streckten mir die Zunge heraus, alberten herum und machten sich ungeniert über mich lustig. Das dauerte einige Tage und nervte mich extrem. Ich wusste ja schon, dass das nicht Wirklichkeit war, aber es passierte Tag und Nacht immer wieder und so wurde es halt ein weiterer, lästiger Bestandteil meiner Krankheit. Ansonsten liefen die Tage auf der IPS ab wie immer. Ich überstand auch das und als die Stationsschwester mich persönlich wieder in mein Zimmer fuhr, war ich froh, wieder »daheim« zu sein.

Direkt neben meinem Stoma bildete sich kurz danach ein kleiner Abszess, der besonders sorgfältig mit Paste abgedichtet werden musste, denn wenn Stuhlflüssigkeit in die kleine Vertiefung lief, litt ich Höllenqualen. Oftmals konnte der Plattenwechsel nur in örtlicher Betäubung stattfinden. Da auch meine Wundnaht, die jetzt zum 3. Mal aufgeschnitten worden war, nach Entfernen der Klammern an drei Stellen aufplatzte (subkutane Abszesse) erhielt ich einen Vakuum-Verband auf den Bauch.

Dessen Anbringung erforderte von den Pflegenden Geschick und Übung. Wir nannten den Vorgang: »Bastelstunde mit Gerda Conzetti« (In der Schweiz lief in den 1960er-Jahren im Radio eine Kinderstunde mit eben diesem Namen). Zuerst wurden die 3 offenen Stellen mit einem Spezialschaumstoff sorgfältigst und dicht ausgelegt und dann mit Spezialfolie luftdicht abgedeckt. Über dem Schaumstoff wurden, der Grösse den Wunden entsprechend, Löcher ausgeschnitten und die Maschine darauf angepasst. Diese saugte nun in immer gleichem Auf und Ab die Luft an. Damit sollte erreicht werden, dass die Schadstoffe aus der Wunde gesaugt wurden und gleichzeitig eine Granulation von unten her stattfinden konnte.

Das fortwährende Pumpen der Maschine verursachte ein brummendes Geräusch und begleitete mich 15 Tage lang Tag und Nacht. Da die Maschine ziemlich dicht an meinem Magen lag, verursachte mir ihr Druck zusätzlich Übelkeit, da ich das Gefühl hatte, es würde mir jemand ständig eine Faust in den Magen drücken.

Wenn der Verband mit der Vakuum-Pumpe erneuert werden musste, hatten die Schwestern jeweils viel zu tun. Meistens wurde noch eine Auszubildende herangezogen damit diese was lernen konnte, und 2 Pflegende machten sich dann gemeinsam ans Werk. Es dauerte jeweils seine Zeit, bis die Maschine ihre Arbeit wieder aufnehmen konnte. Ich lag derweil auf dem Rücken und war immer wieder von den wellenförmigen, spontanen Bewegungen in meinem Bauch fasziniert. Die Dünndarmschlingen, die direkt unter der Haut lagen, bewegten sich, als hätte ich Schlangen verschluckt. Manchmal witzelten wir auch gemeinsam über diese »Schlangengrube«.

Es wurde in diesem Frühling aussergewöhnlich warm. Da ich meine Getränke nun nicht mehr aufs Fensterbrett stellen konnte, um sie zu kühlen, organisierte mir meine tolle Freundin extra einen kleinen Kühlschrank, den ich neben meinem Bett stehen hatte und der mir jederzeit eiskalte Getränke lieferte.

Doch ich bekam immer mehr Probleme, mir überhaupt etwas zu trinken zu nehmen. Ich wusste in meinem Kopf, dass ich was trinken wollte, doch mein Gehirn gab diesen Befehl an meinen Arm nicht weiter. Es konnte passieren, dass ich über eine Stunde reglos dalag und es nicht schaffte, mir die Flasche zu nehmen, obwohl sie direkt in Griffnähe neben mir stand. Ich hätte nur den Arm auszustrecken brauchen. Es war, als wäre zwischen meinem »Wollen« und meinem »Können« eine riesige Lücke entstanden. Genauso erging es mir auch, wenn ich läuten wollte. Ich wollte läuten, aber ich konnte nicht. Es ging einfach nicht, ich war wie blockiert. Dasselbe geschah, wenn ich der Schwester irgendetwas sagen wollte. Sie kam bestimmt 5-mal in mein Zimmer, ohne dass ich redete. Es ging einfach nicht, obwohl ich wollte.

Ich wurde weiterhin künstlich ernährt. Diese Ernährung ist sehr zuckerhaltig und so musste periodisch mein Blutzucker gemessen werden. War er zu hoch, musste Insulin gespritzt werden. Ein weiterer Faktor, der meinen Körperhaushalt noch mehr durcheinander brachte.

Ich bekam Antibiotika, Schmerzmittel, Mittel gegen das Fieber und gegen die Übelkeit, und sonst noch alles Mögliche. Alles in allem war mein Infusomat immer gut behängt (unser Grosser nannte ihn den »Christbaum«) und als die Schwester wieder mal eine neue Flasche anhängte, meinte ich zu ihr:

»Wenn ich jetzt sterbe, müsst ihr mich als Sondermüll entsorgen. Mit dem vielen Gift, das ihr ständig in mich hineinlaufen lasst, bin ich ja eine Gefahr für die Allgemeinheit!«

Darüber konnten wir dann gemeinsam lachen und die Situation damit etwas entspannen.

In dieser Zeit begannen mich tagsüber weitere merkwürdige Dinge zu quälen:

In meinem Kopf schwirrten ununterbrochen Wortfetzen herum, meistens eine Zeile aus einem Gedicht oder der Refrain eines Liedes. Diese immer gleichen Worte drehen sich ohne Anfang und Ende ständig in meinem Kopf und machten mich ganz wirr. Keine anderen Gedanken hatten mehr Platz als diese sinnlosen Worte, ich konnte nicht mehr denken. Irgendwie dachte es von selbst, ausserhalb meiner Kontrolle, aber das war nur lauter Unsinn, ich konnte absolut nichts dagegen tun, auch wenn ich mir verzweifelt die Ohren zuhielt.

Im Schlaf dann beschäftigten mich dumpfe schwere Traum-Gefühle. Ich hatte keine Visualisierung irgendeines Geschehens. Es war immer nur das unheimliche Gefühl, dass etwas Furchtbares geschehen war, etwas, das nie wieder gutzumachen war, als hätte ich zum Beispiel jemanden umgebracht. Verzweifelt versuchte ich dann, diese gefährliche, unheimliche Situation irgendwie zu entschärfen, ohne dass mir das aber je gelungen wäre, und ohne, dass ich wirklich gewusst hätte, um was es überhaupt ging. Es war eine gewaltige, vergebliche Anstrengung und liess mich immer schweissgebadet und mit einem engen, beklemmenden Ring um die Brust atemlos erwachen. Mein immer noch viel zu schneller Ruhepuls raste dann noch mehr und mein Kopf wollte zerspringen, weil ich die Situation weder verstehen noch länger aushalten konnte. Es dauerte jeweils lange, bis ich mich danach wieder beruhigt hatte.

Die Eskapaden gipfelten darin, dass ich eines Nachts anscheinend die Nachtschwester mit der Aussage konfrontierte, dass ein Elefant auf meinem Bein sitzen würde. Den Rest der Nacht verbrachte sie dann damit, mich davon abzuhalten, in einer Geröllhalde verschüttete Menschen retten zu wollen. Ich wusste von all dem gar nichts.

Eines Tages im April kam meine Freundin nachmittags in mein Zimmer und sagte zu mir:

»Wie wäre es, wenn wir heute etwas rausgingen, runter zum Seerosen-Teich. Es ist so schön warm.«

Ich fühlte mich schwach und müde, wollte ihr aber die Freude nicht verderben. Sie organisierte einen Rollstuhl, der Pfleger half ihr, mich reinzusetzen und sie fuhr mich mit all meinen Infusionen und dem Ernährungsbeutel runter. Wir sassen kurz am Teich. Doch mir war übel, die Sonne war zu stark für mich. Seit Monaten lebte ich ja nur noch bei Zimmertemperatur. Meine Haut und mein Körper waren Temperaturschwankungen nicht mehr gewöhnt. So fuhr sie mich am Schatten ein Stück der Strasse entlang. Da fuhren Autos, gingen Menschen und die Bäume begannen zu blühen. Ich kannte das alles gar nicht mehr so recht, und es erschien mir sehr ungewohnt und fremd.

Da kamen uns plötzlich 2 Mädchen auf Island-Pferden entgegen geritten. Ich starrte sie wohl an wie eine Fata Morgana. Tränen schossen mir in die Augen. Da stimmte doch etwas nicht: Die Mädchen sassen auf den Pferdchen, ich im Rollstuhl! Das müsste doch umgekehrt sein: *Ich* gehörte auf den Pferderücken, nicht in den Rollstuhl. Es tat so weh! Ganz real und schmerzlich wurde mir schlagartig bewusst vor Augen geführt, wie elend und hoffnungslos meine Lage zur Zeit war. Bedrückt brachte mich meine Freundin ins Zimmer zurück.

Ab und zu versuchten wir, ein Kartenspiel zusammen zu spielen, doch ich konnte schlecht sitzen, weil ich dabei immer noch nicht richtig Luft bekam und auch mein Po mir wehtat, meine Wunde schmerzte mich sehr, ich war müde, schlapp und einfach zu nichts zu gebrauchen. Mein Kreislauf spielte verrückt und die Würgeanfälle und die Übelkeit überfielen mich nach wie vor täglich.

An einem trüben Tag kam meine Freundin und brachte unseren Grossen mit. Es war wichtig für ihn, mich wieder einmal zu sehen. Hörte er doch seit Wochen und Monaten nur immer wieder, dass es mir nicht gut ging. Er wollte sich selber davon überzeugen, dass ich noch da war. Er, der Spitäler überhaupt nicht mochte und sie mied, wann immer es ging, kam freiwillig zu mir. Ich freute mich sehr. Ich raffte mich auf, und wir gingen ein paar Schritte auf dem Gang. Wir waren eine seltsame, kleine Karawane. Im Rollstuhl sass unser Grosser. Er benötigte seit einiger Zeit Sauerstoff, denn es ging auch ihm nicht besonders gut. Ich hielt mich am Rollstuhl fest und schob ihn ganz langsam, und meine Freundin kam mit meinem Infusionsständer nebenher. So mühsam das auch alles aussah, wir waren glücklich, wieder einmal zusammen zu sein.

In dieser Zeit flatterte ein Brief auf mein Bett, der den Antrag für eine IV-Rente (= Invaliden-Rente) enthielt. Ich bezog seit einem Jahr Taggeld von einer Versicherung, und die sandten mir nun die Anmeldung. Da ich nicht in der Lage war, die Formulare selbst auszufüllen, erledigte dies meine Freundin für mich.

Meinen Arbeitsplatz bei der Zeitung hatte ich noch, auch wenn natürlich eine Vertretung für mich eingestellt worden war. Meine Chefs erkundigten sich regelmässig nach meinem Befinden oder besuchten mich manchmal, was ich sehr zu schätzen wusste. Nur von meinen Arbeitskolleginnen und -kollegen hatte ich seit Krankheitsbeginn nie wieder etwas gehört, und das betrübte mich. Sollte es wirklich so sein, dass ich nicht mehr arbeiten konnte, dass ich meine Kolleginnen, mit denen ich 20 Jahre zusammen gearbeitet hatte, nie mehr sah? Mit dieser Vorstellung hatte ich grosse Mühe und die Tränen flossen mal wieder.

Doch mein Zustand liess eigentlich keinen anderen Schluss zu. Ich hatte wieder Fieberschübe und mein CRP (C-Reactives Protein, Entzündungszeichen im Blut) stieg auf 300 an. Normale Werte liegen bei 0 bis 5. Ich schlief fast nur noch. Ich war zu müde, die Augen aufzumachen, zu müde, um zu reden. Die Uhr am Handgelenk wurde mir zu schwer und so zog ich sie aus. Der landläufige Begriff »todmüde« schien sich langsam in seiner wortwörtlichen Bedeutung zu erfüllen. Mit meiner Freundin kommunizierte ich manchmal nur noch mit den Augen, ich blickte einen Gegenstand an, sah dann sie an, nickte oder schüttelte den Kopf leicht, und sie verstand und brachte mir das Gewünschte.

In diesen Tagen fühlte ich die Nähe des Todes. Ich lag im Bett und konnte seinen Atem spüren und seine Anwesenheit ahnen. Das Schlimme daran war, dass mein Kopf ganz leer war. Ich hatte keine Gedanken mehr. Nur ein Satz war noch in meinem Kopf:

»Lieber Gott, hilf mir, ich kann nicht mehr, ich will nicht sterben, nicht jetzt, noch nicht. Ich bin nicht bereit. Bitte, hilf mir!«

Ich war doch erst 58 Jahre alt, ich wollte nicht fort von dieser Welt, und ich starrte auf die roten Lichter auf den Kränen, verzweifelt und hilflos, als könnten die mir helfen. Krampfhaft hielt ich jeweils meine Freundin fest, ich liess sie kaum mehr gehen und sie verbrachte halbe Nächte bei mir. Ich wusste ganz genau, wenn sie ging, wenn ihre Kraft mich verliess, war ich verloren.

Sie sass oft an meinem Bett, hielt meine Hände, und sie flüsterte:

»Bitte, geh nicht, lass mich nicht allein.«

Und ich stammelte:

»Nein, nein, ich gehe nicht, bitte lass mich nicht los. Halt mich ganz fest. Ich will nicht gehen.«

Oft weinten wir zusammen und sie hielt mich ganz, ganz fest. Ohne ihre Kraft, ohne ihre Liebe wäre ich verloren gewesen. Diese Stunden schmiedeten uns ganz fest zusammen.

Danach musste sie jeweils 1 Stunde nach Hause fahren, alleine in die grosse Wohnung, wo noch Haushalt und andere Banalitäten auf sie warteten. Danach schlief sie, wenn möglich, 3 bis 4 Stunden, um morgens um 4.15 wieder aufzustehen und ihre anspruchsvolle Arbeit in der Schule zu erledigen. Und am Abend war sie wieder bei mir nach der langen Autofahrt, quer durch den abendlichen Stossverkehr. Wie einsam und verzweifelt muss sie da oft gewesen sein. Sie tat mir sehr leid, aber ich brauchte ihre Kraft, weil meine Kräfte mich verliessen.

Die Tage verliefen endlos; endlos kurz und endlos lang, endlos in Angst und Schmerz. Das Gestern verlief sich ins Heute und das Morgen war schon vorbei, ehe ich es wahrnehmen konnte. Ich hing irgendwo orientierungslos dazwischen, getragen von der Kraft und der Liebe meiner Freundin und ohne zu wissen, ob der seidene Faden, an dem mein kleines Leben hing, reissen und mich fallen lassen würde oder nicht.

Ich fühlte mich gefangen, gefangen in diesem Zimmer, in dem Bett, in meinem Körper und in meiner Krankheit. Ich hatte dem, was geschah, nichts entgegenzusetzen. Mein Wille, meine Kraft, alles war mir abhanden gekommen. Es geschah wie in einem Film. Ich war Zuschauer und vorne, auf der Leinwand, lief die Handlung ab, ohne mein Zutun. Ich konnte nicht eingreifen, ich war unbeteiligt, zum Zuschauen verdammt. Die Regie bestimmte, was geschah, doch die Hauptperson im laufenden Film da vorne, die war ich, das war *mein* Leben, und ich hatte nichts dazu zu sagen. Ich musste passiv akzeptieren und annehmen, was da mit mir geschah. Ich war absolut fremdgesteuert.

Im April wurde ich wieder einmal fieberfrei. Es geschah jetzt öfters, dass ich morgens erwachte, und mir war nicht übel. Da lag ich ganz still da, völlig bewegungslos und genoss das wohltuende Gefühl, dass ich mich einfach wohlfühlte, und lediglich mein Bauch schmerzte. Wenn dann die Schwester von der Frühschicht kam, strahlte ich sie an und verkündete:

»Heute geht es mir gut, es ist mir nicht übel.«

Und sie freute sich mit mir. Zwei Stunden später holte mich die Übelkeit dann wieder ein, das Frühstück verliess mich postwendend, das Mittagessen verschob ich auf den Abend und das Brötchen vom Abendessen ass ich allenfalls um Mitternacht.

Mein Arzt wollte mich wieder in die Reha schicken. Diesmal musste er mich nicht lange von dieser notwendigen Massnahme überzeugen. Meine Freundin sollte mich nach Mammern an den Bodensee bringen. Ich sah mir die Prospekte an, wenn ich dazu in der Lage und nicht zu müde war und fand, dass mir die Klinik in dem grossen Park, direkt am See eigentlich ganz gut gefiel. Ich konnte mir bloss nicht vorstellen, wie ich die doch recht lange Fahrt dahin überstehen sollte. Auf jeden Fall meldete er mich an und gleichzeitig wurde ich vom ZVK und somit von allen Schläuchen befreit. Das erste Mal seit fast 4 Monaten konnte ich mich wieder frei bewegen.

Doch die Freude währte nicht lange. 3 Tage später stellte sich wieder hohes Fieber ein und das CRP stieg rasant an. Da an meinen Armen und Händen schon lange keine brauchbaren Venen mehr zu finden waren, musste ein neuer ZVK her; es war mittlerweile mein 5., und die Narben an meinem Hals, wo er jeweils festgenäht wurde, nehmen sich aus wie eine Perlenkette.

Also schoben sie mich wieder in den OP-Vorbereitungsraum (ZVK werden immer unter sterilen OP-Bedingungen gesetzt) und der dort zuständige Arzt sagte zu mir:

»Oh, Sie sind schon wieder bei uns?«

Ich sah ihn von unten her an und sagte:

»Nein, falsch, ich bin immer noch hier.«

»Das tut mir aber leid«, sagte er und deckte mich mit einem sterilen Tuch ab. Dann setzte er mir die örtliche Betäubung, um kurze Zeit später den Katheter einzuführen. Das ist eine recht heikle Angelegenheit, denn der dünne Schlauch führt bis kurz vor das Herz. Zur Kontrolle muss deshalb jeweils gleich anschliessend eine Röntgenaufnahme gemacht werden, um sicherzustellen, dass alles am richtigen Platz sitzt.

Meine Anmeldung nach Mammern wurde sistiert und ich bekam wieder hohe Dosen Antibiotika. Wie sollte das bloss weitergehen! Es wurden wieder tausend Untersuchungen gemacht, Kulturen angelegt und fieberhaft nach der Ursache gefahndet, doch nichts wurde gefunden.

Mein Körper fing an, sich noch mehr zu verweigern. Ich konnte die abendlichen Thrombose-Spritzen kaum noch ertragen. Meine Oberschenkel waren übersät mit gelben und grünen Flecken und harten Stellen, hatte ich doch bisher mehr als 120 abendliche Spritzen zur Thrombose-Vorbeugung bekommen. Jede Manipulation, jede Untersuchung, jedes CT, alles wurde mir zu viel und so suchten mich auch die Würgeanfälle und die Übelkeit immer wieder heim.

Dann sank das Fieber, die Laborwerte wurden wieder besser. Erneut wurden die Antibiotika abgesetzt und ich in Mammern angemeldet. Doch nur 10 Stunden nach Absetzung der Medikamente hatte ich über 39 Grad Fieber, das CRP schoss auf über 300 und alles begann wieder von vorne.

Dieses Auf und Ab war äusserst zermürbend. Mittlerweile hatten wir die Antibiotika 7 Mal abgesetzt, und 8-mal wieder angehängt. Ich wurde ständig von Hoffnung zu neuer Angst und wieder zurück katapultiert. Es wäre fast leichter zu ertragen gewesen, wenn es mir dauernd nicht so gut gegangen wäre. Oft stand der Internist oder der Arzt vor meinem Bett und fragte mich:

»Was können wir für Sie tun?«

Ich schüttelte nur den Kopf: »Nichts.«

Was sollte ich schon antworten, wenn die Fachleute selbst mit der ganzen modernen Technik nicht herausfinden konnten, was mir wirklich fehlte. Wie sollte *ich* denn das wissen?

Dann, beim letzten Anlauf schien es zu klappen. An einem Sonntag Mitte Mai wurde ich in Mammern erwartet.

Am Vorabend meiner Abreise stellte ich auf der Toilette einen grünlich-gelben, stinkenden Ausfluss aus der Scheide fest. Ich erschrak fast zu Tode, als ich auch noch einen Rest Tomatenschale darin fand. Für mich war sofort klar: Es bestand eine Verbindung zwischen Darm und Scheide, und das konnte ja wohl nicht in Ordnung sein.

Am Sonntagmorgen, als mein Arzt zur letzten Visite kam, erzählte ich ihm von meinen Beobachtungen. Er machte ein Poker Face, setzte sich zu mir und sagte:

»Ich gebe Ihnen Scheiden-Zäpfchen mit zur Reinigung. Daneben ignorieren wir das jetzt einfach. Ich will Sie jetzt hier raushaben, aus diesem Spital, Sie sollen in eine andere Umgebung kommen. Verstehen Sie mich nicht falsch, ich will Sie nicht rauswerfen, aber für Ihre Psyche ist es besser, hier jetzt erst einmal zu verschwinden. Falls alle Stricke reissen, sind Sie schnell wieder hier.«

Ich war sehr erleichtert, fürchtete ich doch schon, das elende Spiel würde wieder von vorne beginnen.

Ich verliess die Klinik nach 20 Wochen, verabschiedete mich von den Pflegenden, die mich alle so lange und liebevoll begleitet und immer wieder versucht hatten, mir das Leben so angenehm wie möglich zu machen. Meine Freundin hatte für die Station einmal mehr einen Kuchen gebacken und so wurde ich im Rollstuhl ein letztes Mal nach unten gefahren.

Dann fuhren wir langsam Richtung Bodensee. Ich sass auf einem weichen Kissen, mein kleines, grünes Becken auf dem Schoss und hatte die Augen meist geschlossen. Ab und zu aber machte ich sie auf und sah grüne Landschaften, Häuser, Menschen und Leben.

Ich war ziemlich erschöpft, als wir ankamen. Durch lange Gänge wurden wir in mein Zimmer geführt, wo ich mich endlich hinlegen konnte. Meine Freundin räumte meine Sachen ein und wir wurden mit allem vertraut gemacht. Nach den Eintrittsuntersuchungen kam die Ernährungsberaterin und wir besprachen meinen Essensplan: aufbauende Wunschkost.

Meine Freundin fuhr am Abend wieder heim und für mich begann am nächsten Morgen die Physiotherapie, dabei sollten meine Muskeln wieder aufgebaut werden. Ich konnte zu dem Zeitpunkt nur ein paar Meter weit laufen, Treppensteigen ging gar nicht mehr. Unter Anleitung erlernte ich es wieder und bald konnte ich einige Minuten im Park spazieren. Zwar ganz langsam und zittrig, aber immerhin. Jede Bodenunebenheit brachte mich sofort aus dem Gleichgewicht. Ich konnte den Kopf nicht einfach so zur Seite wenden, sondern musste mich mit dem ganzen Körper drehen. Erschwert wurde mir die ganze Sache durch die ständige Luftknappheit, sobald ich stand. Schon im Sitzen wurde die Luft knapp. Nur im Liegen konnte ich normal atmen. Mein Ruhepuls lag immer noch bei über 130 Schlägen pro Minute und ich kam mir vor, wie ein Marathonläufer. Selbst kleine Dinge wie Anziehen oder Waschen strengten mich über Gebühr an und machten mich atemlos, sodass ich mich immer wieder hinsetzen und ausruhen musste.

Der Zwerchfellhochstand auf der rechten Seite machte sich immer noch in unangenehmem Seitenstechen bemerkbar und behinderte mich doch sehr. 2-mal im Tag war Physiotherapie angesagt. Am Anfang fand das noch im Bett statt, etwas später konnte ich in den dafür vorgesehenen Raum gehen.

Mein Essen nahm ich auf dem Zimmer ein. Essensgerüche waren für mich immer noch nicht zu ertragen und riefen Würgen und Brechreiz hervor. Langsam versuchte ich, von den kalten Gerichten wieder zu warmen Speisen zu wechseln, was zeitweise mehr und manchmal halt weniger gelang.

Erstaunlicherweise verschwand mein Ausfluss, der mich kurz vor dem Austritt aus der Klinik so erschreckt hatte, wie von Zauberhand. Ich registrierte das zwar zufrieden, war aber trotzdem nicht so ganz davon überzeugt, dass alles in Ordnung war. Die letzten Monate hatten mich gelehrt, dass Zauberei in meinem Krankheitsverlauf eigentlich nicht vorkam.

Allmählich konnte ich auch wieder kurz etwas lesen. Seit Monaten hatte ich keine Zeitung gelesen und jetzt las ich sogar wieder ein Buch. Daneben war Fernsehen angesagt und telefonieren konnte ich auch wieder besser, das Reden fiel mir nicht mehr so schwer. Ausser meiner Freundin besuchten mich meine Mädchen und das freute mich sehr.

Als ich es an einem Tag schaffte, in die Rezeption hinunter zu gehen, mir Ansichtskarten und Briefmarken zu kaufen, kam ich mir vor, wie ein kleiner König. Seit über einem Jahr war das die erste normale, selbstständige Handlung, zu der ich wieder in der Lage war. Ich hatte mal wieder mein Portemonnaie und Geld in der Hand! Es war für mich eine kleine Sensation!

Das Erlebnis beflügelte mich so, dass ich beschloss, an einem Tag aus dem Haus zu gehen und mir an der Tankstelle, die ca. 150 m weit weg liegt, ein Eis zu holen. Ich hatte eine unbändige Lust auf Erdbeereis! Es war ein sehr heisser Tag, die Sonne brannte erbarmungslos und ich kollabierte schon fast nach den ersten paar Schritten. Doch ich hatte mir diesen Ausflug nun mal in den Kopf gesetzt und wollte es unbedingt durchziehen. Ich schaffte es auch, aber ich habe mir noch nie im Leben ein Eis so sauer verdient wie dieses! Es schmeckte übrigens ganz fremd und ungewohnt.

Die Physiotherapie strengte mich sehr an. Ab und zu mussten wir auch mal eine ausfallen lassen, weil ich mich zu schlecht fühlte, aber dann ging es wieder besser und die nette Therapeutin half mir bei allen Übungen. Dann fing eines Tages plötzlich die linke Schulter an zu schmerzen. Ich erzählte es ihr und wir liessen deshalb diese eine spezielle Übung weg. Doch die Schmerzen wurden nicht besser. Mein Körper erinnerte sich an diesen Schmerz, er kannte ihn schon: »Frozen Shoulder.« Doch erst mal wollte ich nichts davon wissen und ich konzentrierte mich wieder aufs Gesundwerden.

Meine Wunde, die immer noch an 2 Stellen offen war, musste täglich gespült und mit Aquacel, einem Gel, das die Granulation fördert, behandelt und verbunden werden. Harry wurde von der Schwester gewechselt, die auf Stomas spezialisiert ist. Sie meinte allerdings, ich hätte kein schönes Stoma, es sei viel zu klein. Ich sagte zu ihr:

»Ich weiss, aber mein Arzt sagte, ich hätte einfach zu wenig Bauch, es sei zu wenig Platz zwischen Hüftknochen und Rippenbogen, um es besser anzulegen. Und es ist ja sowieso nur vorübergehend. In einigen Wochen wird die Rückverlegung vorgenommen.«

An schönen Tagen spazierte ich durch den Park, setzte mich mit meinem Kissen auf eine Bank und schaute den Schiffen und den kleinen Booten auf dem See zu. Die Gärtner pflanzten »fleissige Lieschen« und die Farben und der Duft der Blumen und der grossen, alten Bäume, verzauberten mich. Wie lange hatte ich das vermisst, wie lange war ich im sterilen Weiss des Krankenhauses gefangen gewesen! Ich genoss es und atmete dankbar die Luft der Freiheit.

Nach 3 Wochen holte mich meine Freundin ab und wir fuhren nach Hause, endlich nach Hause. Fast 6 Monate war ich weg gewesen, aus dem Winter wurde Frühling, und jetzt war es schon fast Sommer. Ich lag auf unserem Sofa, schaute mich um und kam mir ganz fremd vor. Es dauerte 2 Tage, bis ich mich wieder wirklich daheim fühlte. Ich war jetzt so weit, dass ich meine Tage nicht mehr im Bett, sondern auf dem Sofa verbrachte. Mein Bewegungsradius erweiterte sich bis zu den Briefkästen und auf die Terrasse, aber ich verbrachte immer noch viele Stunden des Tages mit Schlafen.

An schönen Tagen lag ich auf dem Liegestuhl und genoss die frische Luft. Die Sonne konnte ich immer noch nicht vertragen, und so lag ich im Schatten und döste, las ein bisschen und versuchte, mich zu erholen. Meine Ess- und Trinkgewohnheiten normalisierten sich etwas. Doch die Speisen hatten immer noch nicht den vertrauten Geschmack und trinken konnte ich nur eiskalt. Auch Süsses, das ich vorher so geliebt hatte, mochte ich überhaupt nicht mehr.

Harry machte uns mal mehr, mal weniger Mühe. Es gab Zeiten, da verhielt er sich ruhig, dann wieder platzte er bis zu 3-mal hintereinander auf. Ich traute mich immer noch nicht recht, zu duschen, weil ich befürchtete, er würde sich dann noch schneller ablösen. So wusch ich mich halt, sass auf meinem Stühlchen vor dem Lavabo und war froh, dass ich wenigstens das wieder selber konnte. Die dauernde Abhängigkeit von fremden Leuten der letzten Monate behagte mir überhaupt nicht, aber was blieb mir schon anderes übrig, als deren Hilfe dankend anzunehmen. Allein hätte ich es nicht schaffen können. Ansonsten war ich noch recht schwach, mein Gewicht von 46 kg war auch nicht gerade berauschend und mein Kreislauf musste sich langsam wieder an etwas normalere Verhältnisse gewöhnen. Ich war immer noch sehr, sehr müde und schlief extrem viel.

Manchmal machten meine Freundin und ich zusammen einen Ausflug im Auto. Doch mir wurde regelmässig schlecht und ich musste würgen, sodass es nicht wirklich Spass machte. Bodenunebenheiten schmerzten mich extrem, auch wenn sie immer ganz sorgfältig fuhr und versuchte, allen holperigen Stellen auszuweichen. Als wir das erste Mal wieder Strecken fuhren, die mir von früher bestens bekannt waren, liefen mal wieder die Tränen. Es hatte sich so viel verändert: Blocks waren entstanden, wo vorher noch Profile standen, Häuser waren zwischenzeitlich abgerissen worden und es gab neue Strassen. Irgendwie war ich froh, wieder da zu sein, andererseits traurig, die Verwandlung nicht miterlebt zu haben. Mir fehlte einfach ein Stück von meinem Leben.

Ich war sowieso extrem verletzlich. Ich war dünnhäutig geworden, nicht nur körperlich. Meine Psychologin von früher, die ich etwas später wieder besuchen konnte, half mir über vieles hinweg und ich war froh, dass ich wieder zu ihr konnte.

Mein Arzt war bei der Nachuntersuchung zufrieden mit mir und sagte:

»Sie geniessen jetzt einfach mal diesen Sommer. Sie haben den ganzen letzten Sommer versäumt, jetzt holen Sie das nach. Werden Sie wieder kräftiger und wenn Sie denken, dass Sie stark genug sind, melden Sie sich bei mir und wir werden die Rückverlegung des Stomas ins Auge fassen. Aber lassen Sie sich Zeit. Ich möchte, dass Sie in den nächsten Monaten weder Arzt noch Krankenhaus sehen müssen. Falls aber irgendein Problem auftaucht, melden Sie sich sofort bei mir, einverstanden?«

Gerne versprach ich das und war froh, dass ich mich mit meiner Freundin zusammen wieder auf den Heimweg machen durfte. Normalerweise behielt er mich ja jeweils gleich in der Klinik, doch jetzt schaffte ich es, wieder nach Hause gefahren zu werden.

Da mir die Schmerzen in meiner linken Schulter jetzt immer mehr zu schaffen machten, wurde bei der nächsten Kontrolle in der Klinik nicht nur von meinem Bauch ein Röntgenbild gemacht, sondern auch von der Schulter ein MRI. Meine selbst gestellte Diagnose bestätigte auch der Facharzt; »Frozen Shoulder«, und zwar ziemlich massiv. Ich seufzte, musste das jetzt auch noch sein? Eigentlich wollte ich in nächster Zeit kein Krankenhaus mehr von innen sehen. Doch es hatte keinen Sinn, die Sache unnötig hinauszuzögern und so wartete ich auf einen freien OP-Termin bei einem Kollegen von meinem Arzt, der sich auf Schulter-Operationen spezialisiert hatte.

Es wurde August. Unser Grosser war bei uns wie jede Woche und brachte seinen Wunschzettel mit. Ende Monat wurde er 16 Jahre alt. Er musste seit längerer Zeit regelmässig an die Dialyse, bekam Sauerstoff und sass im Rollstuhl, weil er sehr schnell ermüdete und um ihm das Atmen zu erleichtern. Nichtsdestotrotz unternahmen er und meine Freundin zusammen regelmässig Ausflüge im Auto, die er sehr genoss. Als sie an diesem Freitag gegen Abend zusammen heimkamen, fragte ich ihn, ob ich wieder einmal ein Foto von ihm machen dürfte, da ich durch meine lange Abwesenheit nicht mehr dazu gekommen war. Er nickte und ich schoss zwei Bilder für das Album, das ich schon vor Jahren von ihm begonnen hatte und das seine ganze Entwicklung dokumentiert.

Am nächsten Freitag kam er ganz glücklich, aber müde heim und zeigte mir seine neuesten Yu-Gi-Oh-Karten, die er eben zusammen mit meiner Freundin gekauft hatte. Er war so stolz und glücklich, dass er einige seltene und wertvolle Exemplare ergattert hatte. Am Abend ging er wie immer zu Bett und ich sagte zu ihm:

»Ich wünsche dir eine ruhige Nacht mit schönen Träumen und mit genügend Luft zum Atmen. Wir sehen uns nächste Woche wieder. Tschüss Grosser.«

Er zottelte nach hinten in sein Zimmer und am nächsten Morgen brachte ihn meine Freundin wie immer nach Hause.

Gegen Abend erreichte uns der Telefonanruf seines Vaters:

»Kommt schnell, er liegt im Sterben.«

Wir schossen auf, sprangen ins Auto und fuhren durch die Stadt. An diesem Tag fand die Street Parade statt und wir mussten tausend Umwege in Kauf nehmen, weil viele Strassen gesperrt waren. Dazu goss es wie aus Kübeln, der Himmel war ganz dunkel, es kam mir vor, als wären wir auf einer Geisterfahrt, irreal und unwirklich.

Mir fuhren wirre Gedanken durch den Kopf: Das konnte doch gar nicht wahr sein. Eben war er doch noch bei uns. Bestimmt war das wieder mal ein Fehlalarm. Er würde sicher in seinem Bett sitzen, uns erstaunt ansehen und grinsend fragen:

»Was habt ihr denn bloss alle? Warum weint ihr denn? Mir geht es doch gut.«

Wir kamen eine Viertelstunde zu spät. Er war tot.

Das Haus war voller Leute. Alle waren wie betäubt und weinten. Es war furchtbar. Ich weiss heute nicht mehr, wie ich diese Stunden physisch und psychisch durchstehen konnte. Als wir spätabends das Haus verliessen, hatte meine Freundin den Pflegenden von der Spitex geholfen, ihn zu waschen und anzuziehen. Er lag so still in seinem Bett, alle seine Lieblingsspielsachen um ihn herum, fremd und weiss und nicht mehr bei uns. Seine Seele war in die Freiheit des ewigen Lichts gegangen und unsere ganze Liebe begleitete ihn dabei.

Es wurde ein sehr, sehr trauriges Wochenende. Wir weinten zusammen, redeten über ihn und wir stellten fest, dass die 2 Bilder, die ich vor wenigen Tagen von ihm gemacht hatte, die Letzten waren. Sie wurden mir dadurch unheimlich wichtig.

In der folgenden Woche fuhr meine Freundin immer wieder zu ihm. Einmal war auch ich noch dabei, auch meine Mädchen konnten ihn nochmals sehen, die ihn ja auch gut gekannt und die er sehr gemocht hatte, wie er auf weissem Kissen in seinem schön geschmückten Sarg lag, und so konnten wir lange und in Ruhe von ihm Abschied nehmen. 10 Jahre durften wir ihn begleiten, 10 Jahre gehörte er zu unserem Leben und wir teilten miteinander viel Freude, Lachen und Spass, aber auch Sorgen, Leid und viele Schmerzen, die wir ihm einfach nicht abnehmen konnten. Ich bin so dankbar für diese 10 Jahre und stolz darauf, dass ich ihn kennen durfte.

Die Trauerfeier und das anschliessende Leichenmahl brachten wir auch irgendwie hinter uns. Mein Harry verhielt sich mucksmäuschenstill, als wüsste er, dass es jetzt nicht angebracht war, Probleme zu machen. Das ermöglichte mir, auch nach der Kirche noch dabei zu bleiben und wir hatten gute Gespräche mit bekannten oder auch uns fremden Leuten, die unseren Grossen auch lange und gut gekannt hatten. Wider Erwarten taten mir diese Gespräche sehr gut und ich konnte mich etwas beruhigen.

Es folgten traurige und bedrückte Tage. Nachts starrten wir in den Nachthimmel und sahen unseren Grossen als Sternenspringer. Wir glaubten ganz fest daran, dass er jetzt gesund ist und all die Dinge tun kann, die ihm auf Erden durch seine Krankheit versagt wurden. Er fehlt uns unheimlich und die Lücke, die er hinterliess, ist riesig.

Anfang September bekam ich das Aufgebot der Klinik St. Raphael für meine Schulter-OP. Wir packten meine Tasche, ich nahm ein Foto von unserem Grossen mit und begab mich wieder mal in die Hände eines kompetenten Arztes. Meine Freundin brachte mich hin und wir fühlten uns in der kleinen Klinik mit nur ca. 30 Betten sofort wohl. Ich bekam ein schönes Einzelzimmer und der Chefkoch persönlich fragte mich gleich nach meinen Essenswünschen.

Die OP verlief gut. Ich musste vom ersten Tag an alle 2 Stunden Bewegungsübungen auf einem speziellen Stuhl machen. Dick gepolstert, damit ich trotz Schmerzen im Bauch sitzen konnte, absolvierte ich brav meine Übungen. Das Wetter war wunderschön und so konnte ich auch jeden Tag im Garten und der Umgebung der Klinik etwas spazieren gehen. Alles verlief zufriedenstellend und nach einer Woche holte mich meine Freundin wieder heim.

In 3 Wochen wollten wir nach Sylt in den Urlaub fahren, und so machte ich fleissig die mir vorgeschriebenen Übungen, trotz Schmerzen in Bauch und Schulter. Ich war froh, mich »nur« auf die Schulter konzentrieren zu müssen und mich »nur« mit diesen Schmerzen zu beschäftigen. Der Bauch war etwas in den Hintergrund getreten.

Zwei Wochen später überfielen mich ohne Vorwarnung meine Rückenschmerzen auf der rechten Seite wieder, die mich während meines langen Klinikaufenthaltes schon öfters heimgesucht hatten. Sie waren so stark, dass ich nicht mehr aufrecht stehen konnte, und auch im Sitzen oder Liegen fand ich keine schmerzfreie Position mehr.

Meine Freundin rief sofort meinen Arzt im Hirslanden an und die Sekretärin gab uns gleich einen Termin in der Sprechstunde. Einmal mehr musste ich eine Horrorfahrt überstehen, das Kissen unter dem Po, das kleine grüne Becken auf dem Schoss. Ich würgte vor Anstrengung, war schweissgebadet, schneeweiss im Gesicht und die Schmerzen waren übermächtig.

Der Arzt untersuchte mich. Mit dem Bauch war alles in Ordnung. Wenigstens etwas, dachte ich. Er schickte mich zum Röntgen. Doch da ereilte mich ein Schwächeanfall. Die Schwestern betteten mich auf ein Notbett und so wartete ich unter Schüttelfrost und Erbrechen auf meine Röntgenbilder. Die Diagnose war schnell klar: Die rechte Niere war gestaut, ich hatte 2 Nierensteine im Harnleiter und die Schmerzen waren typisch für eine ausgewachsene Nierenkolik.

In 5 Tagen wollten wir nach Sylt fahren. Das konnte doch wohl nicht wahr sein, dass schon wieder eine OP anstand und wir wieder alles absagen müssten. Ich war völlig niedergeschlagen und im Lift wischte ich mir ein paar Tränen aus den Augen.

Auf der Notfallstation wurden wir schon erwartet und die Schwester fragte mich:

»Auf einer Skala von 1 bis 10, wo würden Sie Ihre Schmerzen einstufen?«

Ich kannte das Spiel natürlich und sagte:

»Ich bin tapfer, und sage 9 ½ aber lieber würde ich 12 sagen.«

Ich erhielt ein Bett und eine Infusion mit Schmerzmitteln. Nach einer Viertelstunde war mir so wohl, dass ich am liebsten wieder nach Hause gegangen wäre. Doch der diensthabende Arzt untersuchte mich noch mal gründlich und klärte mich darüber auf, dass der zuständige Urologe unterwegs wäre.

Also warteten wir wieder einmal. Als er dann eintraf, wurde ich von ihm nochmals untersucht. Es hatte meine Krankenakte vorliegen und meinte dann zu mir:

»Da haben Sie ja schon einiges mitgemacht.«

»Ja«, erwiderte ich, »eigentlich habe ich genug von OPs, Spritzen und Schmerzen.«

»Das kann ich gut verstehen«, meinte er verständnisvoll. »Und doch kommen wir wahrscheinlich nicht darum herum, diese Steine herauszuholen. Bei Ihrer Vorgeschichte kann ich sie aber nicht zertrümmern, ich muss sie mit einer Schlinge durch den Harnleiter herausholen.«

Ich sah erschrocken erst meine Freundin, dann ihn an, und fragte:

»Wir wollen in 5 Tagen nach Sylt in den Urlaub fahren. Müssen wir das jetzt alles wieder in den Wind schlagen?«

»Nein, nein«, beruhigte er mich. »Das ist alles nicht so wild. Ich werde Sie gleich operieren, dann können Sie morgen schon wieder nach Hause. Ich lege Ihnen ein Röhrchen in den Harnleiter, damit der nicht zuschwillt und wieder ein Verschluss entsteht. Sie fahren in den Urlaub und wenn Sie wieder da sind, entferne ich das Röhrchen ambulant. Einverstanden?«

Ich nickte seufzend. Was blieb mir denn anderes übrig. Ich wurde also vorbereitet, meine Freundin fuhr nach Hause und ich wieder mal in den OP. Der mir schon lange bekannte Arzt setzte mir eine Spinal-Anästhesie, durch die meine untere Körperhälfte betäubt wurde, dann bekam ich noch etwas Dormicum, ich schlief aber nicht richtig ein. Schmerzen verspürte ich keine mehr, doch ich realisierte, wie ich gebettet wurde, ich sah die grünen Gestalten und hörte auch, wie sie miteinander sprachen. Ich wartete darauf, dass sie endlich anfingen, doch da war die OP auch schon zu Ende und ich kam kurz auf die Wachstation und um 22 Uhr in ein Zimmer auf der Station.

Ich konnte dann auch einschlafen, und als ich am Morgen erwachte, hatte ich einen Harn-Katheter und neben meinem Bett standen in einem Gläschen die 2 Übeltäter. Der Urologe kam später vorbei, untersuchte mich und erzählte vom positiven Verlauf der OP. Nachdem der Katheter gezogen worden war, durfte ich aufstehen und gegen Abend holte mich meine Freundin heim.

Harry verhielt sich wieder ganz vorbildlich, obwohl er natürlich auf die Medikamente immer reagierte, sei es mit mehr Luft oder durch Verfärbung und anderes Aussehen des Stuhls. Ich war froh, dass alles gut abgelaufen war und keine unnötigen Komplikationen aufgetreten waren.

3 Tage später waren unsere Koffer gepackt und wir reisefertig. Ich war noch sehr schlapp und packte neben dem obligaten Kissen unter dem Po auch mein kleines, grünes Becken wieder auf meinen Schoss. Einerseits freute ich mich, andererseits war ich auch etwas ängstlich, ob die lange Fahrt auch gut verlaufen würde. Doch erst einmal fuhren wir mit dem Auto nach Lörrach zum Autoverlad.

Eigentlich wollten wir vor Beginn des Verladens der Autos noch in die Stadt, um etwas zu essen und zu lesen zu kaufen. Doch kaum an der Verladestation angekommen, platzte Harry auf und so mussten wir die Angestellten der DB (Deutsche Bahn) bitten, uns einen Waggon aufzuschliessen, damit meine Freundin, die in weiser Voraussicht alles Nötige dabei hatte, mir Platte und Beutel wechseln konnte. Das fing ja gut an!

Doch dann kamen wir ohne weitere Probleme bis nach Hamburg Altona und fuhren weiter per Auto, immer Richtung Norden. Es ging besser, als ich gedacht hatte. Zwar war mir etwas übel, doch das kleine grüne Becken kam nicht zum Einsatz. Auch die immer holperige Überfahrt im Autozug von Niebüll nach Westerland verlief gut, setzte mir aber sehr zu. Das Ruckeln des mit Diesel gefahrenen Zuges und der Gestank verursachten mir starke Schmerzen, und die Übelkeit nahm zu. Doch wir kamen schlussendlich gut in unserem Feriendomizil an und ich legte mich erschöpft ins Bett.

Die kommenden Tage waren sehr anstrengend. Unsere Sylt-Freunde kamen zu Besuch, ich konnte nur auf dem Sofa liegen, hörte aber der angeregten Unterhaltung gerne zu. Es tat gut, sie wieder einmal zu sehen. Sie hatten sich die vergangenen Monate sehr liebevoll telefonisch um mich gekümmert.

Die Klimaveränderung setzte mir sehr zu. Ich fühlte mich noch müder als zu Hause. Kaum sass ich im Auto und wir fuhren etwas herum, bat ich meine Freundin, mich wieder heimzufahren und ich musste mich ins Bett legen, wo ich sofort einschlief. Ich hatte ständigen Harndrang, das Röhrchen in meinem Harnleiter behinderte mich sehr und mein Bauch schmerzte bei jeder Bewegung mehr als üblich. Meine Übungen für die auch noch schmerzende Schulter konnte ich bald nicht mehr ausführen.

Meine Freundin war vielfach allein unterwegs und wenn sie heimkam, erzählte sie mir von ihren Erlebnissen. Nie hätte ich mir träumen lassen, dass es irgendetwas gäbe, was mich davon abhalten könnte, nicht den ganzen Tag freudig auf der geliebten Insel herumzustreifen, um Meer, Dünen, Sand und Wind zu geniessen. Doch ich hatte einfach keine Kraft dazu. Was für ein Unterschied zu den Jahren vorher, als ich noch gesund war: Da waren die Tage kaum lange genug, um all das zu unternehmen, was wir gerne wollten. Von früh bis spät waren wir draussen, liessen uns den Wind um die Nase wehen und waren voller Entdeckerfreuden.

Was war bloss aus mir geworden! Es schmerzte mich, wenn ich an die vielen Tage dachte, wie wir früher mit den Fahrrädern oder ich mit den Rollerblades unterwegs gewesen waren und einfach nur das Leben und unsere Insel geniessen konnten. Wir tobten im Wasser, schwammen zusammen, tauchten um die Wette und waren einfach nur glücklich und unbeschwert.

Doch dann riss ich mich wieder zusammen und versuchte, nach vorne zu schauen. Wenigstens war ich nicht mehr in der Klinik, sondern im Urlaub. Das war doch schon mal eine gewaltige Verbesserung. Es machte einfach keinen Sinn, dem »Vorher« nachzutrauern. Das war nun mal vorbei und ich lebte im »Jetzt« und musste lernen damit klarzukommen. Ich schalt mich selber undankbar, konnte ich doch froh sein, dass ich einen so mutigen Arzt gefunden hatte, der mir das Leben gerettet hatte. Und wenn ich in Versuchung kam, über Harry zu schimpfen, weil er mich wieder quälte und schmerzte, musste ich mir immer mal wieder klarmachen, dass ich mein weiteres Leben ja auch ihm verdankte. Ohne ihn wäre ich nun schlicht und ergreifend nicht lebensfähig. Also verband mich mit Harry so eine Art Hass-liebe.

Nach 3 Wochen verliessen wir unsere Insel. Ich war enttäuscht, dass ich nicht mehr hatte machen können, ich hatte es mir einfacher vorgestellt. 90 % des Urlaubs hatte ich im Bett verbringen müssen. Die Heimfahrt verlief gut und ich freute mich das erste Mal überhaupt, dass wir wieder nach Hause fuhren. Sonst gab es immer Tränen, weil ich mich nur schwer von der Insel trennen konnte und glaubte, die Monate bis zum nächsten Mal würden nie vergehen.

Gleich am ersten Montag zu Hause entfernte mir der Urologe in seiner Praxis das Röhrchen aus meinem Harnleiter, das mich so sehr gestört hatte. Es war schon richtig festgewachsen und bereitete mir Schmerzen, als es mit einem Ruck herausgezogen wurde. Doch ich war sehr froh, das Ding loszuwerden.

Der Herbst hielt Einzug mit Sturm und viel Wind. Ich versuchte weiterhin, endlich auf die Beine zu kommen, was mir aber nicht richtig gelang. 1 bis maximal 2 Stunden schaffte ich es, zu sitzen oder etwas zu lesen, dann schlief ich wieder ein. Meine Freundin besorgte nach wie vor alle anfallenden Arbeiten und Besorgungen im und ausser Haus.

Meine Bauchwunde war nun endlich geschlossen. Atemnot und Schmerzen bei Bewegungen wie Aufstehen, Absitzen oder Laufen waren ständig vorhanden. Die Übelkeit war mal stärker und mal schwächer, ging aber nie ganz weg. In der Nacht wurde ich jedes Mal wach, wenn ich mich vom Rücken auf die rechte Seite drehen wollte. Auf der linken Seite konnte ich gar nicht liegen, die Schulter schmerzte noch zu sehr und auch dem Bauch und Harry gefiel diese Lage gar nicht.

Essen und Trinken normalisierten sich langsam. Mit Brot und Kartoffeln war ich am besten dran. Auch Harry mochte das am liebsten, aber immer nur in kleinen Portionen und sorgfältig dosiert. Richtige Freude am Essen konnte ich aber nicht entwickeln. Auch konnte ich jetzt endlich wieder Wasser trinken, ohne zu brechen. Das erleichterte doch vieles, musste meine Freundin jetzt nicht mehr ständig hektoliterweise Tees heranschleppen.

Das einzige Medikament, das ich mehrmals im Tag nehmen musste, war Imodium, um den Stuhl wenigstens etwas einzudicken. Doch der ständige Flüssigkeitsverlust durch den Durchfall machte mich müde und schlapp. Ich schlief viel, weil ich nachts immer noch 4 bis 6 Mal aufstehen musste, und dadurch nicht so richtig zur Ruhe kam. Alles in allem war ich immer noch recht wackelig auf den Beinen.

Tapfer lief ich 3-mal die Woche den kurzen Weg in die SUVA-Klinik, um meine Schulter behandeln zu lassen. Meine Physiotherapeutin, eine nette, junge Frau, versuchte, meiner Schulter ihre Bewegungsfähigkeit zurückzugeben, ohne meinen Bauch zu sehr zu strapazieren. Es erwies sich als sehr schwierig, den Arm zu mobilisieren, ohne den Bauch zu tangieren. Sie liess sich immer wieder neue Übungen einfallen und half mir mit ihrem fröhlichen und verständnisvollen Wesen sehr, auch Unangenehmes zu ertragen. Die Übungen strengten mich auch sehr an und ich war öfters schweissgebadet. Doch wir hatten entspannende und lustige Sitzungen zusammen, und ich ging gerne hin. Sie betreute mich fast ein ganzes Jahr lang.

Im November bemerkte ich plötzlich, dass irgendetwas mit mir nicht stimmte: Ich konnte nicht mehr gut sitzen. Eine Stelle am Po schmerzte mich immer mehr. Ich begann, mich genau zu beobachten, konnte aber ausser den Schmerzen beim Sitzen erst nichts Dramatisches feststellen. Nach ein paar Tagen bildete sich an meiner linken Pobacke, nahe beim Darmausgang eine Geschwulst aus, die sehr druckempfindlich war. Sie wurde grösser und tat ziemlich weh, und so bat ich denn meine Freundin, doch einmal nachzusehen, da man sich bekanntlich von hinten selber relativ schlecht anschauen kann.

Sie bemerkte sofort, dass meine linke Pobacke nach unten hing und man beim Abtasten eine harte Stelle fühlen konnte. Wir schauten uns an und sie sagte:

»Du weisst, dass wir den Arzt anrufen müssen?!«

Ich nickte nur ergeben. Es folgte das übliche Prozedere: Klinik anrufen, Termin ausmachen, Tasche packen, Klinik fahren.

Auch die Fahrt durch die Stadt verlief wie immer: Kissen unter Po, kleines grünes Becken auf Schoss, Stossverkehr, besorgte Freundin, ich ängstlich.

Der Arzt untersuchte mich, veranlasste ein CT und nach dessen Begutachtung sagte er zu mir:

»Sie haben einen Abszess. Ich werde Sie operieren müssen.«

Er erklärte mir noch, was genau er machen würde, aber zu diskutieren gab es eigentlich nichts mehr.

So landete ich einmal mehr im Notfall. Da auf Station kein Bett frei war, verbrachte ich die Nacht in einem kleinen Zimmer, das der Notfallstation angeschlossen war, und wurde am nächsten Tag operiert.

Die OP verlief gut und nach kurzem Aufenthalt auf der Wachstation wurde ich auf mein Zimmer gebracht, diesmal nicht auf dem BRC, da dort kein Platz frei war. Es ging mir recht ordentlich und ich bekam für meine Schulter auch im Bett die nötige Physiotherapie. Daneben versuchte ich aufzustehen, schlich mit meinem Infusionsständer langsam und gebückt durch die Krankenhausgänge, besuchte die Babystation und freute mich an den winzigen, neuen Erdenbürgern. Einmal wurde ich Zeuge einer Blutentnahme bei so einem kleinen Kerlchen. Sie stachen ihn in die Ferse und er brüllte mit hochrotem Köpfchen laut seinen Protest in die Welt hinaus. Er hatte mein ganzes Mitleid.

Nach 2 Wochen durfte ich nach Hause. Die Wunde schmerzte, doch sitzen konnte ich wieder besser und wir atmeten auf. Jetzt wurde doch noch alles gut. Im Laufe des Dezembers brachte meine Freundin einen schönen Weihnachtsbaum, kaufte neuen Schmuck dazu und wir freuten uns auf eine ruhige, schöne Weihnacht.

Doch wieder einmal kam alles ganz anders. Die Schmerzen in der Pobacke wurden erneut stärker, bald konnte ich fühlen, wie sich an der operierten Stelle wieder eine schmerzende Beule bildete. Ich war verzweifelt. Ich wollte nicht mehr, ich wollte nur noch in Ruhe gelassen werden und alles sollte gut sein.

Nichtsdestotrotz siegte der Verstand und wir wollten am Montag in die Klinik fahren. Doch am 3. Advent wurden die Schmerzen unerträglich. Mein Kreislauf spielte verrückt und so blieb einmal mehr nichts anderes übrig als: siehe oben...

Wieder kam ich über den Notfall auf Station. Mit der obligaten Infusion im Arm, Tränen in den Augen und Schmerzen an Körper und Seele, fuhren sie mich in ein Zimmer. Das Bett am Fenster war besetzt. Die Fenster und die Vorhänge waren mitten am Tag geschlossen. Es herrschte eine Luft zum Schneiden und die Frau schwadronierte laut am Telefon. Sie bedachte mich mit einem vernichtenden Blick, als wäre ich ein lästiges Insekt und erwiderte nur mürrisch und kaum verständlich unseren Gruss. Ganz offensichtlich fühlte sie sich von uns gestört. Ich hätte schreien können.

Mit einem Blick erfasste meine Freundin die Situation.

»Ich geh mal kurz raus, ich komme gleich wieder«, sagte sie zu mir.

Ich machte nur die Augen zu und seufzte tief.

Nach kurzer Zeit kam sie wieder, setzte sich zu mir und meinte:

»Sie werden dich gleich holen kommen. Ich habe mit dem BRC telefoniert. Dein Lieblingspfleger war da. Ich habe ihm alles erzählt. Hier kannst du nicht bleiben, da gehst du mir ein. Die Frau hat einen schweren Infekt, das ist nichts für dein kaum mehr vorhandenes Immunsystem. Du kommst aufs BRC.«

Ich nickte unter Tränen. Wie froh und dankbar war ich ihr, dass sie immer alles für mich in die Hand nahm und regelte.

Kurze Zeit später kamen zwei mir altbekannte Pflegende vom BRC, fuhren mich unter den wütenden und verständnislosen Blicken der Frau aus dem ungemütlichen Raum und brachten mich in ein schö-

nes Zimmer, stellten das Bett ans Fenster, wo ich den Himmel und einen grossen Baum sehen konnte, und ich war unendlich dankbar, wenigstens im Spital wieder »daheim« auf »meiner« Station zu sein.
Auf meinem Krankenblatt stand:

»Diagnose:
Perianalabszess links
Status nach totaler Colektomie und Proktomukosektomie bei therapierefraktärer Colitis ulcerosa mit schwerem schubweisem Verlauf mit Gelenksbeteiligung
Status nach Relaparotomie mit Adhäsiolyse und Dünndarmsegmentresektion bei chronischem Adhäsionileus
Status nach Relaparotomie mit Adhäsiolyse und Dünndarmsegmentresektion sowie Exzision eines Flankenabszesses rechts und transanale Korrektur einer pouch-kutanen Stuhlfistel und Anlage eines Entlastungsileostomas
Status nach pouch-vaginaler Fistel
Status nach Schulteroperation bei Frozen Shoulder rechts
Status nach arthroskopischer Kapsellösung bei Frozen Shoulder links
Status nach Nephrolithiasis links mit Urosepsis und Steinextraktion«

Es wurde jetzt ganz klar darüber gesprochen, dass es wahrscheinlich nicht mehr möglich war, meinen Pouch zu erhalten, da die Entzündung im Dünndarm (Pouchitis) für eine Beteiligung von Morbus Crohn sprach. Obwohl histologisch nie ein Morbus Crohn nachgewiesen werden konnte, liess doch der Heilungsverlauf, der immer wieder von Fisteln und Abszessen gekennzeichnet war, auf eine Crohn-Beteiligung schliessen. Also ging es jetzt darum, dass in meinem Fall eine Rückverlegung wohl nicht mehr in Frage kam, und mir Harry somit ein Leben lang erhalten bleiben würde.

Diese Nachricht musste ich erst mal verdauen. Was hiess das für mich? Immer darauf achten, was ich ass, wann ich ass, eingeschränkt sein in der Bewegungsfreiheit, immer auf Hilfe beim Wechseln angewiesen sein, oder etwas sehr salopp ausgedrückt: Im wortwörtlichsten Sinne immer einen Beutel voll Scheisse mit mir herumtragen?

Da mein alter Professor zwischenzeitlich pensioniert worden war, kam jetzt ein junger, dynamischer, sehr sympathischer Mann zu mir, der erst vor Kurzem aus New York zurückgekehrt war, wo er mit

Herrn Dr. Crohn persönlich (dem Entdecker dieser nach ihm benannten Krankheit, Morbus Crohn), zusammengearbeitet hatte. Er setzte sich zu mir, nachdem er meine Krankenakte ausgiebig studiert hatte, und besprach mit mir das weitere Vorgehen.

»Sie müssen wissen«, erklärte er mir, »dass diese Bauchgeschichte sehr komplex ist. Es kann gut sein, dass die diversen Symptome ineinander übergehen, sich vermischen, man kann das nicht so genau abgrenzen. Sie können also sowohl Colitis als auch Crohn haben. Die Colitis wäre ja an und für sich mit der Amputation des Dickdarms erledigt, denn sie befällt nur den Dickdarm. Sind aber Entzündungen im Dünndarm, ist eine Beteiligung von Morbus Crohn anzunehmen, und dann können wir Ihren Pouch leider nicht erhalten. Ich werde Sie nochmals spiegeln und mir genau ansehen, wie das da drinnen aussieht.«

Die Darmspiegelung fand wenig später im Beisein meiner Freundin statt. Sie erzählte mir später, wie schlimm es in meinem Dünndarm ausgesehen hatte, er war voller Entzündungen! Es wäre ein Ding der Unmöglichkeit gewesen, den Pouch zu erhalten, und so war jede weitere Diskussion unnötig.

In wenigen Tagen war Weihnachten. Mit meiner Freundin besprach ich die Situation trotzdem immer wieder und ihr war – schneller als mir – ganz klar, dass wir überhaupt keine andere Wahl hatten, als in den sauren Apfel zu beissen. Doch dann schaltete sich auch mein Verstand ein und ich sagte zu ihr:

»Nun ja, es ist nicht gerade das, was ich mir gewünscht habe. Aber andererseits kann ich mit Harry weiterleben. Besser mit Harry zu leben, als ohne Harry zu sterben.«

Von da an war das Thema gegessen und ich musste mich mental einmal mehr auf eine grosse, lange OP vorbereiten.

Da so kurz vor den Festtagen das grosse OP-Team nicht mehr zusammengetrommelt werden konnte, wurde die OP auf den 27.12.07 gelegt. Das hiess auch, dass ich über die Feiertage in der Klinik bleiben musste. Da ich ja dieses Jahr bereits den Geburtstag meiner Freundin, meinen eigenen und auch Ostern da verbracht hatte, kam es nun auf

Weihnacht und Neujahr auch nicht mehr an. So hatte ich jedenfalls auch alle Feiertage »abgesessen«.

Am Heiligen Abend kam meine Freundin zu mir. Ich war die ganze Zeit allein im Zimmer und so sassen wir am Tischchen. Ich hatte 2 Abendessen bestellt und wir assen ganz in Ruhe eine Kleinigkeit. Die Stimmung war etwas gedrückt, hatten wir doch beide Angst vor dem, was kommen sollte. Aber eigentlich konnte doch das neue Jahr nur besser werden. So viele Ängste und Sorgen hatte uns das Vergangene gebracht. Auch unser Grosser fehlte uns sehr und wir erinnerten uns gegenseitig daran, wie er jeweils mit viel Freude seine Geschenke ausgepackt hatte.

Aus dem Fenster sahen wir in der Nacht Kerzen brennen hinter anderen Fenstern, hie und da einen geschmückten Baum. Es war schon ein ganz spezielles Fest, und später sass sie an meinem Bett, hielt meine Hand und wir weinten. Aber wir waren zusammen, und das war uns das Wichtigste.

Dann kam der ersehnte und doch gefürchtete Operationstag. Die OP dauerte wieder 6 Stunden, verlief aber gut. Es wurde folgendes gemacht:

> »Präoperative Proktoskopie, Verschluss des Anus, Laparotomie, Adhäsiolyse, Verschluss des doppelläufigen Ileostomas nach Brooks, Exzision des perinealen Pouches, abdomino-perineale intersphinctere Pouchresektion, Resektion der zum Pouch führenden Ileostomieschlinge.«

Ich erwachte einmal mehr auf der IPS. Wieder hatte ich eine PDA, und diesmal sass sie sogar richtig und half mir, meine Schmerzen zu lindern. Ich zählte 11 Schläuche und Leitungen, die aus mir heraus und in mich hinein liefen. Am Hals war ZVK Nr. 6 angebracht worden und es piepste und summte wie immer. Die folgenden Tage, die ich auf der IPS verbrachte, waren wieder gekennzeichnet durch Eskapaden meines Kreislaufs mit nicht mehr messbaren Werten, Entgleisung der Elektrolyte und erneuten Gaben von 2 Blutkonserven. Daneben galoppierte mein Puls immer noch mit weit über 130 Schlägen und die obligatorische Infusion pumpte viele Liter NaCl inklusive Schmerzmittel, Antibiotika und diverse andere Gifte für oder gegen irgendwas, in meinen Körper.

Endlich kam ich wieder auf mein Zimmer, ich hatte nur noch 6 Schläuche in mir. Anfangs ging es mir recht gut. Ich genoss es vor allem, dass ich jetzt trockener lag, da der Anus nun verschlossen war. Diese Naht schmerzte mich zwar sehr stark und es trat auch noch Wundflüssigkeit aus, aber es lief nicht mehr so stark wie die letzten 1 ½ Jahre. Das Stoma konnte leider nicht korrigiert werden, aber die Wundnaht sah besser aus und war diesmal genäht, und nicht geklammert.

Dann überfielen mich wie aus heiterem Himmel extrem starke Bauchschmerzen, die mich in immer wiederkehrenden Wellen heimsuchten und eine starke Übelkeit mit den seit Langem bekannten Würgeanfällen hervorriefen. Das kleine grüne Becken kam häufig zum Einsatz und ich konnte wieder nicht essen. Auf dem Krankenblatt stand:

> »Der weitere Verlauf war, wie bei der Patientin bestens bekannt, durch eine renitente, auf Antihemetica nicht ansprechende und endoskopisch mehrfach ohne Korrelat unerklärliche Nausea und Emesis geprägt.«

Ich litt ein paar Tage lang unsägliche Qualen. Alle 3 bis 4 Minuten kamen die Bauchkrämpfe wie Wehen über mich und ich bemühte mich, sie mit meinem Atem irgendwie in Grenzen zu halten. Auch die Übelkeit setzte mir, wie immer, extrem zu und ich war wieder ziemlich am Boden. Ich konnte nichts essen und fürchtete, die ganze Geschichte würde nie mehr aufhören.

In dieser Zeit gingen mir viele Dinge durch den Kopf. Meine persönliche Statistik war nicht gerade berauschend: Im vergangenen Jahr war ich im Ganzen während 8 ½ Monaten in der Klinik oder in der Reha gewesen. In 5 Monaten überstand ich 4 schwere Operationen, in den nächsten 4 Monaten noch mal 3 leichtere und einen sehr schweren Eingriff. Konnte ich überhaupt mein normales Leben wieder aufnehmen? Wie würde in Zukunft mein Alltag aussehen? Wurde ich je wieder gesund?

Ich dachte auch sehr viel an meine Mutter, sah sie so still und weiss im Sarg liegen, oder an unseren Grossen, wie er fremd und weit weg im grossen Sarg lag, auf seinem Weg in die Ewigkeit. Würde ich die beiden bald wieder sehen? Am deutlichsten aber kam mir ein Erlebnis mit meiner Freundin in den Sinn:

Wir hatten kaum unsere Wohnung bezogen, waren noch ganz allein in unserem Block, als sie eines Abends mit starkem Nasenbluten nach Hause kam. Ihr Pulli war voller Blut und sie erzählte, dass sie von der Autobahn runterfahren musste, um auf einem Parkplatz abzuwarten, bis es nicht mehr so stark blutete. Ich machte ihr einen Tee, sie sass auf dem Sofa und sagte plötzlich:

»Mir wird schlecht«.

Ich holte ihr das kleine grüne Becken und sie erbrach sich. Doch plötzlich sank sie nach hinten, verdrehte die Augen und hörte einfach auf, zu atmen.

Ich war wie von Sinnen. Ich wusste überhaupt nicht, was zu tun war. Ich rüttelte sie, schlug ihr auf die Brust und schrie sie an. Kein Mensch war im Haus. Es war ca. 22 Uhr, ich war mutterseelenallein, keiner konnte mir helfen. Dann stürzte ich zum Telefon, wählte eine Notrufnummer und erzählte dem Arzt, was geschehen war. Mit einer Hand schüttelte ich meine Freundin immer noch hin und her und bemühte mich dazu atemlos, dem Arzt zu beschreiben, was geschehen war. Mein Herz raste, mein Brustkorb wollte zerspringen. Ich stand Todesängste aus. Sie durfte nicht sterben, auf keinen Fall.

Dann endlich regte sie sich, schlug die Augen auf und war wieder da. Ich rief die Rettung und sie wurde ins KSB gebracht. Ich fuhr in unserem Auto zitternd und weinend voraus. Eine Nacht musste sie auf dem Notfall bleiben, dann durfte ich sie wieder abholen. Es war nicht festzustellen, warum das geschehen war.

Seither zittere ich immer, wenn sie Nasenbluten hat oder erbrechen muss und erkundige mich alle paar Sekunden bei ihr, ob sie denn noch da sei. Natürlich würde ich sie heute auch etwas fachmännischer beatmen. Aber damals wurde ich von der Situation ohne Vorbereitung und Vorwarnung so überfahren, dass ich ziemlich kopflos reagierte.

An dieses Erlebnis musste ich jetzt zurückdenken. Was wäre aus mir geworden, wenn ich sie nicht hätte zurückholen können? Ich weiss ganz genau, dass ich ohne sie die letzten 2 ½ Jahre nicht überlebt hätte. Sie hat alles für mich gegeben und sie ist alles für mich. Ohne sie wäre mein Leben sinnlos und ich hätte nie die Kraft gehabt zu kämpfen. Ich bin ihr so dankbar für alles.

Nach einigen Tagen ging es mir besser. Die Krämpfe liessen etwas nach und ich versuchte, aufzustehen. Es gelang mir gar nicht schlecht, ich konnte freier atmen als vor der OP und wurde deshalb auch nicht mehr so fest eingeschränkt. Harry freute sich, dass er jetzt immer bei mir bleiben durfte und ich redete ihm ins Gewissen, dass er sich aber jetzt auch gut zu benehmen hätte.

Irritiert durch die OP, platzte er jetzt häufiger auf und einmal musste er innert 12 Stunden 3 Mal neu gemacht werden. Die Pflegenden brauchten wieder eine örtliche Oberflächen-Betäubung, damit sie überhaupt noch arbeiten konnten. Das Stoma schmerzte entsetzlich, und obwohl ich mittlerweile ja einiges gewohnt war, konnte ich die Schmerzen kaum ertragen.

Dann wurden die Fäden der Rektal-Naht gezogen. Das schmerzte unglaublich und ich hätte am liebsten laut geschrien. Als diese Naht dann dicht wurde, stellte ich erstaunt fest, dass meine Einlagen immer noch feucht waren. Es dauerte einige Zeit, bis ich merkte, dass ich eine Harn-Inkontinenz entwickelt hatte. Bisher hatte ich die Flüssigkeit immer dem Wundsekret zugeschrieben, dem war aber wohl schon länger nicht so. Mein Arzt meinte, es könnte auch eine Sache der Hormonumstellung sein und verschrieb mir Zäpfchen. Ich hatte mich so darauf gefreut, endlich trocken zu werden, und nun diese neue Hiobsbotschaft. Ich war traurig.

In unserem Haus waren in der Zwischenzeit 2 neue Nachbar-Parteien eingezogen und die kamen zu mir zu Besuch. Ich freute mich sehr darüber. Jetzt wurde auch meine Freundin besser von unserer Umgebung aufgefangen, denn wir haben guten Kontakt und eine schöne Freundschaft. Langsam ging es ihr und auch mir besser. Ich konnte mit ihr oder dem Besuch durch die langen Gänge schlendern, war aber immer noch ziemlich schwach.

Nach 6 Wochen Klinikaufenthalt fuhr sie mich nochmals für 2 Wochen in die Reha nach Mammern. Dort konnte ich mich weiter erholen und auch die Therapie für meine Schulter weiterführen.

Für meine Freundin ergab sich dadurch endlich die Möglichkeit, nach über 3 Jahren wieder einmal nach Hause ins Rheinland zu Mutter und Geschwistern zu fahren. Zwischenzeitlich war ihr Vater gestorben, und sie hatte meinetwegen nicht an seiner Beerdigung teilgenommen, weil sie mich nicht alleine lassen konnte.

Für Mammern hatte ich mir diesmal viel vorgenommen. Ich wollte lange Spaziergänge im Park machen, da das Wetter für die Jahreszeit (Februar) recht mild war und die Sonne häufig schien. Doch schon am 3. Tag, als ich nach meiner Therapie noch an den See hinunter wollte, machte mir meine Atmung einen Strich durch die Rechnung. Wie aus heiter hellem Himmel konnte ich wieder nicht mehr richtig Luft holen, sobald ich stand. Nur mit Mühe und vielen Pausen erreichte ich mein Zimmer, das diesmal glücklicherweise im Erdgeschoss lag.

In der Folge gelang es mir nur noch, nach der Therapie, die täglich 2-mal stattfand, einen kleinen Schwenk durch den Garten zu machen, dann musste ich mich wieder hinlegen. Auch mein Puls war immer noch viel zu hoch und so musste ich mal wieder mit der Enttäuschung fertig werden, dass ich doch noch nicht so stark war, wie ich gerne glauben wollte.

Nach 14 Tagen holte mich meine Freundin nach Hause. Jetzt sollte es endlich bergauf gehen. Ich war voll Mut und Zuversicht und nahm mein neues Leben in Angriff. Ich wog noch 44 kg.

Solange es draussen noch kalt war, lag ich viel auf dem Sofa. Meine Inkontinenz hatte ich soweit im Griff, dass ich mit normalen Slip-Einlagen auskam. Der Arzt hatte mir erklärt, dass meine Blase im Bauch zu viel Platz hat und obwohl er sie an der Bauchwand fixiert hatte, lag sich nicht an ihrem Platz, sondern wurde etwas abgeknickt. Daher gelang es mir nicht mehr, sie ganz zu leeren, und der Restharn birgt immer Gefahren für einen aufsteigenden Infekt. Mit der Zeit aber merkte ich, dass ich mich auf der Toilette etwas nach vorne beugen und mit der Hand auf die Blase drücken musste, und so gelang es mir recht gut, sie doch noch fast ganz zu entleeren.

Die Schmerzen quälten mich mit der Zeit nur noch, wenn ich mich bewegte. Jeder Schritt des rechten Beines tat mir weh, und Aufstehen und Hinsetzen waren immer noch mühsam. Zeitweise plagten mich diffuse Gelenkschmerzen, die aber nach einigen Tagen wieder verschwanden, und auch meine rechte Niere machte sich ab und zu bemerkbar, doch nicht so sehr, dass ich es nicht hätte aushalten können. Im Mai erfasste mich eine heftige Stimmband-Entzündung, sodass ich eine Woche lang nicht sprechen konnte, doch das war alles nicht mehr so schlimm.

Ich fing langsam an, wieder nach draussen zu gehen. Wir hatten das grosse Glück, auf dem Land zu wohnen, und so war ich mit wenigen Schritten draussen in der Natur. Gebückt und langsam spazierte ich durch die Felder. Ich genoss die milde Luft auf meiner Haut, die Sonne im Gesicht und den Wind in meinen wieder nachwachsenden Haaren. Am Himmel kreisten Rotmilane und die Rabenkrähen lieferten sich mit lautem Krächzen einen Scheinkampf um eine Nuss. Ab und zu wurde mir noch schwindlig, der Schweiss brach mir aus allen Poren und ich setzte mich an den Wegrand und wartete, bis es vorbei war.

Wenn ich so auf einer Bank sass und ins Tal hinunter schaute, drang der Verkehrslärm nur gedämpft zu mir hoch, so gedämpft wie das Leben, das um mich herum tobte. Ich war immer noch nicht richtig dabei, stand abseits und sah zu, doch ich war wieder in der Nähe des Lebens. Am meisten machte mir zu schaffen, dass sich das Verhältnis zu meinem Körper total verändert hatte: Ich bestand nur noch aus Oberkörper und Beinen. In der Mitte, wo mein Bauch hätte sein müssen, klaffte ein grosses Loch. Er war irgendwie einfach nicht vorhanden. Ich war so verletzt worden, so durcheinandergebracht, ich musste mich erst mal wieder sortieren und mich zusammensetzen, das fiel mir sehr schwer und ich weinte viel in dieser Zeit.

Ich war damals sowieso sehr nah am Wasser gebaut. Jede Todesanzeige, jede Nachricht im Fernsehen, ob traurig oder besonders schön, brachte mich zum Weinen. Ich kam mir vor, als hätte man mir die Haut vom Leib und von der Seele gezogen und ich sei jedem Ereignis schutz- und wehrlos ausgeliefert. Meine Psychologin unterstützte mich dabei, mich wieder zu finden und auch die Natur, die schon immer mein ganz grosser Freund gewesen war, trug das Ihrige dazu bei, dass ich mich ganz langsam wieder fangen konnte.

Am 5. Mai wurde mein Arbeitsverhältnis vonseiten des Arbeitgebers aufgelöst. Mein Antrag auf IV-Rente lief seit einem Jahr, aber ich hatte noch keinen Bescheid, ob ich aufgenommen oder abgewiesen würde. Meine Freundin meinte zwar immer, ich müsste mir überhaupt keine Sorgen machen deswegen, aber es war doch sehr belastend, jetzt ohne Einkommen dazustehen und nicht zu wissen, wie es finanziell weitergehen würde.

Meine Freundin fuhr mich, beladen mit Kuchen für meine Arbeitskolleginnen und -kollegen, nach Aarau, um Abschied zu nehmen. Es wurde für mich ein schwerer Gang. Seit 2 Jahren war ich nicht mehr im Büro gewesen. Ich hatte meinen Arbeitsplatz seinerzeit so verlassen, als würde ich in 2 oder 3 Wochen wiederkommen. Wer hätte denn geahnt, dass ich nie mehr zurückkehren könnte.

Ich räumte also mein Pult, verabschiedete mich von allen und kämpfte öfters mit den Tränen. Ich hatte mir ja schon gewünscht, eine Möglichkeit zu finden, auszusteigen, aber bestimmt nicht so! Der Preis für den Ausstieg auf diese Art war einfach zu hoch, viel zu hoch.

Langsam wurde es Sommer. Meine Therapie in der SUVA-Klinik ging nach vielen Monaten zu Ende. Meine Schulter war wieder fast in Ordnung, eine Rest-Einschränkung würde wohl bleiben. Auch bei meiner Psychologin war ich zum letzten Mal. In den letzten 5 Jahren hatten wir viel zusammen erlebt, aber ich traute mir jetzt zu, wieder allein auf meinen beiden Füssen zu stehen. Ich glaubte, nach den Erfahrungen der letzten Monate alleine zurechtzukommen. Wir buchten für den August Ferien auf Sylt bei unseren Freunden.

Mein Internist, bei dem ich zu einer Nachuntersuchung nach Baden fahren musste, bescheinigte mir recht gute Laborwerte und entliess mich mit den Worten:

»Wenn nichts Unvorhergesehenes passiert, sehen wir uns in einem Jahr wieder.«

Ich war glücklich, ein Jahr kein Arzt und kein Spital! Doch schon in der nächsten Nacht ereilte mich wieder eine Schmerzattacke. Ich konnte nicht mehr liegen, ein heftiger Schmerz im Rücken weckte mich. Ich wusste sofort, was es war: eine Nierenkolik!

Am nächsten Morgen, es war Samstag, telefonierte meine Freundin sofort mit der Klinik und meldete mich im Notfall an. Die Schmerzen waren inzwischen so heftig geworden, dass ich mehrmals erbrechen musste und wieder würgte, wie in den besten Zeiten. Die Fahrt mit dem kleinen grünen Becken auf dem Schoss verlief, wie immer, sehr anstrengend und 2-mal wurde ich im Auto ohnmächtig.

Der Urologe stellte im Ultraschall die gestaute rechte Niere fest und fand einen Nierenstein, der direkt vor dem Blaseneingang lag. Er machte zur Sicherheit noch ein Röntgenbild, das die Diagnose bestätigte.

»Ich muss aber nicht hier bleiben?«, fragte ich ihn ängstlich.

»Nein, ich gebe Ihnen erst mal ein Medikament, das die Harnwege weitet. Wir werden abwarten, ob er von selbst kommt. Tut er das über das Wochenende nicht, können wir ihn immer noch holen.«

Das tönte wie Musik in meinen Ohren. Die Schmerzmedikamente, die ich über die Infusion erhielt, taten ihr übriges, und ich fühlte mich bald wieder besser. Ich durfte mit meiner Freundin nach ein paar Stunden wieder nach Hause fahren.

Der Nierenstein machte mir die Freude, dass er mich freiwillig auf natürlichem Wege verliess, was in der folgenden Woche eine erneute Ultraschall-Untersuchung beim Urologen bestätigte. Also keine Duplizität der Ereignisse, wie ich schon befürchtet hatte. Wie froh war ich darüber.

Wenige Tage vor der Abfahrt in den Urlaub erhielt ich den positiven Bescheid für meine IV-Rente. Wie glücklich war ich, mir jetzt wenigstens darüber keine Gedanken mehr machen zu müssen. Es dauerte allerdings noch mehrere Wochen, bis ich dann endlich mein erstes

Geld erhielt, doch von der Sorge, wie es finanziell weitergehen würde, war ich erlöst.

Da ich nun das erste Mal seit vielen Jahren absolut keine Termine mehr hatte, konnten wir völlig frei und unbeschwert unseren Urlaub antreten. Meine Freundin hatte den bitter nötig, war sie doch von der Arbeit und auch von meinen, wenn auch unfreiwilligen Eskapaden, sehr erschöpft und brauchte dringend Erholung.

Wieder standen wir mit unserem Auto am Autoverlad in Lörrach. Diesmal blieb Harry dicht und ich konnte mit ihr in die Stadt, wo wir eine Arbeitskollegin von ihr trafen und mit ihr zu Abend assen. Ich verzichtete auf das Essen, wollte ich doch sichergehen, dass Harry mir keinen Strich durch die Rechnung machte. Anfangs schien der Plan auch aufzugehen, doch mitten in der Nacht im Zug, als ich gewohnheitsmässig nach Harry tastete, merkte ich sofort, dass er aufgeplatzt war. So kletterte ich langsam aus meinem Bett im oberen Stock, weckte meine arme Freundin und sie wechselte mir, wieder mal in der DB, Platte und Beutel aus und so begannen die Ferien wieder mit Stress.

Doch diesmal war es kein schlechtes Omen. Bis auf ein einziges Mal verhielt sich Harry ganz brav und wir konnten, das erste Mal seit Jahren, unseren Aufenthalt auf unserer Lieblingsinsel wieder geniessen, zwar eingeschränkt, aber immerhin. Wir liefen am Strand entlang, langsam und vorsichtig, sie besorgt um ihren vor 4 Jahren gebrochenen und trotz OP nicht gesund gewordenen, immer wieder schmerzenden Fuss, ich sorgfältig, wegen meinem Bauch, der mir beim Laufen wehtat.

Die 3 Wochen wurden zum Beginn unseres neuen Lebens. Nach unserer Heimkehr fing ich an, immer längere Spaziergänge in der Umgebung zu unternehmen. Es ging langsam, aber es ging. Auch im Haushalt konnte ich wieder etwas mithelfen und meine Freundin damit etwas entlasten.

Und wie ist es heute, Ende 2007?

Harry spielt immer mal wieder verrückt. Er reagiert auf kleinste Kleinigkeiten: aufs Wetter, auf meine seelische Verfassung und natürlich aufs Essen. Wir kommen aber so weit gut mit ihm zurecht. Meine Freundin versorgt ihn nach wie vor alle 5 Tage, ansonsten nach Bedarf, mit der ihr eigenen Sorgfalt und Zuverlässigkeit, ohne sie wäre ich nach wie vor aufgeschmissen.

Mir selber geht es besser. Ich bin viel müde, schlafe viel, bin schlapp durch den ständigen Flüssigkeitsverlust, trotz täglichem Imodium, und nicht mehr so belastbar. Abweichungen aus meinem gewohnten Alltag wie ein Besuch oder ein Termin ausserhalb, werfen mich aus der Bahn. Nachts stehe ich immer noch 2- bis 3-mal auf, um Harry zu leeren, meine Inkontinenz hält sich in einem Rahmen, den ich akzeptieren kann.

Am meisten fürchte ich mich vor einem weiteren Schub. Morbus Crohn ist eine chronische Krankheit, verläuft schubweise und ist nicht zu heilen. Wie ich eventuelle weitere Darm-Entzündungen überstehen könnte, weiss ich nicht. Doch ich versuche, diese Sorgen einfach in den Hintergrund zu schieben und eine stressfreie, positive Einstellung zur Krankheit und zum Leben zu entwickeln.

Essen kann ich nur leicht verdauliche, faserarme Nahrung, lactosefreie Milchprodukte und weisses Brot. Salat und Früchte sind verboten. Am besten halte ich das Gleichgewicht mit Brot und Kartoffeln. Habe ich einen Termin ausser Haus, kann ich vorher nichts essen, da sich Harry sonst aufregt und aufbläht, als wäre er der Grösste und mich deshalb so nervös macht, dass ich ständig eine Toilette bräuchte.

Schmerzen habe ich immer noch, wenn ich mich bewege. Auf der linken Seite kann ich schlecht liegen, weil mir das Zwerchfell immer noch Sorgen und Seitenstechen bereitet. Mit der Atmung geht es besser, wenn ich nicht zu schnell gehe oder mich bewege und nicht zu viel und zu schnell spreche, wenn ich stehe. Sitzen kann ich wieder recht gut, die Rektal-Narbe schmerzt immer noch. Mein Puls hat sich endlich wieder normalisiert.

Am schlimmsten sind die Schmerzen noch bei Erschütterungen beim Autofahren, vor allem im Bus. Auch bei Niesen oder Husten glaube ich immer noch, mein Bauch würde gleich aufplatzen.

Meine Augen sind morgens immer stark verklebt und meine Nase läuft, als hätte ich Schnupfen, ein Zeichen, dass meine Schleimhäute noch nicht ganz in Ordnung sind. Oft habe ich blaue Lippen.

Mein Immunsystem ist angeschlagen. Immer noch habe ich ab und zu Gelenkschmerzen, vor allem die beiden kleinen Finger kann ich nicht mehr richtig bewegen und auch die Handgelenke sind sehr schwach. Im Mund bilden sich immer wieder entzündete Stellen und Aften. Stimmband-Entzündung oder Sehnenscheiden-Entzündung treten manchmal auf und die Nierensteine sind eine Folge des gestörten Stoffwechsels. Der Dickdarm ist ein wichtiges Organ für das Immunsystem, und sein Fehlen wird sich immer bemerkbar machen.

Selber Auto zu fahren traue ich mich auch heute noch nicht. Ich kann mich schlecht konzentrieren, Wahrnehmung und Reaktionsfähigkeiten sind eingeschränkt. Es geht mir einfach alles viel zu schnell. Mein eigener Rhythmus korrespondiert noch nicht mit dem der anderen Leute und so lasse ich mich halt fahren, wenn's denn sein muss, um mich und andere nicht unnötig zu gefährden.

Im Haushalt kann ich leichtere Dinge wie abstauben oder Geschirrspüler ausräumen wieder selber. Der grosse Rest hängt nach wie vor an meiner Freundin.

Auch im Garten kann ich zu meiner grossen Freude wieder kleinere Arbeiten erledigen auch wenn das Bücken noch schwer fällt.

Gewicht tragen kann ich nur bis ca. 3 kg, alles was mehr ist, spüre ich sofort im Bauch, auch kann ich da schon wieder Verwachsungen tasten. Mit meiner Kraft hapert es auch noch, doch ich öffne Flaschen oder die Milch mit dem Nussknacker, man muss sich nur zu helfen wissen.

Mein Gewicht hält sich hartnäckig unter 50 kg. Die aufgenommene Nahrung geht so schnell durch mich hindurch, dass der Körper gar keine Zeit hat, die nötigen Stoffe richtig aufzunehmen. So wird mir wohl mein Untergewicht erhalten bleiben.

Daneben bin ich, so oft es geht, draussen in der Natur. Ich rede mit den Grasdamen, sprich Kühen und freue mich an grasenden Pferden (mein Pferdchen steht immer noch im Jura und wird da auch bleiben, da ich es sowieso nicht mehr selber versorgen kann. Es geht ihm gut und er ist da sehr glücklich mit vielen 4-beinigen Kollegen. Er wird nächstes Jahr 25 Jahre alt. Das zweite Pferdchen musste zwischenzeitlich leider eingeschläfert werden). Ich geniesse in vollen Zügen den unbezahlbaren Luxus, Zeit zu haben, Zeit für mich, Zeit zum Gesundwerden.

Sport kann ich keinen mehr ausüben, aber langsam laufen kann ich wieder, auch wenn ich an schlechteren Tagen mit dem rechten Bein hinke, weil mich das Stoma zu sehr zwickt und brennt. Immer noch gehe ich etwas gebückt, weil mich die grosse Narbe im Bauch und das hochstehende Zwerchfell schmerzen, aber an den Füssen hat sich wieder etwas Hornhaut gebildet und sie brennen nicht mehr so sehr wie am Anfang.

Wenn meine Freundin müde und geschafft von der Arbeit nach Hause kommt, bringe ich ihr einen Kaffee und versuche, sie zu verwöhnen und es ihr gemütlich zu machen. Sie war und ist meine grösste Unterstützung und ohne sie hätte ich es nicht geschafft.

Aber auch unsere Nachbarn, die Familie meiner Freundin, meine Mädchen und ihre Eltern, Bettnachbarinnen in der Klinik, unsere Freunde auf Sylt, Bekannte und Freunde aus unserem Umfeld haben mitgeholfen, die schwere Last der Krankheit mit uns zu tragen. Natürlich auch die Professoren, Ärzte, alle Pflegenden und die Therapeutinnen haben Grosses geleistet und mich durch schwerste Zeiten begleitet. Danke dafür, danke für alles.

So geht nun mein Leben als Beutelmensch weiter. Ich hoffe, dass wir die dunklen, schweren Zeiten jetzt endgültig hinter uns lassen können und ich in Zukunft einfach so gesund wie möglich sein darf. Ich bin dankbar und glücklich, dass ich eine zweite Chance bekommen habe und ich werde sie nutzen, diese Chance und versuchen, positiv denkend und ganz bewusst zu leben, denn dieses Leben kann so entsetzlich schnell vorbei sein.

Danke, lieber Gott, dass ich weiterleben darf!

Epilog

September 2012

Ich sitze im Strandkorb auf dem Balkon unserer Ferienwohnung auf Sylt, unmittelbar hinter den Dünen. Ich höre das Rauschen des Meeres sowie das grelle Kreischen der Möwen, und der frische Wind zerzaust meine Haare. Neben mir im Korb liegt eine kleine, schwarzweisse Hündin, zusammengerollt zu einer Kugel, den langen, buschigen Schwanz schützend über den Körper gelegt wie ein Ameisenbär und schläft selig, müde nach dem Strandspaziergang im Sand.

Meine Freundin sitzt im Wohnzimmer und speichert auf dem Computer die neusten Ferienfotos ab. Meine Gedanken schweifen zurück in die Vergangenheit, zurück bis Anfang 2008.

In den letzten Jahren war wieder Einiges los. Doch schön der Reihe nach:

Das Jahr 2008 begann gut. Ich erholte mich weiter, wurde wieder etwas kräftiger, traute mir wieder mehr zu und begann auch wieder mit Autofahren. Zwar nur in der näheren, vertrauten Umgebung, denn vor allem auf der Autobahn ging mir immer noch alles viel zu schnell. Doch immerhin, mein Radius wurde wieder etwas grösser.

Täglich begleitete ich nun auch eine Kollegin, die ich von früher kannte, auf deren Spaziergängen mit ihrem Hund, manchmal lief ich auch alleine, zu meiner Sicherheit mit dem Handy (gegen das ich mich lange gewehrt hatte), und fand Kraft und Ruhe in der Natur.

Dieses tägliche Training war nicht nur meiner Gesundheit und meinem Seelenfrieden sehr zuträglich, sondern bereitete mich auch darauf vor, wieder Verantwortung für einen Hund zu übernehmen.

Schon längere Zeit redeten meine Freundin und ich darüber, wieder ein Tier zu halten. Ich hatte ja viel Zeit, war immer zu Hause, aber ich musste natürlich auch körperlich in der Lage sein, dem Vierbeiner gerecht zu werden und ihm die nötige Bewegung zu verschaffen. So spazierte ich täglich mehrere Kilometer in der näheren und weiteren Umgebung, war sogar manchmal mit dem Postauto unterwegs und freute mich auf meine zukünftige, neue Begleiterin. Nach etlichen

Monaten und einigen Diskussionen fühlten wir uns beide bereit, einem kleinen Hund einen schönen Lebensplatz zu bieten.

Ende Juli 2008 fuhr unser Nachbar mich in die Nähe von Lausanne und ich kam freudestrahlend mit 2,5 kg schwarzweisser Lebensfreude nach Hause. Die kleine Hündin, ihres Zeichens eine Vertreterin des Kontinentalen Zwergspaniels, Unterart Phalène, war 5 Monate alt, zuckersüss und fügte sich absolut problemlos in unser Leben ein, als wäre sie schon immer bei uns gewesen.

Wenn Platten-Wechsel war, lag sie in ihrem Körbchen und schaute mit wachen Augen aufmerksam zu, dass ja alles richtig ablief. Und wehe, ich stöhnte mal, wenn ich Schmerzen dabei hatte, da schoss sie von ihrem Bettchen auf, stellte sich vor meinem Bett auf die Hinterbeine und wollte aufs Genaueste wissen, warum ich so komische Geräusche von mir gab!

Wir verlebten alle zusammen einen schönen, unbeschwerten Sommer.

Im Dezember musste meine Freundin in die Hirslanden-Klinik zur 3. OP ihres Fusses. Die Fraktur von 2003 wurde revidiert, Knochenwucherungen entfernt und das Sprung-Gelenk freigemacht. Nach all den Jahren war dieser elende Bruch immer noch eine Quelle des Schmerzes.

Natürlich machte ich mir grosse Sorgen, erstens um sie und zweitens um Harrys Versorgung. Noch nie hatte sich jemand anderes um ihn gekümmert (natürlich ausser im Spital). Ich war sehr ängstlich, weil sich mein Stoma immer noch recht kompliziert darstellte. Meine Freundin hatte sich in den letzten Jahren durch die vielen Wechsel ein grosses Wissen angeeignet und wusste genau, wie sie Harry zu behandeln hatte, dass der Wechsel mit möglichst wenig Schmerzen ablief und die Platte dann auch wirklich wieder für 3 Tage hielt.

Die einzige Möglichkeit war, die Spitex zu kontaktieren. Wir baten telefonisch um einen Termin, damit jemand vorbeikommen würde und meine Freundin genau zeigen und informieren konnte, wie sie die ganze Sache handhabte.

Etwas ängstlich sagte ich am Telefon:

»Es ist aber ein kompliziertes Stoma.«

Und erhielt die etwas pikierte Antwort:

»Das macht nichts, wir beschäftigen nur ausgewiesene Fachkräfte.«

Nun denn, am verabredeten Tag kam eine sehr nette Frau, sah sich alles genau an, machte gewissenhaft Notizen und meinte zuversichtlich, dass wir das schon hinkriegen würden. Ich beruhigte mich etwas, hatte selber auch ein gutes Gefühl und sah der Abwesenheit meiner Freundin etwas gelassener entgegen.

Der Tag der OP kam. Alles ging Gott sei Dank gut und wir hofften inständig, dass sie nun endlich wieder ohne Schmerzen laufen konnte. Meine Freundin lag im Neubau in einem superschönen Zimmer am Fenster und wurde von einer Pflegefachfrau betreut, die wir beide von früher vom BRC kannten und die mit ihr und mir bestens vertraut war.

Der Zufall wollte es, dass gleichzeitig, eine Station weiter, meine ehemalige Psychotherapeutin lag, die eine schwere Bauch-OP hinter sich hatte. So besuchte ich nicht nur meine Freundin, sondern auch die Therapeutin, und wir unterhielten uns unter anderem über die vertauschten Rollen: Vor ein paar Jahren sass sie an meinem Krankenbett, jetzt war ich bei ihr.

Sie war sehr krank. Ich machte mir grosse Sorgen um sie.

Sie meinte zu mir:

»Ich will keine Statistiken hören von wegen Lebenserwartung, ich will einfach gesund werden und vor allem will ich meine Kinder noch gross werden sehen. Das ist das Wichtigste.«

Ihr Mut imponierte mir sehr und so verbrachten sie und ich, und auch meine Freundin und sie eine gute Zeit zusammen bei gegenseitigen Besuchen in den Zimmern.

Der Tag, an dem die Frau von der Spitex den Platten-Wechsel vornehmen musste, kam. Ich war gut vorbereitet, hatte am Vortag kaum gegessen und war guten Mutes. Doch als ich die Tür öffnete, stand eine grosse, feste, mir völlig unbekannte Frau da. Ich war völlig perplex.

»Es hat eine Änderung gegeben«, erklärte sie mir.

»Aber wir zwei können das schon, ich habe die Notizen bei mir, und sie können mir ja genau sagen, was ich tun soll!«

Ich war geplättet. Das hatte ich nicht erwartet. Wo war die nette Frau, die letztes Mal bei uns war und sich extra alles angesehen hatte?

Unser kleiner Hund begrüsste die fremde Frau schwanzwedelnd und freudig, ging dann aber doch ganz brav ins Körbchen und beobachtete uns von da aus mit Argusaugen.

Ich legte mich ins Bett. Zuvor hatte ich alles vorbereitet, was gebraucht wurde:

Das heisse Wasser, die Platte, der Beutel, das Desinfektionsmittel, der Puder, die Paste, die Q-Tips und die Tissues. Natürlich auch die sterilen Handschuhe und die speziellen Abfallbeutel.

Sie setzte sich aufs Bett, stand aber gleich wieder auf:

»Da ist zu wenig Platz, ich stehe lieber.«

(Mein Bett ist 2 x 2 m »klein«!)

Zweifelnd sah ich zu ihr auf. Sie stand gross und mächtig über mich gebeugt, ich kam mir vor wie ein Mäuschen unter dem bedrohlichen Schatten eines Adlers.

»Diese Handschuhe passen nicht, die sind mir viel zu klein«, meinte sie kurz darauf.

»Macht aber nichts, ich habe selber welche dabei, ich komme auch grad von einem Stoma-Patienten.«

Und schon zog sie ein Paar Handschuhe hervor, die sie lose in der Schürzentasche trug.

»Also, dann wollen wir mal. Sie sagen mir einfach, was ich tun soll.«

Sie nahm die Platte ab, fuhr 2 x mit dem nassen Tissue um Harry herum und sah mich erwartungsvoll an:

»Und jetzt, wie geht es weiter«?

Meine Freundin reinigte Harry immer sehr lange und gründlich, auch mit Q-Tips, damit sie in jede Hautfalte kam und alles wirklich sauber war.

Ich sagte ihr das und sie machte etwas unwillig noch eine Runde und meinte dann, das sei jetzt genug.

Nach dem Pudern nahm sie die Paste und drückte sie direkt aus der Tube auf meinen Bauch. Ich spürte den kalten Tubenrand schmerzhaft auf meiner empfindlichen Haut. Auf meinen schüchternen Einwand, wir würden die Paste mit Q-Tips auftragen und sorgfältig anmodellieren, meinte sie nur, das ginge auch so.

Ich war völlig eingeschüchtert und als sie am Schluss den Beutel energisch auf die Rille der Platte drückte, traute ich mich nicht mehr, auch nur irgend etwas zu sagen.

»So, das war's«, meinte sie erleichtert. Das Ganze hatte kaum 8 Minuten gedauert! Normalerweise dauerte ein reibungsloser und störungsfreier Wechsel mindestens 15 bis 20 Minuten!

Ich war zu gefrustet, um gross zu reagieren. Sie ging und ich blieb reglos im Bett liegen, die Hand fest auf die Platte gepresst, in der Hoffnung zu retten, was zu retten war. Ich hatte Angst und kein gutes Gefühl, was die Haltbarkeit dieser Arbeit anbelangte. Wer half mir jetzt, wenn die Platte nicht hielt, was sollte ich bloss tun? Ich kam mir absolut hilflos vor.

Eine Stunde lag ich im Bett, dann stand ich langsam und vorsichtig auf und ging ins Wohnzimmer. Doch schon zeigten mir an 2 Stellen gelbe Verfärbungen an, dass die Platte undicht war!

Verzweifelt rief ich meine Freundin im Spital an. Sie war gespannt zu erfahren, wie es gelaufen war. Unter Tränen erzählte ich es ihr.

»Sei ganz ruhig. Komm zu mir ins Spital. Nimm alles mit was wir brauchen, polstere den Bauch gut und fahr los. Ich mache das schon!«

Das war mal wieder typisch für meine Freundin. Im grössten Schlamassel organisierte sie für mich die beste Lösung, ohne an sich selbst und ihre Schmerzen zu denken!

So packte ich alles zusammen, ging zum Auto und fuhr mit zitternden Knien zum ersten Mal seit Jahren wieder quer durch die Stadt Zürich. Doch alles ging gut und diese Leistung gab mit trotz des Desasters mit Harry wieder etwas Mut und Auftrieb.

Ich legte mich – natürlich mit Einverständnis der Stationsleitung – in ihr Bett, sie sass im Rollstuhl daneben und fing an, wie gewohnt ruhig und konzentriert zu arbeiten. Ich war so froh...

Doch als sie die Platte abgenommen hatte, rief sie entsetzt:

»Was ist denn da passiert, was habt ihr bloss gemacht?«

Meine ganze rechte Bauchseite war hochrot und sah aus, als wäre sie verbrannt.

»Ich weiss nicht«, stotterte ich, »eigentlich nichts anderes als sonst auch, es ging nur alles etwas sehr schnell.«

»Das kann doch wohl nicht wahr sein«, schimpfte sie. Sehr sachte und sorgfältig löste sie den Leim, reinigte und puderte und arbeitete ruhig und sachlich, bis alles erledigt war und der neue Beutel an Ort und Stelle sass.

Dann legte sie sich erschöpft und müde wieder ins Bett und ich versicherte ihr, dass ich nie wieder jemand anderes an Harry heranlassen würde als sie. Von der Idee, sie mit der Spitex von Zeit zu Zeit etwas zu entlasten, kamen wir in diesem Moment ganz schnell ab.

Wenig später durfte ich sie nach Hause holen, aber sie musste sich noch schonen und konnte noch nicht arbeiten.

Doch die ganze Sache hatte ein monatelanges Nachspiel. Ich hatte einen grossen Infekt über die ganze rechte Bauchseite mit Eiterpusteln, nässender Haut und starken Schmerzen. Auf der feuchten Haut hielt der Kleber schlecht bis gar nicht. Logische Folge davon war, dass die Platte immer wieder abplatzte, was die Schmerzen und die Entzündung noch verschlimmerte. Ich bekam Antibiotika in hohen Dosen verschrieben. Diese verursachten jedoch verschiedenste Nebenwirkungen: Ich war müde, Übelkeit quälte mich, Harry spuckte Galle und der ganze Bauch brannte wie Feuer.

Auch die Frau von der Stoma-Beratung war entsetzt:

»So was habe ich in meinen langen Berufsjahren noch nicht gesehen.«

Sie riet uns zu einem Systemwechsel und dazu, Geduld zu haben und nicht zu verzweifeln.

Von der Wundberatungs-Stelle der Fa. Publicare erhielten wir eine speziell sanfte und für sensible Haut gemachte Hautschutz-Crème, doch die löste bei mir eine Allergie aus, war somit auch nicht hilfreich und wurde postwendend wieder abgesetzt.

Niemand konnte uns wirklich helfen, mein geschwächtes Immunsystem wurde mit dem Infekt einfach nicht fertig. Ich war am Verzweifeln, aber meine Freundin sprach mir immer wieder Mut zu.

Ich zog mich wieder mehr zurück, weil ich mich auf Harry nicht mehr verlassen konnte. Jederzeit konnte die Platte undicht werden: auf dem Spaziergang, im Bett, beim Essen oder in der Stadt. Nervlich war ich wieder ziemlich am Ende. Die Schmerzen strapazierten mich sehr und wenn an einem Tag die Platte 5-mal gewechselt werden musste, war ich mit der Welt so ziemlich fertig.

Dadurch litt natürlich auch meine Freundin. Wenn ich ihre eh schon kurze Nachtruhe (sie steht jeden Morgen um 4.15 Uhr auf) noch 1- bis 2-mal unterbrach, und sie am nächsten Tag wieder konzentriert vor der Klasse und im Beruf stehen musste, war das natürlich für sie eine sehr hohe Belastung.

Doch mit bewundernswerter Geduld unterstützte sie mich wie immer und sprach mir immer wieder Mut zu.

Nach mehr als einem halben Jahr klang die Infektion endlich ab. Mit dem neuen System hatten wir uns angefreundet und Harry hielt auch mal wieder 3 Tage durch. Langsam begann sich unser Leben wieder zu normalisieren.

Der Kontakt zu meiner Therapeutin war aufgrund ihrer Erkrankung auf privater Ebene wieder in Gang gekommen und so telefonierten wir ab und zu zusammen, und in den Sommerferien verabredeten wir uns zu einem Spaziergang mit unseren Hunden.

Ich hatte sie seit dem Spital-Aufenthalt vor 7 Monaten nicht mehr gesehen, denn sie hatte zwischenzeitlich ihren Praxisbetrieb wieder aufgenommen und dementsprechend wenig Zeit.

Ich erschrak zutiefst, als ich sie sah: Die Krankheit hatte sie schwer gezeichnet. Ich staunte, mit wie viel Kraft sie ihren ungestümen Hund an der Leine halten konnte und fragte mich, wo sie die wohl hernahm. Ich war schon vom Zusehen ganz erschöpft.

Es war ein bewegender Spaziergang. Wir unterhielten uns offen über unsere Leiden, über das, was wir noch essen konnten oder sollten, über verschiedene Therapien, Lösungen, Hoffnungen und Ängste. Wir waren nicht mehr Therapeutin und Klientin, sondern begegneten uns auf gleicher Ebene.

Beide genossen wir die intensiven Gespräche, aber auch die Pausen dazwischen, wenn wir still stehen bleiben mussten, um uns wieder etwas zu erholen. Ich fragte sie, ob sie ihre Krankheit gegen meinen Harry tauschen möchte und sie meinte lächelnd und ganz gelassen:

»Nein, es ist schon gut so, wie es ist. Aber ich würde mich gerne wieder mit dir treffen. Lass uns so einen Spaziergang noch einmal wiederholen. Ich habe mich sehr darüber gefreut.«

Nachdenklich fuhr ich nach Hause. Ich bewunderte sie für ihren Mut. In den nächsten Monaten versuchte ich immer wieder, sie zu kontaktieren. Telefonisch erreichte ich sie kaum, meistens nahm niemand ab. Ich wollte aber auch nicht aufdringlich erscheinen, wusste ich doch, dass ihre Freizeit knapp bemessen war. Ab und zu kam eine SMS, sie wollte uns besuchen kommen und ich bot ihr an, sie im Auto abzuholen. Doch irgendwie fanden wir keinen passenden Termin.

Kurz vor Weihnachten kam meine Freundin eines Nachmittags von der Arbeit und fühlte sich extrem müde und schlapp. Sie legte sich ins Bett, um für eine Stunde zu schlafen. Doch sie schlief gleich bis zum nächsten Morgen durch. Als sie anfing zu husten und hohes Fieber bekam, holte ich den Hausarzt. Wie vermutet hatte sie die Schweinegrippe eingefangen, die sie für einige Tage ans Bett fesselte. Dank penibelsten Hygiene-Massnahmen mit Mundschutz und viel Desinfektionsmittel, konnten wir verhindern, dass ich angesteckt wurde. Nach ca. 2 Wochen ging's langsam wieder besser und sie weilte wieder unter den Lebenden.

Am Silvester-Nachmittag fuhren wir zusammen zu meiner Therapeutin nach Hause und legten ihr eine selbstgebastelte Collage in den Briefkasten. Wir wollten nicht stören und klingelten deshalb nicht. Wir wollten sie einfach wissen lassen, dass wir in Gedanken bei ihr sind und ihr viel Mut und Kraft wünschten.

Das Jahr 2010 war noch keinen Monat alt, als ich die Zeitung las und mich ihre Todesanzeige traf wie ein Hammerschlag. Sie hatte es geschafft. Ihr Leidensweg auf dieser Erde war zu Ende. Sie hätte mit dieser heimtückischen Krankheit nicht mehr weiterleben können, also war der Tod wohl ihre Erlösung, Erlösung von ihren höllischen Schmerzen und der Neubeginn auf einer anderen Ebene. Ich war sehr traurig. Wohl wusste ich, dass sie sterben würde, aber ich dachte, wir hätte noch ein bisschen mehr Zeit, nur ein kleines bisschen, für noch ein Gespräch, für noch einen Spaziergang ...

Ganz allein ging ich zu ihrer Beerdigung, nahm Abschied von ihr und eine grosse Traurigkeit war in mir.

Doch wie heisst es so lapidar: »Das Leben geht weiter« und es ging weiter. Erstaunlicherweise dreht sich die Erde immer, auch wenn man glaubt, sie würde stehen bleiben. Ich vermisse sie auch heute noch sehr, und auf einsamen Spaziergängen im Wald rede ich auch mit ihr und tue so, als wäre sie bei mir.

Der Sommer kam. Ich machte lange Spaziergänge mit unserer Kleinen, fotografierte eifrig mit meiner neuen Digital-Kamera und war alles in allem ganz zufrieden. Doch da fing plötzlich mein rechter Fuss an, mich zu ärgern. Ich hatte schon lange einen schmerzhaften Fersensporn, der durch das viele Laufen immer grösser wurde und anfing, immer mehr wehzutun. Zudem konnte ich plötzlich nicht mehr richtig abrollen, der grosse Zeh war dann völlig blockiert und ich konnte minutenlang gar nicht mehr auftreten.

So kontaktierten wir den Professor meiner Freundin, der ihren Fuss behandelte und baten um Hilfe. Der besah sich die Sache und meinte, eine OP wäre wohl sinnvoll, da ich kaum mehr passende Schuhe finden konnte und sämtliche Socken an der Ferse Löcher bekamen.

Da auch der Fuss-Spezialist Belegbetten in der Hirslanden-Klinik hat, entschieden wir uns, die OP schnellstmöglich machen zu lassen.

Der Zufall wollte es, dass ich diesmal auch in den Genuss eines schönen Zimmers im Neubau kam, und ich fühlte mich da sehr wohl und überhaupt nicht ängstlich, da ich die Stationsleitung ja bestens kannte und vor der OP fürchtete ich mich sowieso nicht; es war ja »nur« der Fuss und nicht der Bauch. Ich fühlte mich eher wie in einem Hotel und liess es mir gut gehen.

Die OP verlief denn auch gut, der Fersensporn wurde abgetragen und im Gelenk zum grossen Zeh wurde ein Knochensplitter entfernt, der, je nach Bewegung, jeweils das Gelenk blockiert hatte. Diesen Splitter hatte ich einem unserer Island-Pferdchen zu verdanken, das mir vor Jahren aus Versehen auf den Fuss getreten war.

Zum Platten-Wechsel in der Klinik hatten wir meinen »Bauch«-Doktor hinzugebeten, weil meine Freundin festgestellt hatte, dass Harry anfing, sich immer mehr zurückzuziehen, die Wundränder um das Stoma sich immer mehr entzündeten und es für sie immer schwieriger wurde, die Platte wirklich gut anzubringen.

Er sah sich das Problem an und meinte:

»Sie haben recht. Wir sollten das korrigieren, da sind mit der Zeit grössere Probleme vorprogrammiert, auch die Versorgung kann dann problematisch werden.«

Oh nein! Ich wollte das nicht hören! Ich wollte keine erneute Bauch-OP!

»Es eilt nicht«, beruhigte er mich. »Aber behaltet das im Auge. Kurieren Sie erst mal ihren Fuss aus, geniesst den Sommer zusammen und dann melden Sie sich später.«

Ich war gar nicht begeistert. Doch wenn es nicht mehr ging, was blieb mir denn anderes übrig als eine erneute OP?

Vorerst aber konnte ich, nach einem problemlosen Spital-Aufenthalt – was für ein Wunder – mit Krücken nach Hause. Meine Kollegin nahm die Kleine mit zum Spazierengehen, meine Freundin arbeitete wie gewohnt und ich kurierte mich aus.

Nach 10 Tagen waren wir in Zürich, um die Fäden ziehen zu lassen. Ich humpelte mit den Krücken mühsam die Bahnhofstrasse hinauf. Mein Bauch wurde ziemlich belastet und schmerzte dementsprechend, doch ich freute mich auch, wieder mal in der Stadt zu sein.

Das Fädenziehen war relativ schmerzhaft. Schon auf der Liege tastete ich mehrmals zur Kontrolle nach Harry. Ich hatte ein komisches Gefühl, doch ich konnte nichts Beunruhigendes entdecken und dachte, ich hätte – wie so oft – eine Missempfindung.

Doch als ich auf dem Weg vom Behandlungs- ins Wartezimmer war, rann warme Flüssigkeit an meinem rechten Bein entlang in den Schuh. Entsetzt sah ich nach unten, bemerkte die gelbbraune Spur auf meiner Hose und erstarrte vor Schreck. Doch weder tat sich die Erde auf, noch wurde ich auf wundersame Weise unsichtbar. Die Platte war undicht, und das mitten in der Arzt-Praxis! Ich hatte keine Hand frei wegen der Krücken, um dagegen zu halten, fühlte mich doppelt hilflos mit diesen doofen Stöcken!

Irgendwie schaffte ich es auf die Toilette, konnte mit viel Papier den Fluss stoppen und versuchte verzweifelt, mich etwas zu reinigen. Ich weinte, war wütend und traurig zugleich. Einen besseren Zeitpunkt hätte sich Harry wirklich nicht aussuchen können!

Da es unmöglich war, in diesem Zustand zu laufen, musste uns die Praxis-Assistentin ein Taxi rufen, um uns ins Parkhaus zu unserem Auto zu fahren. Ich schämte mich entsetzlich. Ich empfand die Situation als entwürdigend und demütigend.

Zuhause gab's eine neue Platte und langsam beruhigte ich mich wieder. So gab es immer mal wieder Aufregung um Harry, doch ich lernte auch, etwas besser mit solchen oder ähnlichen Situationen zurechtzukommen.

Im März 2011 fuhren wir wieder nach Sylt. Wir hatten gemeinsam beschlossen, diesen Urlaub in vollen Zügen zu geniessen und uns so gut wie möglich zu erholen, denn gleich nach unserer Rückkehr war die Revision meines Stomas geplant. Wie eine dunkle Wolke lastete dieser Termin auf meiner Seele.

Meine Freundin versuchte, mich zu beruhigen:

»Schau mal, das kannst du doch nicht mit den vorhergehenden Bauch-OPs vergleichen. Du bist in einem viel besseren körperlichen Zustand als damals, du bist stabil, und das ist ein geplanter Eingriff, keine Not-OP. Du wirst sehen, das ist nachher alles viel besser und leichter, auch für mich beim Wechseln.«

Sie hatte ja recht und mein Verstand sagte mir klar und deutlich, dass diese OP wohl das Beste war. (Ich wollte trotzdem nicht...)

Am 13. April war mein Eintrittstag, wieder auf derselben Station wie damals, ein Zimmer neben dem, in dem ich vor einigen Jahren ein halbes Jahr lang gelegen hatte. Sogar von den Pflegenden kannte ich noch einige, und alles war mir auf unheimliche Weise vertraut. Mir war ganz schön mulmig und etliche Ängste von früher stiegen wieder in mir hoch.

Doch alles ging gut. Mein Arzt löste diverse Verwachsungen, aus der doppelläufigen wurde eine einfache, neue Anus-Praeter-Anlage gemacht und als ich Harry durch den durchsichtigen OP-Beutel das erste Mal sah, bemerkte ich sofort, dass er viel weiter vorgezogen war als vorher. Das würde die Platten-Wechsel gewaltig erleichtern.

Die ersten 2 Tage verliefen gut und ich hoffte schon, ich könnte früher nach Hause, als mich völlig unerwartet wieder die alte Übelkeit mit dem krampfartigen Würgen und Brechen überfiel.

»Das ist die Psyche«, lächelte mein Operateur verständnisvoll, was mir aber auch nicht wirklich weiterhalf, doch es gab absolut keine medizinische Indikation für meinen Zustand.

Also begleitete mich wieder mal das kleine, grüne Becken, doch nichtsdestotrotz durfte ich nach einer guten Woche bereits nach Hause.

Über Ostern ging es mir nicht besonders gut. Die Platte, jetzt nach der OP eine flache, fing wieder an, ständig abzuplatzen, ich fühlte mich sehr müde und zerschlagen und die ständige Übelkeit machte die Sache auch nicht besser.

Da die Schmerzen im Bauch statt abzunehmen stetig zunahmen, fuhren wir wieder ins Hirslanden, mein Doktor sah sich die OP-Wunde an und fand an 2 Stellen OP-Fäden, die sich durch die Haut nach oben gearbeitet hatten und er entfernte die Bösewichte.

2 Tage später bildete sich am Stoma-Rand ein Abszess. Die Haut platzte auf und Eiter trat aus. So fuhren wir abermals nach Zürich, wo die Wunde gespült wurde, was wiederum neue Schmerzen nach sich zog.

Harry benahm sich verrückt. Die Platte platzte eine Zeit lang jeden Tag ab. 5 Tage nach Spülen des Abszesses mussten wir nochmals in die Praxis und mein Arzt übernähte das relativ grosse Loch (aua!).

Der Mai schleppte sich so dahin. Ich war immer noch sehr müde, ich lag viel auf dem Sofa, die Übelkeit liess langsam nach, doch die vielen Platten-Wechsel stressten mich sehr und auch die stechenden Schmerzen waren immer noch im Bauch vorhanden.

Mitte Juni bemerkten wir bei einem Wechsel, dass immer noch Fäden in der Wunde waren. Dicke, blaue OP-Fäden! Die Teile hatten sich noch nicht mal die Mühe gemacht, sich weiss zu verfärben, geschweige dachten sie darüber nach, sich endlich aufzulösen, wie es ihnen eigentlich bestimmt war. Es gefiel ihnen in meinem Bauch so gut, dass mein Doktor sie mit spitzer Pinzette entfernen musste, und bei genauer Untersuchung erst noch einige weitere fand. Da liessen endlich auch die Schmerzen nach.

Das nächste Problem war nun, dass die Platte einfach nicht mehr kleben wollte. Nachdem der Abszess endlich verheilt und alle Fäden gezogen waren, gab es dafür eigentlich keinen Grund.

Es konnte passieren, dass sie morgens um 6 Uhr aufging, und diesmal nicht nur mit einem Lauf, den man notfalls noch ein paar Stunden kontrollieren konnte, sondern ganzflächig, sodass ich gezwungen war, die ganze Platte zu entfernen. Da meine Freundin auf Arbeit war, wartete ich volle 8 bis 10 Stunden hilflos auf dem Sofa, mit viel Papier auf dem Bauch, ohne Essen und Trinken, und das war manchmal ganz schön schwer.

Ganz schlimm für mich war es auch, wenn die Platte vor Arbeitsbeginn meiner Freundin frisch gemacht wurde, d. h. ca. um 4.30 morgens. Ich lag danach im Bett, die Hände auf dem Stoma, um den Leim durch die Wärme meiner Hände dazu zu bringen, sich gnädigst mit der Haut so zu verbinden, sodass alles dicht war.

Meine Freundin rumorte noch etwas in der Wohnung, dann hörte ich in der Stille des Morgens die Treppenhaustüre ins Schloss fallen, dann klappte die Autotür 2-mal, sie startete den Motor, der leise schnurrte, das Geräusch wurde immer leiser, und dann war sie weg.

Panik stieg in mir hoch. Sie war weg, was war, wenn die Platte schon wieder nicht hielt? Wer half mir? Musste ich wieder bis zum Abend warten? Und überhaupt, wie sollte das alles weitergehen? Ich konnte ja gar nichts mehr unternehmen, blieb fast nur noch in der Wohnung, hatte Angst und war völlig verunsichert.

Mein Puls begann zu rasen, mein Herz schlug hoch oben im Hals, von den Füssen her breitete sich eine Schwere über meinen Körper aus, stieg immer höher, schnürte mir die Luft ab, Schweiss brach aus allen Poren, ich zitterte am ganzen Körper.

Die Panik: Der platzt doch gleich!

Der Verstand: Der hält, der platzt nicht!

Die Panik: Du wirst schon sehen, fühlst du es nicht, da läuft es schon...

Der Verstand: Lass mich in Ruhe.

Die Panik: Du bist ganz allein, sie ist weg!

Der Verstand: Ganz ruhig, ich bin ganz ruhig!

Die Panik: Von wegen ruhig, du zitterst ja. So geht das nicht weiter, du stirbst doch noch.

Der Verstand: Hör nicht hin, alles ist gut.

Die Panik: Ich bin stärker, du bist so schwach, das schaffst du nicht...

Ich kämpfte gegen diese Gefühle, fühlte mich ohnmächtig und hilflos. Manchmal gewann ich, manchmal unterlag ich. Ich musste diese Panikattacken aushalten, aber wie macht man das? In diesen Momenten vermisste ich meine Therapeutin ganz besonders stark. Bestimmt hätte sie mir zeigen können, wie damit umzugehen war.

Wir wussten beide wirklich bald nicht mehr weiter.

»Ich kann es einfach nicht mehr«, jammerte auch meine Freundin.

»Quatsch, du machst das toll wie immer. Das liegt nicht an dir.

Warum nur habe ich mich bloss operieren lassen. Ich bereue diese OP so sehr.«

»Du weisst ganz genau, dass es notwendig war«, meinte sie.

»Ja, weiss ich, aber jetzt ist es schlimmer als je zuvor«, maulte ich.

»Das wird auch wieder besser. Damals beim Infekt haben wir es schlussendlich ja auch geschafft. Du musst nur Geduld haben«, tröstete sie mich.

Wir konnten uns den Grund für das ständige Aufplatzen einfach nicht erklären. Mittlerweile war alles recht gut verheilt, ich verhielt mich diszipliniert wie immer, doch es nützte alles nichts. Meine Angst und Unsicherheit basierten auf der unbeantworteten Frage, wie das alles weitergehen sollte.

Ich zog mich zurück, ass kaum noch und spazierte mit der Kleinen nur noch in der nächsten Umgebung, um bei einem möglichen »Unfall« so schnell wie möglich wieder zu Hause sein zu können. Harry nahm immer mehr Raum ein, drängte mein übriges Leben völlig an den Rand und war ständig ein Thema.

Auch für meine Freundin war das eine schwere Zeit. Sie hatte es nicht leicht mit mir. Ich wusste das, doch ich konnte mich einfach nicht aus diesem lethargischen Zustand befreien, so sehr ich mich auch bemühte. Ich drehte mich im Kreise.

Sie selber hatte schliesslich auch noch ein paar andere und wichtigere Verpflichtungen zu erfüllen, als sich Tag und Nacht ausschliesslich um Harry und mich zu kümmern. So konnte es auf jeden Fall nicht mehr weitergehen. Unsere Beziehung wurde einmal mehr einer harten Bewährungsprobe unterzogen.

Gemeinsam gingen wir nochmals in die Wundberatung der Firma Publicare. Dort gab man uns ein spezielles, neues Desinfektionsmittel und eine ganz grosse Zwischenplatte, die unter die eigentliche Platte geklebt werden musste.

Mit neuer Hoffnung gingen wir nach Hause und wirklich, langsam wurde es besser. Wir atmeten auf. Doch wirklich gut wurde es erst, als wir die flache Platte wieder durch die Konvexe ersetzten. Harry akzeptierte die gerade Platte einfach nicht, doch jetzt, mit der alten, konvexen, war er wieder ganz zufrieden. Nun denn, wenn das die Lösung war... (die konvexe Platte ist teurer als die flache).

Im Laufe des Sommers bekam meine Freundin wieder mehr Schmerzen in ihrem Problem-Fuss. Als letzten Ausweg schlug ihr Professor eine allerletzte OP mit einer Gelenkrevision vor.

Wieder stellte sich die Frage: Wer versorgt Harry?

Doch dieses Mal hatten wir eine patente Lösung: Eine ehemalige Schülerin meiner Freundin hatte sich beruflich auf Wund- und Stoma-Versorgung spezialisiert. Sie wurde kontaktiert und kam in der Folge bei uns vorbei, um beim Platten-Wechsel zuzusehen. Das 2. Mal machte sie es im Beisein meiner Freundin schon selber, und es klappte wunderbar. Welch ein Unterschied zur Spitex! Sie war ruhig, sanft und arbeitete genau so konzentriert wie meine Freundin. Ich fasste sofort Vertrauen zu ihr und war überzeugt, dass alles gut klappen würde.

Meine Freundin kam wieder in die Klinik. Die OP verlief gut und Harry wurde in der Zwischenzeit 2-mal prima von ihrer Stellvertreterin versorgt. Er hielt auch und ich war glücklich. Nach wenigen Tagen holte ich meine Freundin wieder nach Hause in der Hoffnung, dass jetzt auch dieser Fuss nach 9 Jahren mit 4 OPs und Schmerzen endlich Ruhe geben würde.

Die Gewissheit, in Notzeiten eine effiziente und vertrauenswürdige Stellvertreterin zu haben, nahm einen gewaltigen Druck von uns beiden. Ich würde nie mehr gezwungen sein, stundenlang auf meine Freundin zu warten, denn ein Anruf würde genügen, und meine private Stellvertreterin würde mir helfen. Was für ein tröstlicher Gedanke!

Im Oktober waren wir wieder für 3 Wochen auf unserer geliebten Insel. Der Gesundheitszustand meiner Freundin war nicht allzu gut. Sie hatte Kreislauf-Probleme, der Fuss war noch nicht schmerzfrei und seit einiger Zeit plagten sie böse Hustenanfälle, die teilweise bis zum Erbrechen führten und die von ihrer spastischen Speiseröhre herrührten. Der Arbeitsstress und die Belastungen, die sie durch mich ertragen musste, forderten langsam ihren Tribut.

Mir ging es auch nicht so besonders. War sie mal besser drauf, fehlte bestimmt mir etwas, wollte ich etwas unternehmen, spielte ihr Körper nicht mit. Es waren stillere und mit nicht so vielen Unternehmungen gespickte Ferien, doch wir machten trotzdem das Beste aus der Situation, ruhten uns aus, schliefen und genossen das Reizklima und die wundervolle Umgebung.

Im November erreichte uns ein Mail aus dem Jura mit der Nachricht, dass mein letztes Island-Pferdchen eingeschläfert werden musste.

Vindur war 28 Jahre alt geworden. Auch wenn ich ihn die letzten Jahre nicht allzu oft gesehen hatte, besuchten wir ihn doch ab und zu und ich war sehr froh, dass er in der grossen Herde auf den weitläufigen Juraweiden so glücklich war. Ich liebte ihn sehr und er war für mich das letzte Bindeglied zu meinem alten Leben vor der Krankheit, ein Leben, das für mich weit, weit weg lag. Ich war traurig.

2012 verlief für mich bisher sehr gut. Am 1.4. kam ich in die ordentliche AHV-Rente (= Alters- und Hinterbliebenen-Versicherung)! Endlich weg aus der IV! Immer wenn in den letzten Jahren in den Medien von Änderungen und Kürzungen die Rede war, machte ich mir Sorgen um meine Rente. Das war nun vorbei und ich fühlte mich irgendwie wie befreit (Obwohl die AHV-Rente in der heutigen Zeit ja auch alles andere als sicher ist, und die PK (= Pensions-Kasse) grad auch nicht!).

Der Sommer war schön. Harry war längst kein Thema mehr. Im Nachhinein wusste ich, dass die letzte OP das einzig Richtige war. Die Versorgung wurde viel unproblematischer und leichter, und ich hatte nach Entfernen der Verwachsungen längst nicht mehr so viele Schmerzen wir vorher.

Ich ging mit der Kleinen wieder nach Baden oder Spreitenbach, traute mich immer weiter weg und begann wieder aufzuleben.

Der Gesundheitszustand meiner Freundin machte mir weiterhin Sorgen. Seit einiger Zeit bekam sie Physiotherapie. Sie hatte in den tiefsten Schichten ihrer Rückenmuskulatur steinharte Verklebungen, die den Vagus-Nerv reizten und demzufolge auch für ihre Hustenanfälle verantwortlich waren. Seit Monaten versuchte ihr Therapeut, diese Verklebungen zu lösen und ganz langsam gab's Fortschritte. Sie musste die letzten 7 Jahre einfach zu viele Lasten tragen und nun signalisierte ihr Körper, dass es langsam reicht.

Und nun sind wir wieder auf Sylt. Die Kleine ist erwacht. Sie streckt sich, erst die Vorderpfötchen ausgestreckt, dann die hinteren, sie reisst das Mäulchen weit auf, gähnt wie eine Grosse, schüttelt sich und tapst zu mir. Sie legt mir das Köpfchen auf den Schoss, wedelt freundlich und blickt mich mit ihren grossen, dunkelbraunen Augen aufmerksam an.

Ich schaue in diese Augen wie durch ein Fenster, sehe dahinter unseren Grossen mit denselben braunen Augen, und mir kommt in den Sinn, was er immer wieder zu uns gesagt hatte:

»Wenn ich gestorben bin, möchte ich als Kätzchen wieder zu euch kommen, und könnte dann für immer bei euch bleiben!«

War er in diesem kleinen Hund wieder ein Stück weit zurückgekommen, um uns beiden so viel Freude zu bringen? Wir wollen das gerne glauben und vieles an der Kleinen erinnert uns wirklich an den Grossen. Unser Grosser! Heute wäre er 22 Jahre alt, ein junger Mann. Wie würde er wohl sein Leben meistern mit all seinen Handicaps, mit nur 1.28 m Körpergrösse?

Wir denken viel an ihn und stellen uns vor, was wir alles gemeinsam unternehmen würden. Er ist bei uns immer noch sehr präsent.

Meine Freundin kommt auf den Balkon, setzt sich zu uns, die Kleine leckt ihr begeistert die Hände und legt sich zwischen uns. Ich schaue die beiden an und bin glücklich. Ich hoffe so sehr, dass die Gesundheit meiner Freundin bald besser wird, dass die Physiotherapie anschlägt und die lästigen Hustenanfälle endlich verschwinden.

Mir selber geht es so gut wie lange nicht mehr. Vorbei sind die Probleme mit Inkontinenz, vorbei die Angst beim Autofahren und die Panik-Attacken wegen Harry. Fast vergessen die Zeiten, wo die Schwäche so gross war, dass ich mich nicht mal mehr selber waschen konnte und die langen 3 Jahre, in denen ich praktisch nur im Bett lag. Ich hoffe so sehr, dass uns solch schwere Schicksalsschläge in Zukunft erspart bleiben.

Der heikelste Tag ist nach wie vor der Platten-Wechsel. Ich habe dann mehr Schmerzen als sonst, fühle mich sehr müde und schlapp. Immer noch sind zwei bis drei Stellen am Stoma-Rand entzündet, bluten manchmal und bereiten mir mehr oder weniger Schmerzen. Doch Harry gönnt uns einen 6-Tage-Rhythmus (!) und das ist toll. Wir sparen dabei Zeit, Material und Schmerzen.

Meine Hosen kaufe ich immer eine Nummer grösser, damit am Bauch ja nichts drückt. Harry ist da sehr empfindlich. Darum mag ich auch keine Menschenmenge, weil ich immer fürchten muss, dass mir jemand aus Versehen an den Bauch stösst.

Letzthin kaufte ich mir sogar mal wieder weisse Unterwäsche, nach über 7 Jahren in Schwarz.

Beim Essen habe ich etwas mehr Freiraum, gönne mir ab und an auch mal einen Big Mac oder einen Döner. Natürlich muss ich dabei eiserne Disziplin halten, vor allem wann, wie viel und was ich esse. Das Perfide daran ist, dass ich im Laufe der Jahre alle Lebensmittel, die ich mag, ausgetestet habe. Das heisst aber noch lange nicht, dass sich Harry das immer gefallen lässt. Manchmal toleriert er heute ein Nahrungsmittel, aber nächste Woche macht er für dasselbe das grösste Theater und straft mich mit 4-5 Stunden heftigen Schmerzen. Das macht das Ganze unberechenbar und so bereitet mir das Essen nicht allzu viel Freude.

Wenn ich mit der Kleinen unterwegs bin, kann ich vorher sowieso nichts essen, erst hinterher, wenn ich in Ruhe zu Hause essen kann und eine Toilette in der Nähe ist. Sobald ich den ersten Bissen geschluckt habe, fängt Harry an zu rumoren und recht schnell brauche ich dann ein WC, um den Beutel zu leeren (im Tag ca. 8- bis 9-mal). Nach 17 Uhr kann ich auch nicht mehr essen, sonst kann ich nicht schlafen und Harry holt mich mehrmals aus dem Bett. Wenigstens laufe ich so nicht Gefahr, mit Übergewicht kämpfen zu müssen.

Einschränkungen werden immer bleiben, Harry lässt mir selten schmerzfreie Stunden. Ich spüre ihn immer, Tag und Nacht, aber ich habe gelernt, mit ihm zu leben. Auch platzt die Platte – wenn auch ganz selten – auf, aber ich habe gelernt, mir erst Sorgen darüber zu machen, wenn es dann wirklich so weit ist, und nicht schon im Voraus.

Meinen geliebten Garten kann ich wieder selber pflegen und auch im Haushalt bin ich wieder aktiver – ausser die groben Arbeiten wie z. B. Fenster putzen. Das macht mein Bauch nicht mit. Seit dieser Woche kann ich sogar wieder schwimmen, wie bin ich stolz!

Ich bin und bleibe ein Beutelmensch, aber ein sehr, sehr glücklicher Beutelmensch. Es zählt nicht, was ich nicht mehr kann, sondern das, was ich wieder kann. Das ist das Wichtigste.

Dass ich so glücklich bin und mich so wohl fühle, verdanke ich vor allem meiner Freundin, die mich in tiefsten Tälern und finstersten Nächten nie allein gelassen hat und immer bei mir war, ohne Rücksicht auf sich selber. Darum werde ich jetzt für sie da sein und ihr so gut ich kann helfen, ihren Stress zu bewältigen und für ihre Gesundheit das Beste zu tun.

In gut 2 1/2 Jahren hat auch sie es bis zur Rente geschafft und wer weiss, vielleicht erfüllt sich dann unser grosser, gemeinsamer Traum:

Ein Leben auf Sylt, für immer, für den Rest unseres Lebens!

Meine Freundin stupst mich sachte an und fragt:

»Kommst du mit an den Strand zum Sonnenuntergang?«

»Oh ja, ich komme gleich.«

Begeistert packe ich den Laptop weg. Die Kleine umtanzt uns schwanzwedelnd.

Sonnenuntergang am Strand auf Sylt. Was gibt es Schöneres?

Wie ist das Leben schön, schön und so unendlich wertvoll!

Ende und Anfang

Als ich vor einigen Jahren anfing, meine Geschichte aufzuschreiben, ging es mir in erster Linie darum, meine Ängste in den Griff zu bekommen. Vor allem die immer wieder auftauchende Nähe des Todes verängstigte mich sehr, hielt mich lange Zeit fest und machte mich hilflos, lähmte mich. Ich fühlte eine so gewaltige Macht, der ich körperlich rein gar nichts entgegenzusetzen hatte. Nur die mentale Stärke dieses einen Gedankens:

»Ich will nicht sterben. Ich bin nicht dazu bereit, nicht jetzt.«

Dieser Gedanke hielt mich damals einigermassen aufrecht. Ich hatte lange Zeit Mühe, wieder in ein normales Leben, in einen normalen Alltag, zurückzufinden.

Im Laufe der Zeit während des Schreibens gelang es mir immer mehr, die Realität wieder normal wahrzunehmen und mich mit ihr auseinanderzusetzen. Das Niederschreiben war für mich wie eine Therapie, auch wenn ich oftmals weinend unterbrechen musste. Es hat mir sehr geholfen.

Mit dem Epilog wollte ich eigentlich, wie es sich so gehört, meine Geschichte beenden. Ich wollte festhalten, dass es mir wieder gut ging, dass ich es wohl geschafft hätte und die Welt wieder in Ordnung wäre.

Mit mir war ja auch alles wieder gut, aber da war ja noch meine Freundin, meine grossartige Partnerin, meine grosse Liebe, meine Stütze und Hilfe, und der ging es nach wie vor nicht besonders gut.

Es war so viel passiert in den letzten paar Jahren, dass ich jetzt nicht einfach aufhören konnte mit Schreiben. Die Geschichte ging weiter und weiter, und es wurde für uns nicht leichter. Also gehören diese Erlebnisse auch noch zu meiner, zu unserer Geschichte, und deshalb wurde jetzt halt eine, wenn auch etwas ungewöhnliche, Trilogie aus meinem Bericht.

Und so ging es weiter:

Wir kamen von Sylt nach Hause. Der Alltag kehrte wieder ein. Meine Freundin ging zur Arbeit nach Aarau in die Schule. Ich beschäftigte mich mit dem Haushalt und unserem kleinen Hund. Ich machte mit ihr lange Spaziergänge in der näheren und weiteren Umgebung.

Die Idee, nach Sylt zu ziehen, spukte immer noch in unseren Köpfen herum und manchmal malten wir uns beim Frühstück oder auf einem Spaziergang aus, wie es werden könnte:

»Vielleicht ein kleines Häuschen«, schwärmte ich.

»Nein, eine Wohnung wäre wohl besser, wir werden nicht jünger und du weisst, wie eng und schmal auf Sylt die Häuser sein können, 60 Quadratmeter, verteilt auf 3 Ebenen, das ist nichts für uns«, meinte sie.

Sie hatte recht. Ein Häuschen war sowieso zu teuer. Aber wenn ich mir vorstellte, dauerhaft so zu wohnen, wie wir in unserer Ferienwohnung mit den kleinen 2 Zimmern und den etwas verwohnten Möbeln hausten, wollte mir die Idee nicht so recht gefallen. Jedenfalls schauten wir oft ins Internet und studierten das Immobilien-Angebot. Aber schnell wurde klar, so leicht würde es nicht sein, etwas Passendes zu finden. Entweder war das Objekt zu teuer, im Untergeschoss bzw. ein halbes Geschoss unter der Erde (was uns gar nicht gefiel, wir sind doch keine Keller-Asseln!) oder viel zu weit ausserhalb. Es müsste schon stadt- und strandnah sein, und das in Westerland! Zudem auch noch bezahlbar. Also wir stellten schon recht hohe Ansprüche. Aber träumen war ja wohl erlaubt…

In diesem Sommer machten wir uns auch endlich an die Arbeit, um die Papiere meiner Freundin für ihre Einbürgerung in die Schweiz zusammenzutragen. Sie arbeitet seit über 30 Jahren hier, fühlt sich als Schweizerin und ist selbstverständlich bestens integriert.

Um sich in der Schweiz einbürgern zu lassen, muss man ganz schön viele Kriterien erfüllen:

10 Jahre Aufenthalt im Land und im Kanton und 5 Jahre Aufenthalt in der entsprechenden Gemeinde. Diese Kriterien hätte sie schon längst erfüllt, wenn wir nicht von Berikon nach Bellikon umgezogen wären. Aber mittlerweile waren wir lange genug in unserer Gemeinde ansässig. Sie konnte sich also bewerben.

Dazu brauchte sie stapelweise wichtige Papiere, unter anderem:

Geburtsurkunde vom Herkunftsland
Pass
Foto
Lückenloser Nachweis aller Wohnorte
Lückenloser Nachweis aller Arbeitsstellen
Auszug aus dem Betreibungsregister
Auszug aus dem Strafregister
Auszug aus dem Steuerregister (mit Nachweis aller bezahlten Steuern)
Zeugnis des Arbeitgebers mit 3 Referenzen
Tadelloser Leumund
usw., usw.

War das alles endlich organisiert, folgte ein Antrag auf der Gemeinde mit der Bitte um Prüfung und Aufnahme ins Schweizer Bürgerrecht.

Wir waren ganz schön beschäftigt, um an den verschiedenen Stellen die entsprechenden Papiere zu besorgen. Wir fuhren von einem

Gemeindeamt zum anderen quer durch den Kanton. Das kostete viel Zeit und auch Geld.

Gesundheitlich war meine Freundin noch immer nicht in Ordnung. Sie sprach auf die Physiotherapie nicht richtig an. Mittlerweile waren eine hypotone Speiseröhre und eine chronische Gastritis diagnostiziert worden. Von den Schmerzen im Oberbauch sollte sie durch eine OP befreit werden. Diese wurde auch durchgeführt, half aber nur kurzfristig und Bauchkrämpfe und Durchfälle plagten sie immer wieder. Sie hustete nach wie vor (der Husten kam vom Magen und nicht von der Lunge) und musste öfter erbrechen. Sie konnte nicht mehr recht schlucken, ass demzufolge auch nicht mehr richtig und fühlte sich matt und müde.

Nichtsdestotrotz ging sie zur Arbeit, fehlte selten mal 1 oder 2 Tage, war auch immer unter ärztlicher Kontrolle, aber irgendwie konnte sich ihre Symptome niemand so richtig erklären.

Eines Tages aber ging nichts mehr. Sie litt unter extremer Enge im Brustkorb, konnte schlecht atmen, hatte Krämpfe, und so fuhr ich mit ihr ins Hirslanden-Spital in den Notfall, denn wir hatten die Befürchtung, dass sie einen Herzinfarkt erlitten hätte.

Dort wurde sie gewohnt professionell empfangen und sogleich versorgt. Es wurde sofort ein EKG geschrieben, eine Infusion angehängt und anschliessend ein Herz-Katheter gemacht. Blut wurde ihr abgezapft und untersucht. Sie bekam krampflösende Mittel gespritzt und als uns mitgeteilt wurde, dass das Herz in Ordnung war, beruhigten wir uns etwas. Sie hatte auch ziemlich niedrige Eisenwerte und musste 24 Stunden zur Beobachtung da bleiben. Dann durfte ich sie wieder abholen.

Zu Hause übernahm unser Hausarzt die Nachsorge und überwachte vor allem ihre Eisenwerte. Sie erholte sich wieder etwas. Wir hofften, dass jetzt alles gut würde. Doch dem war nicht so.

Wir fuhren öfter am Sonntag nach Zürich, um in einem Café in der Altstadt zu frühstücken. Dort gibt es die besten Gipfeli und die beste heisse Schokolade der ganzen Stadt. Wir parkten das Auto, schlenderten ins Niederdorf und genossen das Frühstück. Auf dem Rückweg zum Auto wurde ihr plötzlich komisch. Mitten auf einem Fussgängerstreifen, der über 3 sehr hoch frequentierte Fahrbahnen führte, blieb sie stehen, bekam kaum noch Luft und hatte stechende Schmerzen in der Brust. Wir konnten schlecht mitten auf der Strasse stehen bleiben. Mit Ach und Krach erreichten wir den Bürgersteig. Gottlob war neben einem kleinen Kiosk an der Limmat eine Festwirtschaft aufgebaut mit Bänken und Tischen. So konnte ich sie auf eine Bank legen. Ich wusste aus Erfahrung, dass sie jetzt etwas Ruhe brauchte. Gott sei Dank wusste ich, dass das kein Herzinfarkt sein konnte, und das beruhigte mich wenigstens etwas. Trotzdem war ich sehr nervös, ich hatte Angst um sie.

Die Leute, die vorbeikamen starrten uns zwar an wie das achte Weltwunder, aber Hilfe bot niemand an. Ich sass bei ihr, hielt ihre Hand und fragte sie, ob ich die Rettung holen sollte.

»Nein«, flüsterte sie, »du weisst, dass das vorbeigeht. Ich brauche nur etwas Zeit.«

Und wirklich, nach einer Viertelstunde setzte sie sich auf und wir gingen zum Auto, als wäre nichts geschehen. Sie fuhr sogar selber nach Hause und fühlte sich wieder ganz gut. Mir war bei der ganzen Sache nicht wohl. Ich bat sie, bei der nächsten Konsultation bei unserem Hausarzt die Sprache auf diesen Vorfall zu bringen.

Kurz darauf wiederholte sich das Szenario in Freiburg im Breisgau. Genau so unverhofft und ohne Ankündigung passierte es. Sie ging kurz zu Boden, konnte aber schnell wieder aufstehen. Sofort standen einige Leute um uns herum und wollten uns helfen. Wir konnten dankend ablehnen und nach einer kurzen Erholungsphase in einem Café konnten wir unseren Markt-Bummel fortsetzen.

So ging dieses Jahr in einem Auf und Ab zu Ende. Mir ging es gut. Meine Freundin war bei der Arbeit, phasenweise war alles besser, aber Husten und Enge in der Brust wurden zu ihrem ständigen Begleiter. In den Phasen, wo sie öfter erbrechen musste, machte dann auch mal der Kreislauf schlapp. Sie hatte mittlerweile 10 kg an Gewicht verloren. Noch machte uns das keine grossen Sorgen, aber ich wollte endlich wissen, was ihr eigentlich fehlte.

Eines Abends wuchs uns die Sache mal wieder über den Kopf: Die Enge in der Brust setzte ihr so sehr zu, dass ich nicht mehr länger tatenlos zusehen konnte und sie nach einem Telefonat mit dem Kantonsspital Baden ins Auto packte und mit ihr in den Notfall fuhr.

Sie hatte über Stunden einen Blutdruck von 250/180, der ging nicht runter, trotz entsprechender Medikamente. Ich sass bei ihr am Bett im Notfall und liess diesen Monitor nicht aus den Augen. Der wollte seine immens hohe Anzeige einfach nicht runterfahren. Ich hatte grosse Angst um sie. Wie lange könnte ihr ohnehin schon geschwächter Köper das aushalten?

Sie musste über Nacht da bleiben. Auslöser der Attacke war die hypotone Speiseröhre, zudem hatte sie schlechte Blutwerte. Auch wurde sie zum Gastro-Enterologen geschickt, der einmal mehr die chronische Gastritis feststellte.

Doch mir war klar, dass das alles nur Symptom-Bekämpfung war. Wo aber war die Ursache dieser diffusen Beschwerden? Was fehlte ihr? Was war der Auslöser? Irgendetwas war doch offensichtlich nicht in Ordnung. Aber der Arzt konnte uns auch nicht weiterhelfen.

Zwischen den einzelnen Eskapaden ging es meiner Freundin immer wieder gut. Sie arbeitete zu dieser Zeit sehr viel. 60-Stunden-Wochen waren keine Seltenheit. Samstag/Sonntag sass sie in unserer Wohnung im Büro und bereitete ihre Lektionen vor. Sie studierte Texte oder befasste sich mit anderen wichtigen Dingen. Druck und Stress waren schon sehr gross. Unter der Woche sah ich sie kaum. Sie ging morgens zwischen 5 und halb 6 Uhr aus dem Haus. Abends schaffte sie es meistens nicht, vor 17 oder 18 Uhr heimzukommen. Daneben versorgte sie zuverlässig und gewissenhaft meinen Harry.

Tapfer und mutig bewältigte sie ihren strengen Arbeitsalltag und ich bemühte mich, ihr wenigstens zu Hause den Rücken frei zu halten und sie zu unterstützen, so gut es eben ging. Sie liess sich nicht unterkriegen, sie kämpfte unermüdlich und bewies immer wieder eine enorme Ausdauer. Sie ist eine Kämpfernatur, ein wahres Stehaufmännchen bzw. -frauchen!

Der Sommer kam. Meine Freundin wurde von unserem Gemeinde-Ammann zum Einbürgerungs-Gespräch eingeladen. Die Prüfung, bei der sie von 250 Fragen 45 zufällig Ausgewählte beantworten musste, bestand sie mit Bravour in einem Drittel der vorgegebenen Zeit. So wurde sie nun offiziell bei der nächsten Gemeinderatssitzung zur Einbürgerung vorgeschlagen. Wenn sie angenommen wurde, könnten die Gemeindemitglieder bei der nächsten Gemeinde-Versammlung über ihre Aufnahme ins Schweizer Bürgerrecht abstimmen.

Eines Tages im Juni war sie wie gewohnt in der Schule. Sie fühlte sich schon am Vormittag unwohl, hatte wieder Krämpfe und versuchte, sich mit ihren Medikamenten zu stabilisieren. Nachmittags hatte sie Unterricht und während der Schulstunde merkte sie, dass sie die Schmerzen nicht mehr lange würde verstecken können. Sie gab der Klasse eine schriftliche Aufgabe und rettete sich aus dem Klassenzimmer.

Vor der Türe brach sie zusammen, Kollegen eilten zu Hilfe und sie wurde mit dem Rettungswagen und Blaulicht ins nebenan liegende Kantonsspital Aarau gefahren. Sie wurde an eine Infusion gehängt, der Bauch wurde mit Ultraschall untersucht und sie bekam krampflösende Medikamente. Eine direkte Ursache des Zusammenbruchs konnte mal wieder nicht herausgefunden werden.

Als sie abends nach Hause kam (sie fuhr natürlich wieder selber mit dem Auto heim! Es wäre ein Fehler gewesen, sich bringen oder abholen zu lassen!!!), ging es ihr wieder besser. Wir setzten uns zusammen und beratschlagten:

»Also ich denke, es ist jetzt genug passiert. Das kann doch nicht normal sein, dass du alle Nase lang einen Zusammenbruch hast. Wir suchen uns jetzt einen Spezialisten, der dir endlich wirklich helfen kann«, meinte ich zu ihr.

»Ja, du hast ja recht, so kann es nicht mehr weitergehen. Ich recherchiere mal im Internet. Vielleicht finde ich ja einen kompetenten Arzt, der mir endlich hilft«, pflichtete sie mir bei.

»Ich denke, ein Hämatologe wäre genau richtig.«

Der Hämatologe war in diesem Falle die richtige Anlaufstelle, da ihre Eisenwerte so tief waren, dass sie kaum mehr zu messen waren und sie wieder vermehrt Nasenbluten hatte. Seit ihrer Geburt hat sie eine Gerinnungsstörung, deshalb war das Nasenbluten nichts Aussergewöhnliches, doch im Zusammenhang mit den schlechten Eisenwerten vielleicht doch von Bedeutung. Deshalb stellte sich auch die Frage, ob ihr eventuell Eisen-Infusionen verabreicht werden müssten.

In der Hirslanden Klinik in Aarau fand sie einen Hämatologen. Sie konnte auch gleich einen Termin bekommen und zu einer umfassenden Blutuntersuchung hingehen. Mittlerweile war sie vom Hausarzt für unbestimmte Zeit krankgeschrieben worden. Gespannt warteten wir auf die Untersuchungsergebnisse. Doch das Ganze dauerte länger als gedacht.

Endlich kamen die Resultate:

Der Eisenwert im Blut war mittlerweile so verheerend, dass der Arzt meinte, er könne ihr nicht so ohne weiteres einfach Eisen geben. Er wollte genau wissen, warum das Eisen, das sie mittlerweile schon einige Male bekommen hatte, nicht im Körper bleiben wollte. Das musste eine Ursache haben und die wollte er wissen – wir auch, und zwar unbedingt und sofort.

Er schickte meine Freundin zu einem Gastro-Enterologen, der gleichzeitig auf Hepatologie spezialisiert war. Der Professor war ein sehr netter, ausserordentlich kompetenter Arzt, der sofort unser Vertrauen gewann. Er führte eine Magen-Darm-Spiegelung durch und erhielt dabei keine Differenzial-Diagnose. Das veranlasste ihn dazu, umfangreiche und sehr teure, aber absolut notwendige Laboruntersuchungen durchzuführen (die Kosten beliefen sich auf mehrere 1000 Franken).

Er äusserte den Verdacht, dass eine Auto-Immunerkrankung aufgrund der Hepatitis C zugrunde liegen könnte. Ausserdem führte er eine Manometrie der Speiseröhre durch. Die Manometrie ist eine sehr unangenehme Untersuchung, bei der eine Sonde in die Speiseröhre eingeführt wird, um den Druck zu messen. Meine Freundin musste immer wieder einen Schluck Wasser trinken, dann wurde wieder gemessen.

Ich konnte mir sehr gut vorstellen, wie unangenehm das gewesen sein musste. Ich fing schon an zu würgen, wenn ich nur daran dachte.

Da sie nun daheimbleiben konnte, ging es ihr besser. Sie konnte sich schonen, musste nicht mehr so viel reden, denn am Schluss konnte sie kaum noch 2 Sätze hintereinander sagen, ohne zu husten. Die Ruhe tat ihr gut, sie konnte viel schlafen, denn sie war sehr erschöpft. Sie hatte in letzter Zeit nicht mehr viel gegessen, denn sie scheute die Bauchkrämpfe, die nach dem Essen fast immer auftraten. Oder sie musste erbrechen, weil die Speiseröhre nicht mitmachte. Mir fiel schon länger auf, dass die Nahrung immer wieder unverdaut ausgebrochen wurde.

Die umfangreichen Untersuchungen und die Auswertung der Ergebnisse dauerten einige Zeit. Wir fuhren öfters nach Aarau in die Praxis und sie bekam krampflösende Medikamente. Langsam konnte sie sich etwas erholen und entspannen. Auch ich wurde ruhiger, da ich nun wusste, dass wir endlich am richtigen Ort gelandet waren.

Zwischenzeitlich waren wir per Internet auch wieder auf Sylt unterwegs und suchten mehr so zum Spass nach einer Wohnung, die uns gefallen könnte. Eines Tages fand meine Freundin ein Objekt, ziemlich zentral in Westerland gelegen, 3 Zimmer, dazu bezahlbar. Wir schauten uns ganz aufgeregt die Details an und fanden, dass das Angebot gar nicht so schlecht war.

»Ruf doch mal an, fragen kostet nichts«, spornte ich sie an.

»Das mach' ich doch wirklich, aber ich glaube, die Wohnung liegt wieder im Sous-Sol. Das wollen wir doch nicht«, wandte sie ein.

»Ach komm, das kann man auf dem Foto doch gar nicht so genau sehen. Bitte, bitte, ruf doch an.« Ich war ganz aufgeregt.

Sie willigte ein und gespannt verfolgte ich den Anruf. Es stellte sich heraus, dass die Wohnung wirklich im Sous-Sol lag und somit auf keinen Fall infrage kam. Doch die nette Maklerin am anderen Ende fragte, was wir denn suchen würden. Schlussendlich endete unsere Anfrage mit dem Versprechen ihrerseits, uns Unterlagen über ein eben entstehendes Projekt in der Stadt zukommen zu lassen.

»Wow, ist das nicht toll, wenn das klappen würde, es wäre nicht auszudenken«. Ich sah uns schon nach Sylt auswandern.

»Langsam, langsam«, bremste sie mich.

»Warte doch erst mal ab, was kommt. Vielleicht ist das viel zu teuer oder viel zu laut, so mitten in der Stadt.«

Doch davon wollte ich momentan gar nichts hören. Ich freute mich einfach, dass sich da unerwartet eine Türe öffnete, die uns vielleicht ganz andere Perspektiven erschloss.

Nach wie vor liebte ich unsere grosse Wohnung am Schlossberg heiss und innig. 220 qm mussten schliesslich unterhalten und die bodentiefen, riesigen Fenster regelmässig geputzt werden. Doch in letzter Zeit hatte ich schon gemerkt, dass die Grösse langsam zu einem Problem wurde. Meine Freundin konnte im Haushalt nicht mehr alles machen, sodass ich selbstverständlich die notwendigen Arbeiten übernommen hatte. Aber wenn ich ehrlich war, wurde es mir schon manchmal etwas zu viel. Mit Harry war so weit alles in Ordnung, aber ich war natürlich nicht im Vollbesitz meiner Kräfte und das merkte ich. Vor allem im Garten musste ich immer wieder Pausen einlegen. Ich brauchte viel mehr Zeit als früher und das nervte mich schon. Wenn das Wetter umzuschlagen drohte, und ich vor dem Regen noch den Rasen mähen wollte oder Ähnliches und mir das nicht gelang, wurde ich missmutig.

Nach 2 Wochen kam Post von Sylt. Gespannt öffneten wir den Umschlag und sahen die Pläne von einem wunderschönen Haus mit 7 Wohnungen: 3 kleinere, 3 grössere, 1 Penthouse-Wohnung und 1 Lift.

»Schau mal, die Penthouse-Wohnung, das wäre doch was für uns!« Ich war schwer begeistert. Auch meine Freundin fand sie toll, doch als wir die Preise anschauten, fanden wir uns wieder auf dem Boden der Wirklichkeit. Sie war viel zu teuer. Doch die Wohnung darunter, im 2. Stock, etwas über 80 qm gross, 3 Zimmer, 2 Bäder, Balkon nach Süd/West, die gefiel uns schon ganz gut.

Begeistert studierten wir den Grundriss, verteilten schon die beiden Zimmer und fingen fast schon an, uns einzurichten. Die Wohnung war wie für uns entworfen. Dazu sehr günstig gelegen, 300 m vom Strand und 300 m von der Friedrichstrasse entfernt aber trotzdem ruhig. Besser konnten wir es gar nicht treffen. Der Preis war etwas über unserem Limit, doch wir glaubten, dass wir das irgendwie hinkriegen würden.

»Bist du denn wirklich bereit, deine Heimat zu verlassen?«, fragte mich meine Freundin.

»Ja, ich glaube schon. Wir haben ja jetzt öfters darüber diskutiert. Und in so eine neue, moderne Wohnung würde ich gerne ziehen. Sie ist ideal für uns. Wir verkaufen unsere Wohnung und finanzieren mit dem Erlös unseren Traum auf Sylt.«

Ich war ganz zuversichtlich.

Eine Weile noch diskutierten wir hin und her, wogen Dafür und Dagegen ab und gegen Abend rief meine Freundin die Maklerin auf Sylt an und bat sie, die Wohnung für uns zu reservieren!

Wir schauten uns an und lachten. Waren wir doch 2 verrückte Hühner! Aber auch der Zeitpunkt der Übernahme war günstig: Frühjahr 2015. Bis dahin war auch meine Freundin in Rente, hatten wir doch gemeinsam beschlossen, dass sie aufgrund ihres schlechten Gesundheitszustandes ein Jahr früher in Rente gehen würde. Also passte alles haargenau in unseren neuesten Plan.

Fast gleichzeitig erhielten wir die endgültige Diagnose der geheimnisvollen Krankheit meiner Freundin von ihrem Professor:

Dass meine Freundin seit 36 Jahren an Hepatitis C litt, wussten wir. Sie hatte den Virus bei einer Knie-OP über eine Kurzinfusion von Fibrinogen und antihämophilem Globulin (= Cohnsche Fraktion I = Auszug von Gerinnungsfaktoren von ca. 50 bis 60 verschiedenen Blutkonserven) eingefangen. Da in den 1970er-Jahren das Spenderblut noch nicht auf Hepatitis getestet wurde, konnte das natürlich geschehen.

Sie hatte aber all die Jahre sehr gut auf ihre Leber aufgepasst, Alkohol gemieden und auf Medikamente verzichtet, welche die Leber belastet hätten.

Was uns aber neu war: Die Viruswerte waren extrem hoch und durch die lange Dauer der Hepatitis hatte sich eine Auto-Immunerkrankung entwickelt, das sogenannte Sjörgen-Syndrom! Dieses heimtückische Syndrom konnte sich theoretisch auf alle Organe legen: wie z. B. auf Magen, Darm, Lunge, Muskeln, Nerven oder Augen. Bei meiner Freundin hatte sich das gemeine Teil auf die Schleimhäute von Magen und Darm gelegt, und auf die Speiseröhre! Die war eigentlich, wie die Manometrie ergab, praktisch nutzlos! Sie hing sozusagen nur noch wie ein Sack zwischen Mund und Magen und hatte ihre Peristaltik (Bewegung, um die Nahrung weiter zu transportieren) fast eingestellt!

Das erklärte endlich, warum sie die Nahrung unverdaut wieder erbrach und warum die Enge in der Brust so erdrückend war: Das Essen staute sich in der Speiseröhre und drückte auf Lunge und Herz. Endlich, endlich, nach sehr langer Zeit, hatten wir eine richtige Diagnose in der Hand und konnten anfangen, etwas gegen die Krankheit zu unternehmen.

Es war klar, dass die Hepatitis behandelt werden musste. Wenn wir Glück hatten, würde es gelingen, die Symptome des Sjörgen-Syndroms zu mildern oder vielleicht sogar ganz zu heilen. Bis aber klar war, welche Therapie für die Hepatitis die richtige war, mussten ihre Beschwerden gelindert werden, ohne die Hepatitis noch zu verstärken. Bekam sie Medikamente gegen die Hepatitis, explodierten die Beschwerden vom Syndrom. Wurde das Syndrom bekämpft, gewann die Hepatitis wieder Oberwasser. Hier die Balance zu halten, war nicht einfach, aber mit ganz wenig Cortison, Magensäurebinder und krampflösenden Mitteln gelang es recht gut.

Da wir nun die ernsthafte Absicht hegten, die Wohnung auf Sylt zu kaufen, mussten wir uns sofort mit dem Verkauf der Schlossberg-Wohnung befassen. Der Zufall wollte es, dass einer unserer Mitbewohner Büroräume in unserem Haus verkaufte. Er hatte denselben Makler mit dem Verkauf beauftragt, der uns vor 12 Jahren unsere Wohnung verkauft hatte. Das Geschäft ging angeblich sehr schnell über die Bühne und die Räume wurden innert kürzester Zeit über das Internet an den Mann gebracht. Wir nahmen deshalb Kontakt mit diesem Makler auf und betrauten ihn mit dem Verkauf unserer Wohnung.

Nach der ersten Sitzung war dieser sehr angetan von dem Objekt, das er ja bestens kannte und meinte, er hätte schon einige Interessenten im Kopf, die infrage kommen könnten, und machte uns Hoffnung, dass die Wohnung schnell verkauft würde.

Unsere nächsten Sylt-Ferien im September rückten schnell näher. Dieses Mal waren wir natürlich besonders gespannt. Wir hatten schon vorgängig Termine mit dem Makler-Büro, mit dem Architekten/Bauherrn sowie mit der Bank ausgemacht.

Gleich nach dem Bezug der Ferienwohnung düsten wir so schnell wie möglich in die Stadt, um uns die zukünftige Baustelle genau anzusehen. Erst mal machte sich bei mir eine gewisse Ernüchterung breit. Es gab ringsum einige Häuser, die teils erheblich höher waren als unser zukünftiges neues Heim. Aber auf der Südseite hatten wir eine freiere Sicht und mehr Abstand zu den Nachbarn. Auch der Nordteil der Stadt sagte mir nicht so sehr zu. Wir wohnten bisher immer im Süden und da gab es fast nur Friesenhäuser mit viel Umschwung und viel Sonne.

»Ach komm«, meinte meine Freundin, »du kannst nicht in der Stadt wohnen wollen und dabei keine Nachbarn haben. Da kaufst du dir gleich einen ganzen Stadtteil und reisst alle umstehenden Häuser ab. Ausserdem steht uns nichts vor der Sonne und das Haus auf der Westseite hält uns ganz gediegen den Westwind ab. Du weisst, wie heftig der pusten und welche Schäden der anrichten kann.«

Ja, das sah ich ein. Sie denkt immer so praktisch und sieht auch noch im Negativen etwas Positives. Ausserdem ist es trotz Stadtlage recht ruhig an dieser Ecke und überhaupt, man konnte nicht alles haben im Leben.

Am nächsten Tag waren wir im Makler-Büro verabredet. Pläne und Bauweise wurden uns genau erklärt und mit der Maklerin besichtigten wir einige Objekte, die der Architekt auf der Insel schon gebaut hatte. Uns imponierte die genaue und sehr schöne Ausführung der präsentierten Wohnungen. Es waren sehr hochwertige Materialien verwendet worden, und das gefiel uns sehr. Bevor wir aber richtig zusagen konnten, mussten wir ja noch mit der Bank die ganze Finanzierung durchdiskutieren und auf die Beine stellen.

Das geschah ein paar Tage später. Wir legten alles offen, erzählten vom in die Wege geleiteten Verkauf unserer Schweizer Wohnung, rechneten mit der verantwortlichen Mitarbeiterin der Bank alles durch und nach einigen weiteren Tagen und Abklärungen hatten wir die Finanzierung geregelt, der benötigte Kredit wurde uns zugesichert und alles war in trockenen Tüchern. Jetzt musste nur noch unsere Wohnung verkauft werden ...

Der Urlaub gestaltete sich dieses Mal sehr arbeitsintensiv. Der wichtigste Termin war dann natürlich beim Notar. Er musste uns den ellenlangen Kauf-Vertrag Wort für Wort vorlesen (Vorschrift in Deutschland) und dann unterschrieben alle Beteiligten. Jetzt gehörte die Wohnung uns! Es war irgendwie unfassbar.

»Kneif mich mal«, flüsterte ich meiner Freundin zu, »ist das wirklich wahr?«

Auf der zukünftigen Baustelle standen noch ein kleines Häuschen sowie einige Nebengebäude. Ich machte eifrig Fotos, denn so würden wir die Gegend im Frühling bei unserem nächsten Sylt-Urlaub nicht mehr wiedersehen.

Dann suchten wir bei den ansässigen Handwerkern nach Fliesen, Vorhängen, Sanitär-Möbeln und beschäftigten uns mit Küchen- und Bad-Einrichtungen. Daneben waren wir am Strand beim Spazieren und redeten immer wieder über unsere neue, aber auch über unsere alte Wohnung sowie über unsere Zukunft auf Sylt.

Irgendwie kam mir das Ganze unwirklich vor. Obwohl wir schon länger über eine eventuelle Auswanderung diskutiert hatten, ging es jetzt doch plötzlich sehr schnell. Ich war mir aber ganz sicher, dass das die richtige Entscheidung war. In den letzten 25 Jahren verbrachten wir jeden Urlaub auf Sylt. Jedes Mal auf der Heimreise heulte ich Rotz und Wasser und war furchtbar deprimiert, weil wir die Insel wieder verlassen mussten. Ich glaube, auf meine DNA hatte sich irgendwann ein Sylt-Gen eingeschlichen. Ich fühlte mich hier daheim, hatte nie Probleme mit dem Wetter oder mit den Leuten. Ich freute mich immer über die grossartige Natur und konnte kaum genug schöne und positive Stimmungen in mich aufnehmen.

Für meine Freundin war es sowieso kein Problem. Für sie war es eher wie ein Heimkommen. Sie hatte in den 1980er-Jahren schon mal ein ganzes Jahr auf der Insel in der Nordsee-Klinik gearbeitet und ausserdem war sie es gewesen, die mich vor vielen Jahren mit dem unheilbaren Sylt-Virus angesteckt hatte. Sie war immer gerne hier, auch im Winter und bei Schiet-Wetter.

Das Reizklima der Nordsee hatte uns beiden immer sehr gutgetan und wir fühlten uns, vor allem in den letzten Jahren, hier oben bedeutend wohler als in der Schweiz, wo wir es in den heissen Sommern mit bis 38 Grad und ohne Wind kaum ausgehalten hatten.

Doch diesmal fiel uns der Abschied nicht ganz so schwer. Im März würden wir wiederkommen und ein Jahr später wohl für immer bleiben können.

Wieder daheim in der Schweiz kontaktierten wir unseren Makler und erfuhren, dass es mit dem Verkauf der Wohnung nicht schlecht lief und er einen Interessenten an der Hand hätte, der wohl noch vor Weihnachten einziehen möchte.

»Ihr müsst schon flexibel sein«, meinte er zu uns.

Oh ja, wir waren so flexibel, dass wir uns sogleich auf die Suche nach einer kleinen Wohnung in Bellikon machten. Es musste in Bellikon sein, weil das Einbürgerungsgesuch meiner Freundin keinen Wechsel in eine andere Gemeinde erlaubte.

Laut Internet waren 3 Wohnungen in unserer Gemeinde frei. Eine war gerade vermietet worden, in der zweiten war der Hund nicht erlaubt und die dritte war zu teuer. Wir wollten so günstig wie möglich wohnen, egal wo, denn wir wussten ja, dass es nur vorübergehend sein würde.

Wie der Zufall es so wollte, spazierte ich mit unserer Hündin durch die Gegend und traf dabei eine andere Hundebesitzerin mit einem Hundebaby. Die beiden Tiere spielten zusammen und wir kamen ins Gespräch. Sie erzählte mir, dass sie eben umgezogen waren. Da sie ausser Termin ausgezogen waren, mussten sie und ihre Freundin selber einen Nachmieter suchen. Das traf sich doch ausgezeichnet. Die Wohnung liegt wenige 100 m vom Schlossberg entfernt, hat 3 Zimmer und ist mit einem Lift bequem zu erreichen.

Nach ein paar weiteren Tagen hatten wir den Mietvertrag unterzeichnet und die neue Wohnung auf den 1. Dezember gemietet. Erstmöglicher Auszugstermin war Ende März 2015! Das passte für uns mal wieder wie die Faust aufs Auge. Jetzt musste nur noch der Käufer zusagen und wir konnten Weihnachten im neuen Heim feiern.

Doch erstens kommt es anders und zweitens als man denkt.

Der Käufer sagte ab und wir sassen da und machten lange Gesichter.

»So ein Mist«, schimpfte ich. »Da hätten wir noch eine Weile mit dem Auszug warten können.«

Auch meine Freundin war natürlich alles andere als begeistert.

Wir versuchten, das Beste daraus zu machen und beschlossen, Weihnachten in diesem Fall noch im Schlossberg zu feiern und erst Ende Januar umzuziehen. Es musste ja noch einiges organisiert werden. Vor allem mussten wir uns von fast all unseren Möbeln trennen, denn die neue Wohnung war fast genau so gross bzw. klein wie die auf Sylt. Das machte uns aber nicht allzu viel aus, denn es war ja von Anfang an klar, dass unsere Möbel, die auf 220 qm verteilt waren, nicht in 80 qm passen würden. Und ausserdem konnten wir uns schon mal vorgängig an die kleineren Dimensionen gewöhnen.

»Weisst du was«, sagte ich zu meiner Freundin, »ich freue mich, noch einmal ganz von vorne anzufangen mit neuer Einrichtung und neuen Ideen.«

Ende November begann bei meiner Freundin die Therapie gegen die Hepatitis. Die Krankenkasse bewilligte nur eine konservative Triple-Therapie mit Interferon, die mindestens 3 Monate dauern sollte. Dabei musste jede Woche eine Spritze gesetzt werden. Interferon ist bekannt für teilweise gravierende Auswirkungen auf die Psyche. Unter Umständen konnte ein Patient bis zu einem Suizid oder in eine Psychose getrieben werden. Auch die körperlichen Ursachen waren nicht ohne, es konnte grippeähnliche Symptome geben.

Doch meine Freundin war stark und zuversichtlich. Der Professor kannte sie mittlerweile sehr gut und traute ihr zu, mit den Nebenwirkungen fertig zu werden, riet uns aber, ihn von kleinsten Veränderungen sofort in Kenntnis zu setzen.

So kam es, dass sie sich am Sonntagabend vor dem »Tatort« die erste Spritze in den Bauch setzte und sich dann wie gewohnt um 22 Uhr ins Bett legte.

Ich war entsprechend nervös und sie war wohl auch etwas aufgeregt. Am nächsten Morgen ging ich sofort in ihr Zimmer, um zu sehen, wie sie sich fühlte. Sie war müde und matt, hatte Kopf- und Gliederschmerzen und auch etwas Temperatur. Die Symptome ähnelten wirklich denen einer Grippe, nur dass sie weder Husten noch Schnupfen hatte. Bis Mittwoch blieb sie im Bett. Dann rappelte sie sich wieder auf.

Bei der zweiten Spritze waren wir schon etwas ruhiger. Aber sie musste wieder 3 Tage im Bett bleiben und die körperlichen Beschwerden waren etwas massiver als am vorherigen Sonntag.

Gleichzeitig hielt uns unser Makler auf Trab. Er hatte einen Interessenten an der Hand, der unbedingt 2 Garagenplätze haben wollte. Wir selber hatten nur einen gekauft, da wir nie 2 Autos haben wollten. Eigentlich sollte das kein Problem sein, denn unsere Tiefgarage hat für 11 Bewohner 30 Parkplätze. Blöder war natürlich, dass wir die Garage kaufen mussten und diese zusätzlichen Ausgaben in unserem Budget eigentlich nicht vorkamen.

Ich rief also die Verwaltung an und wollte einen Parkplatz haben. Doch das war nicht so einfach. Ich bekam den Bescheid, dass alle entweder verkauft oder vermietet wären. Damit hatte ich nicht gerechnet. Doch in unserer Liegenschaft gab es Leute, die pro Familie 4 Autos besassen oder Oldtimer und Motorräder auf den Plätzen stehen hatten. Ausserdem waren da Plätze, die in den letzten 12 Jahren bloss 5 bis 6 Mal besetzt waren. Also sollte es doch möglich sein, noch einen Parkplatz zu ergattern.

So machte ich mich auf und ging Klinken putzen. Ich klingelte bei den Nachbarn, schilderte die Situation und bat und bettelte um einen Parkplatz. Doch ich hatte keinen Erfolg. Die einen wollten am liebsten noch einen 5. Parkplatz, die anderen hörten mir nicht mal richtig zu und ich fühlte mich wie der letzte Bittsteller. Es kostete mich sowieso schon grosse Überwindung, diese Aktion durchzuführen, denn in der Beziehung bin ich nicht besonders mutig. Dazu kam die riesengrosse Angst, unsere Wohnung mit nur einem Parkplatz nicht verkaufen zu können. Fast jeder besass heutzutage 2 Autos, wir waren weit und breit die Einzigen, die nur ein Auto hatten. Was dann? Ich geriet fast in Panik.

In meiner Verzweiflung suchte ich in der ganzen Überbauung nach einer Lösung, auch in den anderen Reihen (der Schlossberg besteht aus 4 Reihen). Doch auch da konnte oder wollte mir niemand helfen. Es war auch nicht so eine tolle Idee, wer wollte schon in der obersten Reihe wohnen und sein Auto in der untersten Garage abstellen!

Meine Freundin lag im Bett. Ich ging zu ihr und berichtete ihr von meinen Misserfolgen. Ich war völlig fertig mit den Nerven und weinte. Wie sollte ich dieses Problem lösen?

Da rastete sie zum ersten Mal völlig aus. Sie schrie und tobte:

»Was bilden die sich eigentlich ein, sind diese blöden Autos wichtiger als die Menschen?«, rief sie ausser sich.

Sie konnte sich kaum beruhigen und schrie wütend weiter. Vorsichtshalber schloss ich erschrocken die Fenster, denn sie war bestimmt in der ganzen Umgebung zu hören.

Ich war sehr betroffen. So hatte ich meine Freundin noch nie erlebt. Es dauerte eine ganze Weile, bis sie sich wieder beruhigen konnte und wir vertagten dieses heikle Thema auf später.

Nach der 3. Interferon-Spritze mit immer längerer Bettruhe veränderte sie sich noch mehr. Bei der kleinsten Kleinigkeit konnte sie explorieren, hatte plötzlich völlig verquere Ansichten und stellte Behauptungen auf, die jeder Grundlage entbehrten. Ich kam kaum noch an sie heran. Sie war absolut unberechenbar geworden. Ich wusste nie, sollte ich schweigen oder reden, sollte ich bleiben oder gehen, ich war völlig hilflos. Was ich auch tat, es konnte immer nur verkehrt sein.

Als sie eines Tages einen sehr lieben Freund und Nachbarn von uns wegen dieser leidigen Parkplatz-Geschichte anfauchte, (er hatte als Einzelperson 2 gekaufte und 2 gemietete Parkplätze) dass er sich völlig perplex zurückzog, war uns klar, dass das die Auswirkungen des Interferons waren. Nie hätte sie sich im Normalzustand dazu hinreissen lassen, ihn derart unreflektiert und unhöflich anzuschreien. Auch für ihn kam der Angriff völlig unerwartet und er war ganz verdattert. So kannte er die sonst immer nette Nachbarin noch nicht!

Meine Freundin und ich setzten uns zusammen und in einem ruhigeren Moment diskutierten wir, wie es weitergehen sollte.

»Ich werde gehen«, sagte ich zu ihr: »Ich weiss nicht mehr, wie ich dich behandeln soll. Ich habe Angst, dass du auf mich losgehst und völlig die Kontrolle verlierst.«

»Nein«, widersprach sie heftig, »ich werde gehen. Wo willst du denn hin? Ich werde mich in eine psychiatrische Klinik einweisen lassen, ich kenne mich ja selbst nicht mehr wieder. Auch mir macht das Angst, aber ich kann nichts dagegen tun.«

Da sie in dieser Woche sowieso zur Kontrolle zum Professor nach Aarau musste, einigten wir uns darauf, dass wir diese Konsultation noch abwarten und dann gemeinsam mit dem Arzt entscheiden wollten, was weiter geschehen sollte.

»Weisst du«, meinte ich zu ihr, »wenn die anstehende Untersuchung zumindest ergeben sollte, dass die Viruslast in deinem Blut zurückgegangen ist, hat das Ganze wenigstens einen Sinn. Dann werden wir das beide gemeinsam durchstehen.«

Ich wusste zwar noch nicht genau, wie wir das anstellen sollten, aber ich wollte sie auf keinen Fall im Stich lassen. Sie war immer an meiner Seite gewesen, und so wollte auch ich ihr beistehen und helfen.

Ein paar Tage später kam sie von der Konsultation in Aarau zurück und schon unter der Eingangstüre hielt sie den Daumen nach unten: Die Viruslast war überhaupt nicht gesunken und die Nebenwirkungen, psychisch wie physisch, waren viel zu stark. Der Professor hatte die Therapie sofort abgebrochen! Und jetzt?

Das Wichtigste war momentan, meine Freundin wieder zu stabilisieren und zu »normalisieren«. Sie war schlapp und müde und nicht wirklich sie selbst. Der Professor wusste, dass im Frühjahr ein neues Medikament gegen Hepatitis in Europa auf den Markt kommen würde, das in Studien gute Erfolge gezeigt hatte und in Amerika bereits zugelassen war. Es galt nun, die Zeit bis dahin zu überbrücken und mit Medikamenten die beiden Krankheiten in der Balance zu halten.

Wir verbrachten ein sehr ruhiges Weihnachtsfest und verschliefen den Jahreswechsel in unseren Betten. Meiner Freundin ging es mal besser, mal schlechter. Die Psyche hatte sich noch nicht wieder erholt und wir umschifften mehr oder minder erfolgreich verschiedene Klippen und Untiefen in unserem Alltag.

Das neue Jahr begann durchwachsen. Endlich bekam ich von unserer Verwaltung die Nachricht, dass wir einen zweiten Parkplatz erwerben könnten. Unser lieber Nachbar hatte nun doch auf einen seiner 4 Plätze verzichtet und ausserdem fand sich eine Klausel im Kaufvertrag, dass »... Kauf *vor* Miete ... « vorgesehen war.

Fast gleichzeitig vermeldete unser Makler, dass der Käufer mit den 2 gewünschten Parkplätzen abgesprungen war ...

Das einzig Positive an der ganzen Angelegenheit war, dass uns die Verwaltung den 2. Parkplatz freihalten würde, bis wir einen Käufer gefunden hatten, denn es war wirklich anzunehmen, dass auch ein neuer Interessent 2 Parkplätze wünschen würde. So war wenigstens dieses Problem ein für alle Mal erledigt.

Wir begannen, unseren bevorstehenden Umzug zu organisieren. Kartons wurden gepackt, Gegenstände aussortiert und die Möbel bestimmt, die verschenkt werden sollten. Gemeinnützige Organisationen wurden angefragt, ob Möbel gebraucht würden, doch anscheinend geht es der Schweiz immer noch viel zu gut. Weder Gemeinde noch Sozialeinrichtungen zeigten Interesse, und so verteilten wir unsere Sachen unter Freunden und Bekannten, und ein Teil war für Spanien und Portugal bestimmt.

Die beiden Damen, die uns ihre »alte« Wohnung vermittelt hatten, wurden uns zwischenzeitlich zu guten Freundinnen und sie halfen uns tatkräftig. Die eine der beiden stammt ursprünglich aus Galicien und deshalb gingen etliche Möbel und Haushaltsgegenstände in ihr Heimatland, wo vor allem auf dem Land teilweise noch grosse Armut herrscht. Ich freute mich sehr, dass unsere schönen und äusserst gut erhaltenen

Möbel noch einem sinnvollen Zweck zugeführt werden konnten, und nicht einfach verschrottet wurden.

Logistisch gesehen mussten wir also 4 grosse Unterteilungen machen: Was kam in die neue Wohnung, was kam nach Sylt und damit vorübergehend in den Keller, was ging ganz weg und was brauchten wir noch. Es war wirklich nicht ganz einfach. Daneben wurden Adressänderungen geschrieben und wichtige Telefonate erledigt, die Umzugsfirma wurde gebucht und am 22. Januar ging es los.

Unsere neuen Freundinnen holten unseren Hund ab, damit der nirgendwo verloren ging. Meine Freundin stand noch in der Küche und packte Geschirr ein. Sie wollte das unbedingt selber machen, konnte sich aber die Tage vorher nicht aufraffen, damit anzufangen. Am Abend vorher hatte sie grossspurig erklärt:

»Ich werde einfach eine Nachtschicht einlegen.«

Ich schüttelte nur stillschweigend den Kopf. Das war nie zu schaffen! Sie überschätzte sich masslos. Die Leute von der Umzugsfirma standen schon in der Tür, und sie war immer noch nicht fertig. Mir war schlecht und ich fühlte mich nicht wohl. Wo war die supertolle Organisation und die penible Ordnung beim Packen aller Kisten und Kartons vom letzten Umzug? Meine Freundin, die beste Packerin der Welt, konnte mit Logik und Köpfchen zweimal mehr Sachen in einen Koffer packen als jeder andere Mensch der Welt und war dabei so was von durchorganisiert! Jetzt ging alles etwas sehr planlos vonstatten. Aber eben, die Verwirrungen des Interferons waren noch nicht überwunden...

Und doch klappte alles irgendwie. Als wir gerade vollbepackt losfahren wollten, kam der erste Abholer unserer Möbel und so fuhr meine Freundin mit den Umzugs-Männern in die neue Wohnung, versorgte sie nach dem Ausladen des Umzugsgutes mit Brötchen und Getränken, und ich organisierte den Abtransport der verschenkten Möbel. Gleichzeitig kamen im neuen Heim unsere bestellten Sofas an, denn die riesige Wohnlandschaft vom Schlossberg hätte weder auf Sylt noch in unserer Übergangswohnung jemals Platz gefunden.

Erst gegen Abend kam ich müde in der neuen Wohnung an. Meine Freundin hatte die Küche eingeräumt und die Sofas in Empfang genommen. Auch unser Vierbeiner war wieder da und hatte einen tollen Tag bei unseren Freundinnen und ihrem Vierbeiner verlebt. Die Wohnung sah schon ganz gut aus. Unsere Betten standen in den Zimmern, die Kleider hingen an 2 improvisierten Ständern und der Esstisch, der früher als Pult gedient hatte, stand auch schon an seinem Platz.

Im Schlossberg standen noch weitere Möbel, die später abgeholt werden sollten und wir waren erst mal einfach müde und froh, doch alles ohne Verluste über die Bühne gebracht zu haben. Einige Kartons waren schon fix und fertig für Sylt gepackt und standen im grossen Keller mit genauen Angaben des Inhalts für den Zoll.

In der neuen Wohnung fühlten wir uns von Anfang an sehr wohl. Bilder wollten wir keine aufhängen, um die Wände nicht unnötig zu beschädigen und Deko war nur ganz spärlich aufgestellt worden. Wir kauften noch ein paar günstige Vorhänge, um alles wohnlicher zu machen, und fertig war unser Mini-Paradies.

Der Verkauf vom Schlossberg verlief sehr schleppend. Es waren wohl Interessenten da, doch so richtig wollte keiner zuschlagen. Langsam begann ich, mir Sorgen zu machen, denn wir mussten jetzt natürlich 2 Wohnungen bezahlen. Ewig konnten wir uns das finanziell nicht leisten.

Unser Pech war, dass die Zinsen extrem niedrig und immer noch im Fallen begriffen waren. Das war einerseits gut für einen Käufer, aber schlecht für uns, weil wir uns mit den Hypothekarzinsen in einem weit höheren Segment bewegten und das hiess für den Fall eines Verkaufes, dass wir der Bank ziemlich hohe Strafzinsen zahlen mussten.

Wohnungen und Häuser unter 1 Mio. Franken waren recht gut zu verkaufen. Auch Luxus-Immobilien ab 2 Mio. Franken. Doch unser Objekt lag leider genau dazwischen und in diesem Bereich wurde die Luft echt dünn, denn der Markt war mit solchen Angeboten übersättigt.

Die Wohnung im Schlossberg war zwischenzeitlich leergeräumt. Ich ging einmal die Woche hin, um zu lüften und um nachzusehen, ob alles in Ordnung war sowie den Rasen zu mähen und den Garten zu pflegen.

Meine Freundin erholte sich nur langsam. Mal ging es besser, dann wieder schlechter. Sie war in ständiger Kontrolle bei ihrem Professor und der bemühte sich aus Kräften, mehr über die neuen Medikamente herauszufinden. Eigentlich wollte sie unbedingt im neuen Jahr ihre Arbeit wieder aufnehmen. Aber das war utopisch. Der Stress hätte die Situation eskalieren lassen.

Im März wollten wir wieder nach Sylt. Ihr Arzt verschrieb ihr den Urlaub als 14-tägige Kur. Er war überzeugt, dass ihr der Klimawechsel guttun würde und sie sich besser erholen könnte.

In diesen 2 Wochen liessen wir die Schlossberg-Wohnung neu streichen, damit alles wunderschön aussah. Der Makler hatte endlich 2 ernsthafte Interessenten an der Hand und wir schöpften wieder etwas Mut, denn die 2. Ratenzahlung auf Sylt wurde fällig, und wir brauchten das Geld dringend.

Dieses Mal reisten wir über Bottrop an, denn der Architekt und Bauherr der Sylter Wohnung wollte mit uns den Elektroplan besprechen und die Küche aussuchen. Es machte Spass, war aber für meine Freundin auch etwas anstrengend. Doch sie suchte sich eine tolle Küche aus, die auch mir ausnehmend gut gefiel.

Am nächsten Tag reisten wir weiter nach Sylt und da natürlich gleich zu »unserem« Bauplatz. Alle alten Gebäude waren zwischenzeitlich abgerissen, aber mit den Erdarbeiten war noch nicht begonnen worden. Wir konnten uns gut vorstellen, wie es einmal aussehen könnte.

Schon in den ersten paar Tagen erwischte meine Freundin eine heftige Erkältung. Ihr geschwächtes Immunsystem hatte der Infektion nicht viel entgegenzusetzen und nach ein paar Tagen war auch ich krank. Wir schleppten uns so dahin, fanden aber doch noch die Kraft, mit verschiedenen Handwerkern in Kontakt zu treten, und auch nochmals auf der Bank vorbeizuschauen und zu erzählen, dass die Wohnung noch immer nicht verkauft sei. Wir bekamen noch mal einen finanziellen Aufschub bis Ostern.

Langsam wurde uns wirklich mulmig. Doch der Makler hatte uns versichert, unsere Wohnung wäre so gut wie verkauft. Wenn der eine der beiden Interessenten nicht kaufen würde, dann sicher der andere. Wir hofften das inständig, aber die Unsicherheit machte uns doch sehr zu schaffen und trübte unsere Vorfreude gewaltig. Ängste und Unsicherheit begannen sich einzuschleichen. Hatten wir doch einen Fehler gemacht? Ich sah mittlerweile schon Gespenster wie Zwangsversteigerung und Privat-Insolvenz vor mir, schrecklich! Oder noch schlimmer: der Verkauf der Sylter Wohnung.

Wieder zu Hause erwarteten uns gute Nachrichten. Der eine Käufer hatte fest zugesagt. Der Makler verbrachte mit ihm viel Zeit im Schlossberg und auf dem Papier wurde die Wohnung bereits von der ganzen Familie umgebaut. Die Anzahlung sollte noch vor Ostern eintreffen. Endlich! Wir waren erleichtert.

Am Mittwoch vor Gründonnerstag fuhren wir nach Deutschland. Unsere Bank war angewiesen worden, uns sofort zu benachrichtigen, wenn die Anzahlung eingegangen war. Die Handys lagen bereit, doch nichts rührte sich. Kurz vor Arbeitsschluss rief ich bei der Bank an. Nein, die Anzahlung war nicht eingegangen!

Diese Ostertage waren so ziemlich die schlimmsten, die wir beide je erlebt haben. Wir schwankten zwischen Hoffen und Bangen, suchten Erklärungen, Ausflüchte und Entschuldigungen.

Am Dienstag nach Ostern rief der Makler an. Der Käufer konnte die Finanzierung nicht stemmen, er musste vom Kauf zurücktreten!!!

Wir waren beide total geschockt. Wie konnte es sein, dass unser Makler mit diesem Mann stundenlang am Schlossberg in unserer Wohnung sass, aber keine Ahnung hatte, wie dieser das Projekt zu finanzieren gedachte? Die Bankabklärung wäre ja wohl das Allerwichtigste gewesen! Dafür hatten wir uns eigentlich einen Makler geholt. Fehler hätten wir auch alleine machen können, das wäre viel billiger geworden! Meine ersten beiden Häuser hatte ich seinerzeit mit einem einzigen Zeitungsinserat in einer Woche verkauft! Gut, das waren andere Zeiten, aber trotzdem ...

Wir waren völlig fertig. Alle unsere Pläne schienen den Bach runter zu gehen, unser Traum rückte in weite Fernen und unser finanzieller Ruin war uns sicher! Völlig aufgelöst riefen wir unsere Freundinnen an und trafen uns zur Krisensitzung. Die beiden kamen auch sofort und waren genau so bestürzt wie wir.

Als Erstes beschlossen wir, unserem Makler zu kündigen. Wir hatten einfach kein Vertrauen mehr zu ihm. Mir fiel das sehr schwer, denn ich hatte dem Mann bedingungslos vertraut, obwohl aus einigen vorhergehenden Situationen eigentlich zu merken gewesen wäre, dass da nicht alles rund lief. Meine Freundin hatte schon viel früher angeregt, dem Mann zu kündigen. Doch ich verteidigte ihn immer wieder. Ich war der festen Meinung, nur er könnte unsere Wohnung verkaufen. Doch die anderen überzeugten mich, dass die sofortige Trennung von ihm die richtige Konsequenz war.

Also schrieben wir die Kündigung und bekamen postwendend eine geharnischte Rechnung von einigen 1000 Franken, die völlig überzogen war, zahlbar per sofort. Er wusste genau, dass wir kein Geld mehr hatten, das war ihm aber natürlich völlig egal. Er war schwer beleidigt und warf uns Torschlusspanik vor. Wir kratzten die letzten Geldreserven zusammen, bezahlten die Rechnung und wollten von ihm nichts mehr sehen und hören. Wieder ungeplante Ausgaben!

Vor ein paar Wochen hatten wir von unserem Hausbanker die Adresse eines Maklers bekommen, mit dem er schon öfter und erfolgreich zusammengearbeitet hatte. Damals lehnten wir dankend ab, aber jetzt wollten wir das Angebot annehmen. Also rief ich ihn an und fragte, ob er sofort kommen könnte, wir wären in einer echten Notlage.

Er kam sofort, hörte sich die Geschichte an und nachdem er die Wohnung besichtigt hatte, waren wir uns sofort einig. Er übernahm das Mandat, holte in den nächsten Tagen bei unserem »alten« Makler die ihm damals überlassenen Unterlagen von unserer Wohnung ab, und am 1. Mai begann er mit seiner Arbeit.

Er fotografierte die Wohnung und erstellte ein wunderschönes, aussagekräftiges Exposé. Daneben gab es Flyer und einen wirklich professionellen Internet-Auftritt. Schon da merkten wir, wie laienhaft der erste Makler an die Aufgabe herangegangen war.

»Das wird schon«, meinte er. »Ich brauche etwas Zeit, aber wir kriegen das hin.«

Konnten wir ihm glauben? Im Moment waren wir noch etwas skeptisch, aber wir hatten keine andere Wahl und dazu beide ein gutes Bauchgefühl.

Dann war da noch das zweite riesengrosse Problem. Wir mussten die 2. Rate bezahlen, und zwar sofort. Unsere Ersparnisse waren durch die Bezahlung der Grunderwerbssteuer, des Notars und sonst noch einiger wichtiger Dinge, aufgebraucht. Diese grosse Sorge nahmen uns unsere neuen Freundinnen ab, indem sie uns völlig überraschend, unbürokratisch und sehr hilfsbereit das Geld zur Verfügung stellten! Wir waren platt: Kannten wir uns doch erst einige Monate, und sie hatten so viel Vertrauen zu uns, dass sie dieses Wagnis eingingen. Wir waren ihnen unendlich dankbar und konnten kaum glauben, was da geschah.

Im Juni fand die Gemeindeversammlung statt und als die Einladung kam, sahen wir, dass die Aufnahme meiner Freundin ins Schweizer Bürgerrecht auf der Traktandenliste stand. Wir freuten uns sehr.

Viele Nachbarn kamen mit zu der Versammlung, um uns zu unterstützen. Meine Freundin durfte als Gast dabei sein. Als es um ihren Antrag ging, wurde sie hinausgeschickt. Der Gemeinderat unterbreitete der Gemeinde das Gesuch und erzählte kurz das Wichtigste aus ihrem Lebenslauf. Dann kam die Abstimmung und sie wurde einstimmig ins Gemeindebürgerrecht aufgenommen. Der laute Applaus holte sie wieder in den Saal und sie bedankte sich beim Gemeinderat für die gute und effiziente Zusammenarbeit und bei den Mitbürgerinnen und Mitbürgern für die Aufnahme. Das wurde wiederum mit Applaus honoriert. Ich hatte noch bei keiner Einbürgerung erlebt, dass der neu Eingebürgerte sich bedankt hätte. Ich war sehr stolz auf meine tolle Freundin! Man merkte sofort, dass sie es gewohnt war, vor vielen Leuten zu reden und das imponierte doch sehr.

Jetzt mussten nur noch der Grosse Rat des Kantons Aargau und das Departement des Innern in Bern zustimmen, und sie würde den roten Pass mit dem weissen Kreuz beantragen dürfen.

Gesundheitlich war sie immer noch nicht auf der Höhe. Die psychischen Probleme hatte sie Gott sei Dank überwunden. Doch die Medikamente mussten immer wieder angepasst werden. Zeitweise schluckte sie 13 Tabletten im Tag. Dazu plagten sie immer wieder heftige Durchfälle mit Krämpfen, sie musste häufig erbrechen, hatte Kopf- und Rückenschmerzen und fühlte sich einfach nur matt und schwach. Sie hustete viel, konnte manchmal kaum einen Satz zu Ende sprechen und die körperliche Schwäche erlaubte ihr nur noch kurze Strecken zu gehen und das auch nur auf ebenem Terrain. Treppen konnte sie gar nicht mehr steigen, dazu fehlte ihr einfach die Kraft. Trotzdem glaubte sie immer noch, wieder arbeiten gehen zu können.

Doch die IV machte ihr einen Strich durch die Rechnung. Nach Ablauf des Jahres, das sie nun nicht arbeitsfähig war, kam automatisch das Aufnahmeformular in die IV-Rente, und sie sah endlich ein, dass sie ihre Arbeit wohl nicht mehr aufnehmen konnte.

Der Professor setzte sich sehr dafür ein, die neuen Medikamente für sie zu bekommen. Er stellte einen Antrag zur Kostenübernahme an die Krankenkasse. Ewig lange warteten wir auf Antwort. Endlich kam der Bescheid: Die Krankenkasse lehnte rundweg ab, es war einfach zu teuer. Die Behandlung kostete für 3 Monate bis 100 000 Franken. Also hiess es vorläufig, weiter mit den alten Medikamenten experimentieren.

Unser neuer Makler engagierte sich sehr für unsere Wohnung. Es gab auch Interessenten, es gab Wohnungsbesichtigungen, aber konkret wurde nichts.

Im Sommer war ich fleissig damit beschäftigt, den Garten in Ordnung zu halten, Rasen zu mähen, Büsche zu schneiden und Unkraut zu zupfen. Ich wollte ja, dass alles top aussah. Die Interessenten sollten ein gepflegtes Grundstück mit einer tollen Wohnung vorfinden und nicht eine verlassene Liegenschaft mit verwildertem Umschwung.

Es tat mir jetzt jedes Mal weh, wenn ich in den Schlossberg kam. Die Wohnung war so verlassen und irgendwie hatte ich das Gefühl, sie sei traurig. Ich redete sogar mit ihr und versprach ihr, dass sie bald neue Bewohner bekommen würde, die sie genau so gerne hätten wie wir. Dabei hätte auch ich Trost nötig gehabt. Meine so geliebte Wohnung wurde zum Ballast, zum Klotz am Bein. Es fiel mir jedes Mal schwerer, hinzugehen, je länger sich der Verkauf hinzog.

Nachts konnte ich kaum noch schlafen. Ich lag stundenlang wach, wälzte mich hin und her, rechnete rauf und runter, kam auf verrückte Ideen und verwarf sie wieder, ohne sie zu Ende zu denken. Zahlen ohne Ende beherrschten meine Gedanken. Bald war die nächste Rate fällig, und die war richtig hoch. Wie sollten wir die bezahlen? Ich konnte mir nicht vorstellen, die Wohnung auf Sylt schon wieder zu verlieren, bevor wir sie überhaupt richtig besessen hatten. Dieser Gedanke schnürte mir die Kehle zu und brachte mich oftmals zum Weinen. Ich konnte kaum mehr an andere Dinge denken, war entsprechend müde und oft gereizt.

Im Alltag funktionierten wir beide. Meine Freundin ging es etwas ruhiger an, aber auch sie machte sich natürlich ihre Gedanken. An guten Tagen fuhren wir auch mal nach Baden oder in die nähere Umgebung, um unsere Sorgen etwas zu vergessen. Wir besuchten die Emma-Kunz-Grotte, das ist ein Kraft-Ort in Würenlingen oder wir fuhren nach Stein am Rhein zur kleinen Kapelle, mitten im Rhein gelegen, auch das ist ein Kraft-Ort. Wir zündeten Kerzen an und baten um ein Wunder, um Hoffnung und Kraft.

Die Lösung kam wieder von unseren beiden Freundinnen. Sie liehen uns das Geld für die nächste Rate! Es konnte nicht wahr sein, wir waren beide einfach sprachlos. Einmal mehr retteten sie uns aus dem Dilemma. Es war einfach unglaublich, was diese zwei uns abnahmen. Wir waren unendlich dankbar. So hatten wir wieder etwas Luft und sparten eisern, wo wir konnten.

Eines Tages spazierte ich mit unserem Hündchen durch die Gemeinde. Da traf ich eine Nachbarin, auch mit Hund, die vor einigen Jahren im Schlossberg gewohnt hatte, dann aber ausgezogen war und die selber Maklerin ist. Sie erkundigte sich nach dem Stand der Dinge, denn mittlerweile wusste wohl fast jeder in der kleinen Gemeinde, dass wir verkaufen wollten. Ich erzählte ihr, dass es nicht so recht voranging und sie bot sich spontan an, uns zu helfen. Ich sollte mal unseren Makler fragen, ob er bereit wäre, sich mit ihr zusammenzutun, denn sie hatte im Moment einige Interessenten, die in dieser Gegend und in diesem Preissegment eine Wohnung suchten.

Unser Makler machte zwar nicht gerade Freudensprünge, aber er willigte schliesslich ein, und sie stellte uns 2 Adressen aus ihrem eigenen Portefeuille zur Verfügung. Dafür bekam sie von uns 1 % der Makler-Courtage. Das war wieder ein Betrag, der nicht eingerechnet war. Aber mittlerweile war mir das ziemlich egal, Hauptsache, es ging endlich vorwärts.

Die beiden Interessenten kamen und besichtigten die Wohnung. Die einen winkten ab, aber die anderen waren schwer begeistert. Nach weiteren Besichtigungen und Besprechungen, anfangs mit beiden Maklern, später nur noch mit unserem, wurde uns mitgeteilt, dass die beiden jüngeren Leute, die schon länger zusammenlebten, die Absicht hatten, unsere Wohnung zu kaufen.

Zwischenzeitlich versuchte der Professor, meine Freundin in einer Studie unterzubringen. Doch er musste erfahren, dass nur Probanden zugelassen waren, die keine Nebenerkrankungen hatten. Wieder hatte sich eine Hoffnung zerschlagen. Doch er liess nicht locker und suchte weiter.

Im September fuhren wir wieder nach Sylt. Und, man glaubt es kaum, wir konnten einen unterschriebenen Vorvertrag für die Schlossberg-Wohnung mitnehmen. Wir waren sehr erleichtert. Die Vertragsunterzeichnung war für den Oktober vorgesehen und dank der grossen Anzahlung, die uns dabei ausbezahlt wurde, konnten wir die nächste Rate auf Sylt endlich selber bezahlen.

So konnten wir dieses Mal unseren Urlaub wieder geniessen. Wir besichtigten natürlich sofort unser neues Domizil. Der Rohbau war weit fortgeschritten, die Arbeiter waren schon beim Dach angelangt. Unser Stockwerk war fertig und zusammen mit dem Architekten durften wir die Räume unserer Wohnung besichtigen. Es sah alles sehr gut aus und wir freuten uns sehr.

Wieder waren wir in Sachen Wohnungsbau unterwegs, diesmal auf dem Festland. Wir suchten den Maler auf, lasen ungiftige Farben aus und besprachen alle Details. Er freute sich, dass wir ihm weitgehend freie Hand liessen und ihm einfach nur vorgaben, eine helle Farbe mit der Küche abzustimmen und ansonsten in der ganzen Wohnung für die Wände die gleiche Farbe zu verwenden. Dann besuchten wir den Schreiner, der uns die Betten und die Schreibtische sowie die Schränke einbauen wollte und besprachen alles mit ihm. Auch das klappte prima. Es würde wunderschön werden.

Daneben waren wir wieder mehr mit Spazierengehen beschäftigt. Meiner Freundin ging es etwas besser, aber sie konnte nicht lange und nicht weit laufen. Das machte uns so weit nicht viel aus, wir konnten die Insel auch ganz entschleunigt geniessen und schlenderten bei ablandigem Wasser dem Ufersaum entlang oder sassen auf der Promenade.

Wieder daheim wurde im Oktober der Kaufvertrag der Schlossberg-Wohnung beim Notar unterschrieben. Endlich, die Erschütterung, die der Felsblock verursachte, der von uns abfiel, war bestimmt in der ganzen Schweiz zu spüren gewesen ...

Die Übergabe der Wohnung fand auf Wunsch des Käufers erst am 2. Januar 2015 statt. Nur ganz schwach streifte mich der Gedanke: Was wird, wenn den beiden jetzt etwas passiert in den nächsten Wochen? Wenn er, der 4/5 der Kaufsumme zahlte, verunglücken würde? Dann würde das ganze Elend von vorne beginnen! Doch dann verbannte ich diese Gedanken in die hintersten Winkel meines Gehirns und verbot ihnen, jemals wieder in Erscheinung zu treten.

Wir entsprachen dem Wunsch der netten Käufer gerne, und so feierten wir Weihnachten ganz entspannt, besuchten eine entzückende Weihnachtsaufführung der Kindergartenkinder in der Kirche und verbrachten Silvester mit unseren beiden Freundinnen und unseren Hunden mit Spielen und gutem Essen. Jedenfalls waren wir viel glücklicher als letztes Jahr. 14 lange Monate hatten wir gebangt und gehofft, waren enttäuscht worden, hatten gegen die Auswirkungen der Krankheiten meiner Freundin gekämpft und so viel Hilfsbereitschaft und Vertrauen von unseren neuen Freundinnen gewonnen. Seit langer, langer Zeit war ich mal wieder ruhig, zufrieden und ganz einfach glücklich.

Im Januar, gleich nach der problemlosen Übergabe der Wohnung, bestand die nächste Amtshandlung unsererseits darin, unseren Freundinnen sofort das geliehene Geld zurückzuzahlen. Wir hatten beide noch nie in unserem Leben solche Schulden gehabt und es erleichterte uns enorm, wieder alles in geregelten Bahnen zu wissen.

Der Verkauf der Wohnung plus Garage, plus Strafzinsen, plus 3 Makler brachte gerade so viel ein, dass es knapp für alles reichte. Die Grundstücksgewinnsteuer belief sich auf null. Unser Makler war mit der Abrechnung eben dieser Steuern beschäftigt und dann konnten wir unsere Zusammenarbeit in beidseitiger Zufriedenheit beenden.

Da die Viruslast im Blut meiner Freundin mittlerweile auf beängstigende 2,4 Mio. Viren angestiegen war, unternahm der Professor abermals einen Vorstoss bei der Krankenkasse für die Bewilligung der neuen Medikamente, die mittlerweile offiziell zugelassen waren. Doch nach Wochen bekamen wir den abschlägigen Bescheid mit der Begründung, dass nur Patienten mit Leberzirrhose die neuen Medikamente bekämen. Was war das für eine widersinnige Ansicht. Die Leber dieser Menschen war schon so kaputt, dass sie es wahrscheinlich sowieso nicht schaffen würden. Also wozu das Ganze?

»Jetzt werde ich noch dafür bestraft, dass ich immer auf meine Leber aufgepasst habe«, schimpfte meine Freundin.

Also wieder weitermachen mit den alten Medikamenten und abwarten, ob nicht doch noch eine Wende eintreten würde.

Da wir nun sicher waren, dass wir nach Sylt ausreisen wollten, fingen wir an, alles vorzubereiten. Es war unendlich viel zu tun. Zuallererst bestellten wir das Umzugsauto in Lörrach. Der Plan war, dass ein Nachbar von uns mit seinem Neffen unseren Hausrat nach Sylt fahren würde. Wir würden mit dem Autozug und unserem Auto nachkommen. Da der gemietete Sprinter in Deutschland zugelassen war, könnte er in Husum abgegeben werden und die beiden würden mit dem Zug in die Schweiz zurückfahren und sich so die lange Rückfahrt auf deutschen Autobahnen sparen.

Das Auto wurde im Januar auf Samstag, 13. Juni gebucht und wir holen auch gleich in Waldshut die 2 Billets für die Rückfahrt der beiden. Nach Erhalt der Bestätigung unserer Buchung wussten wir: Das war schon mal erledigt.

Als Nächstes kündigten wir unsere Wohnung auf den übernächsten offiziellen Kündigungstermin, das war der 1. Juli. Die Wohnung auf Sylt sollte auf Ende April fertig werden, doch wir wussten aus Erfahrung, dass es klüger war, eine gewisse Zeitspanne einzuplanen, da man nie sicher sein konnte, was gegen Ende der Bauzeit noch für Überraschungen auftraten.

Im Februar kümmerten wir uns sofort um die Steuererklärung. Wir konnten nämlich nicht ausreisen, ohne die gesamten Steuern für das Jahr 2015 zu bezahlen, auch wenn wir das halbe Jahr von Juli bis Dezember wieder zurückerhalten würden. Also verbrachten wir viel Zeit mit dem Zusammensuchen von Unterlagen und auf dem Steueramt in Widen.

Danach kümmerten wir uns um Versicherungen und um die Krankenkasse. Laut bilateralen Verträgen mit Deutschland waren wir verpflichtet, eine Krankenkasse in der Schweiz zu behalten und uns in Deutschland eine Partnerkasse zu suchen. Prämien bezahlten wir in der Schweiz, die deutsche Kasse würde unsere Rechnungen bezahlen und die Beträge von der Schweizer Kasse wieder zurückverlangen. Es war recht kompliziert und es dauerte eine Weile, bis alles korrekt war. Ich musste meine Kasse, in der ich seit Geburt war, kündigen, da die Auslandsprämien für die Grundversicherung derart hoch waren, dass ich mir die nicht leisten konnte. Ich suchte mir eine andere Kasse und die nahm mich problemlos auf.

Die Versicherungen waren kein Problem. Dieselbe Gesellschaft wie in der Schweiz gibt es auch in Deutschland und die würde alle unsere Versicherungen ab 1. Juli 2015 übernehmen. Die Agentur befindet sich sogar in unserer direkten Nachbarschaft auf Sylt.

Als Nächstes nahmen wir uns die Zollvorschriften vor. Wir fuhren nach Rheinfelden und erkundigten uns an der Grenze genau, was wir alles brauchten, um problemlos und schnell in Deutschland einreisen zu können. Der Zöllner händigte uns »eine Zollanmeldung für die Überführung von Übersiedlungsgut in den zollrechtlich freien Verkehr zur besonderen Verwendung« aus. Diese war in 3-facher Ausführung auszufüllen. Dann brauchten wir natürlich unsere Pässe, den Wohnungsnachweis in Deutschland, eine Abmeldebestätigung unserer Wohngemeinde Bellikon, Versicherungsnachweis für das Auto und für den Hund natürlich das Impfzeugnis. Auf den Arbeitsnachweis konnten wir verzichten, da wir beide in Rente sind. Mir wurde ganz schummrig, da kam noch einiges an Arbeit auf uns zu.

Zwischenzeitlich hatte unser Professor nochmals bei der Krankenkasse interveniert, um die neuen Medikamente doch noch zu bekommen. Wir warteten wochenlang auf Bescheid. Als der endlich eintraf, trauten wir unseren Augen nicht: Die Krankenkasse schlug eine konservative Therapie mit Interferon vor, obwohl der Arzt die ganze Krankengeschichte mit der fehlgeschlagenen Interferon-Therapie vom letzten Jahr beigelegt hatte!

Das machte ihn so wütend, dass er sich ans Telefon setzte und mit sehr klaren Worten seiner Forderung Nachdruck verlieh. Doch erst sein schriftlicher Hinweis auf die aktualisierte Leitlinie der Deutschen Fachgesellschaft (DGVS), die als mögliche Option die beiden neuen Medikamente bei Patienten mit Nebenerkrankungen vorsah, willigte die Krankenkasse in die Kostenübernahme ein. Endlich!

Zuerst war eine Unterdrückung des Immunsystems mit dem Medikament Myfortic zur Remissionsinduktion (= Verminderung der Antikörper) des Sjörgen-Syndroms geplant. Parallel dazu sollte die Therapie mit einer Kombination von Viekirax mit Exviera (= die beiden neuen Medikamente) begonnen werden.

Endlich hatten wir einen Schritt in die richtige Richtung getan. Mitte März holte ich in der Apotheke eine Schachtel Viekirax sowie eine Schachtel Exviera im Wert von 20 000 Franken pro Monat! Die Therapie sollte 3 Monate dauern. Wir schauten im Kalender nach und stellten fest dass meine Freundin die letzte Kapsel am Tag unserer Abreise, am 13. Juni, nehmen musste!! Es passte mal wieder grossartig!

Da uns niemand genau sagen konnte, wie sie auf die Medikamente reagieren würde und ob oder welche Nebenwirkungen auftreten konnten, waren wir sehr gespannt. Meine Freundin war zuversichtlich und am Sonntagmorgen schluckte sie die ersten zwei Kapseln Viekirax und eine Exviera (nüchtern) und am Abend nochmals eine Exviera. Die Dinger waren gross wie Maikäfer und durften weder pulverisiert noch zerkleinert werden. Ich hätte die nie schlucken können, aber meine Freundin schaffte das mal wieder mühelos. Ihre »Apotheke« bestand jetzt aus folgenden Medikamenten:

Pantoprazol Mepha 40
Viekirax
Exviera
Budenofalk 3 mg
Lisinopril Mepha 10
Calcimagon D3 Forte
Aldactone 25 mg
Zink Verla 20
Motilium 2 mg bei Bedarf
Buscopan 10 mg bei Bedarf

Das war eine ganz schön lange Liste und ihr Körper hatte einiges auszuhalten. Doch sie hielt sich sehr tapfer und nach 4 Wochen Therapie ergab die 1. Kontrolle beim Professor bereits deutlich gesunkene Werte in der Viruslast. Wir waren sehr froh, die ganze Mühe schien sich doch zu lohnen. Sie vertrug die neuen Medikamente gut, der Husten wurde weniger, sie konnte wieder besser essen und auch reden. Der Druck und die Enge in der Brust waren verschwunden.

2 Wochen später fuhren wir wieder nach Aarau zur Kontrolle. Zu unserer Freude war die Viruslast im Blut fast auf null gesunken! Wir freuten uns wie die Schneekönige, sollte sie wirklich geheilt werden? Der Professor war sehr zufrieden, dennoch musste die Therapie weitergeführt werden, um auch die hintersten und letzten Viren zu eliminieren.

Euphorisch kehrten wir auf den Parkplatz zu unserem Auto zurück. Ich packte gerade unseren Hund in seine Auto-Box, sie stand hinter dem Auto, doch als ich hochsah, war sie plötzlich verschwunden. Ich lief besorgt ums Auto herum und da lag sie am Boden. Sie blutete am Kopf und hatte aufgeschürfte Hände. Am linken Unterschenkel hatte sich blitzartig ein riesiges Hämatom gebildet.

Ich wollte ihr auf die Füsse helfen, schaffte es aber nicht allein. Ich bat eine zufällig vorbeikommende Passantin um Hilfe und gemeinsam setzten wir sie ins Auto.

»Was um alles in der Welt ist denn passiert«, fragte ich sie, immer noch geschockt.

»Ich weiss es nicht, ich glaube, ich bin irgendwie hängengeblieben«, meinte sie etwas unsicher.

Ich schaute sie zweifelnd an. Der Asphalt auf dem Parkplatz war glatt wie ein Baby-Popo. »Ich bringe dich gleich in die Notaufnahme. Die sollen dich untersuchen.«

Aber sie wehrte sich vehement.

»Nein das ist doch nicht der Rede wert. Mit tut nichts weh, lass uns nach Hause fahren«.

Mir war zwar nicht ganz wohl bei der Sache, aber wenn meine Freundin sich etwas in den Kopf gesetzt hatte, war sie erfahrungsgemäss schwerlich davon abzubringen. Also fuhr ich sie nach Hause und sie legte sich hin.

Der Bluterguss im linken Bein war enorm. Er verfärbte sich mit der Zeit dunkelblau bis violett und sah fürchterlich aus. Er bedeckte fast den ganzen Unterschenkel und in der Folge bekam sie auch dicke Füsse. Schmerzen hatte sie keine und wir konnten uns keinen rechten Reim darauf machen. Doch die Therapie konnte wenigstens ungehindert weitergeführt werden.

Wir begannen, von der Schweiz Abschied zu nehmen. Wir fuhren noch einmal ins Emmental, kauften bei »Kambly« in Trubschachen direkt ab Fabrik die letzten Plätzchen und zum letzten Mal »Zopf mit Hamme« oder bummelten etwas ausgiebiger durch Zürich oder Luzern.

Daneben schrieben wir Adressänderungen, Kündigungen, erledigten viel Papierkram und meine Freundin bekam den lang ersehnten roten Pass.

Wir konnten von unseren ehemaligen Nachbarn eine ganze Menge Umzugskartons »erben« und packten schon Dinge ein, die wir momentan nicht brauchten. Unsere »To-do-Liste« wurde immer kürzer und der Auszug rückte näher. Unsere Wohnung war an ein sehr nettes Ehepaar weitervermietet worden und wir unterteilten unsere Möbel wieder in: Mitnehmen, ins Ausland geben, in Bellikon verschenken oder unseren Nachfolgern überlassen.

Ab 1. März kam meine Freundin in Rente und wurde demzufolge aus ihrem Beruf als Lehrerin entlassen. Sie wollte sich noch von der Schulleitung verabschieden und sich ihr Arbeitszeugnis abholen. Von ihren Kollegen und Kolleginnen hatte sie sich schon früher mit selbst gebackenem Kuchen und einem Apéro verabschiedet.

Wir fuhren also wieder mal nach Aarau in die Schule, wo sie einen grossen Teil ihrer Tage der letzten 23 Jahren verbracht hatte. Allerdings verlief dieses Treffen ähnlich trist wie seinerzeit mein Abschied in der AZ. Sie bekam ein gutes Zeugnis überreicht, wir wurden höflich nach Zukunftsplänen gefragt, aber ein Dankeschön für die geleistete Arbeit lag anscheinend nicht drin. Nach 12 Minuten standen wir wieder vor dem Büro und sie war etwas bedrückt.

»Mach dir nichts draus«, versuchte ich sie zu trösten.

»Das kannst du jetzt alles definitiv hinter dir lassen. Du bist jetzt frei, genau so frei wie ich auch.«

Eines Nachts hörte ich im Traum meinen Namen rufen. Doch es war kein Traum, irgendwer rief mich. Ich tauchte langsam in der Wirklichkeit auf und realisierte erschrocken, dass meine Freundin mich rief. Ich stürzte aus meinem Zimmer, lief ins Wohnzimmer und fand sie dort am Boden, halb sitzend vor dem Sofa.

»Was ist denn los, was machst du da?«, fragte ich sie entgeistert.

Sie war im Bad gestürzt und anstatt mich gleich zu rufen, robbte sie erst ins Wohnzimmer und wollte sich am Sofa hochziehen, doch das schaffte sie nicht allein. Ich versuchte vergeblich, sie aufs Sofa zu setzen. Die geschwollenen Beine machten sie relativ unbeweglich und für mich war sie viel zu schwer.

»Klingle bei den Nachbarn«, bat sie mich. »Jemand hilft dir bestimmt.«

Das war mir äusserst unangenehm, es war 2.30 Uhr und alle schliefen. Doch ich machte mich auf die Socken und klingelte mit klopfendem Herzen an allen Wohnungen, doch niemand öffnete. Ich ging wieder in unsere Wohnung zurück und wir riefen unsere Freundinnen an und baten einmal mehr um ihre Hilfe. Auch das war mir äusserst unangenehm, wusste ich doch, dass sie sehr früh zur Arbeit mussten und ihren Schlaf dringend brauchten.

Zu dritt schafften wir es dann endlich, meine Freundin aufs Sofa zu hieven. Wir redeten noch eine Weile alle zusammen und rätselten über die Ursache dieses 2. Sturzes, ohne jedoch zu einem Resultat zu kommen. Auch die beiden waren über den Vorfall bestürzt. Aber wir waren übereinstimmend der Meinung, dass das eine Nebenerscheinung der Medikamente sein könnte.

»War dir schlecht oder schwindlig?«, wollte ich von ihr wissen.

»Nein, mir sind einfach die Beine weggeknickt, ich weiss auch nicht recht.«

Sie wirkte recht hilflos. Irgendwie kam sie mir komisch vor. Sie war eingetrübt und sehr reaktionsschwach. Unseren Freundinnen mussten wir versprechen, gleich am nächsten Tag zum Professor nach Aarau zu fahren, was wir natürlich auch taten.

Der war beunruhigt und da ihre Kalium-Werte ziemlich im Keller, die Füsse und Unterschenkel immer noch dick geschwollen waren und sie in einem unguten Allgemeinzustand war, behielt er sie zur näheren Abklärung in der Klinik.

Sie bekam ein schönes Einzelzimmer und wurde mit Wunschkost wieder aufgepäppelt. Schnell stellten sich die Erfolge ein. Sie wurde wieder klarer und erholte sich zusehends. Gott sei Dank konnte die aufwendige und teure Hepatitis-Therapie fortgesetzt werden. Wenn sie unterbrochen worden wäre, hätte sie keine Chance mehr gehabt, sie jemals wieder aufzunehmen. Als Nebenwirkung der Medikamente stellte der Arzt aber eine Polyneuropathie fest. Das erklärte ihren unsicheren Gang und den Kontrollverlust über die Beine.

Nach einer Woche durfte ich sie wieder abholen.

Noch 7 Wochen bis zur Abreise ...

Der Professor schärfte meiner Freundin ein, sich beim Gehen sehr zu konzentrieren und sich nicht ablenken zu lassen von irgendwelchen Vorgängen um sie herum. Da wir keinen weiteren Sturz riskieren wollten, waren wir sehr vorsichtig. Ich wollte nicht mehr, dass sie nachts alleine aus dem Bett stieg und so ging ich 1- bis 2-mal jede Nacht mit ihr zur Toilette. Tagsüber hielt sie sich an den Möbeln und den Wänden fest. Durch die ständige Unterbrechung meiner Nachtruhe war ich natürlich unausgeschlafen und hörte auch während des Schlafes immer mit einem Ohr auf ihre Stimme, um ihre Rufe ja nicht zu überhören.

Doch wir vertieften uns wieder in unsere Auswanderungsarbeiten. Es half ja nichts, wir hatten noch viel zu erledigen. Meine Freundin war für alle Aufgaben in Deutschland zuständig, ich übernahm dasselbe für alles, was die Schweiz betraf. So waren wir recht gut vorbereitet für unseren Auszug.

Die nächste Kontrolle in Aarau stand an. Die Therapie war fast beendet. Die Medikamente lösten mittlerweile bei meiner Freundin weitere Nebenwirkungen aus: Die Haut an den Armen wurde sehr, sehr dünn, fast pergamentartig und platzte bei der kleinsten Berührung. Ihre Haare fielen in Büscheln aus und am Körper schuppte sie sich wie eine Schlange. Das Ganze hatten wir damals auch bei mir erlebt, nur dass meine Haut nicht so dünn und verletzlich war. Aber durch ihre Gerinnungsstörung blutete sie natürlich viel schneller als andere und ich war gut beschäftigt mit Verbinden und Pflastern. Die Beine waren wieder dünner geworden, doch es plagten sie Rückenschmerzen und ich musste sie immer wieder mit Schmerzsalbe einreiben.

Wir waren also noch im Spital und da wir noch auf einige Ergebnisse der Untersuchung warten mussten, gingen wir in die Cafeteria und tranken ein Wasser. Arm in Arm liefen wir den Gang entlang und plötzlich lagen wir beide am Boden. Sie war wieder gefallen und hatte mich einfach mitgerissen. Ich hatte absolut keine Chance, den Sturz zu verhindern. Das ging so schnell und kam so unerwartet, dass mir keine Zeit für eine Reaktion blieb.

Sie blutete wieder an zwei Stellen an den Armen und wurde sofort ärztlich versorgt. Der Professor meldete sie unverzüglich bei einem Neurologen an, da er jetzt wissen wollte, was los war. Leider konnten wir diesen Termin nicht mehr wahrnehmen, da der betreffende Arzt in der uns verbleibenden Zeit bis zur Auswanderung ausgebucht war.

Noch 4 Wochen bis zur Abreise...

Ende Mai stand die Wohnungsabnahme auf Sylt an. Meine Freundin wollte alleine hinfahren. Da sie aber im Zug mittlerweile die Treppen nicht mehr schaffte, musste sie wohl fliegen. Ich hasse fliegen, ich wollte nicht fliegen, schon nicht wegen Harry und unseren Hund hätten wir auch mitschleppen müssen. Zudem hatte ich ein ungutes Gefühl im Bauch.

Sie hatte sich aber ihr Ticket im Reisebüro schon geholt und meinte, zuversichtlich wie immer, das würde sie schon schaffen.

»Sylt hat mir immer gutgetan. Du wirst sehen, es wird mir besser gehen. Und zudem sind es nur 4 Tage. Ich mache das schon.«

Als unsere Freundinnen von diesem Plan hörten, schüttelten sie nur den Kopf.

»Das kommt gar nicht in Frage. Eine von uns fliegt mit dir und passt auf, dass du nicht schon wieder auf die Nase fällst«, anerboten sie sich.

Genau so machten wir es: Eine flog mit nach Sylt und ich hütete zu Hause den Hund der beiden, damit die andere in Ruhe ihrer Arbeit nachgehen konnte.

Schon am ersten Tag kam eine SMS. Der Flug war gut verlaufen, meine Freundin wurde mit dem Rollstuhl zum Flieger gefahren und die Gangway hinaufgetragen. Es ging ihr so weit gut, sie war auch schon 250 m im Sand gelaufen und ihre Begleiterin passte fürsorglich auf sie auf.

Wow, ich war beeindruckt. Es erstaunte mich immer wieder, wie viel Kraft sie nach all diesen Monaten der Krankheit und der Therapie immer noch mobilisieren konnte, wenn es wirklich darauf ankam.

Nach 4 Tagen waren die beiden wieder da. Sie wirkten etwas erschöpft, aber sie konnten alles erledigen, was zu erledigen war: Der Telekom-Anschluss war angemeldet, die Tel.-Nr. ausgesucht, eine Waschmaschine wurde bestellt und ein Fernseher geordert.

Natürlich war die Wohnungsabnahme das Allerwichtigste und bei der Einladung unseres Bauherrn zum Nachtessen lernten sich die neuen Hausbewohner untereinander kennen. Es waren laut ihrem Bericht alles sehr nette Leute, mit denen wir bestimmt gut zurechtkommen würden. 3 Wohnungen waren dauerhaft bewohnt, eine war eine Zweitwohnung und 3 weitere würden an Feriengäste vermietet. Es war uns sehr recht, dass wir nicht die Einzigen waren, die ständig da wohnten.

Die einzig negative Nachricht war, dass unsere neu gekauften Sofas wohl doch nicht in die Wohnung passten, obwohl wir doch genau gemessen hatten. Sie meinte, es würde einfach zu gedrängt aussehen. Allerdings hatte sie auch schon 2 einzelne Stühle bestellt, die besser passen sollten. Nun, was soll's, dann mussten wir die extrem schweren Teile auch nicht mitschleppen.

Noch 14 Tage bis zur Abreise ...

Zur Sicherheit riefen wir nochmals die Firma an, bei der wir vor einem halben Jahr das Auto gemietet hatten, um mitzuteilen, dass wir am Freitag in 14 Tagen das Gefährt abholen wollten. Zu unserem Entsetzen bekamen wir den Bescheid, dass sie kein Auto hätten, auch kein anderes, kein grösseres oder kleineres, einfach keines, basta! Da half uns auch die Buchungsbestätigung nichts.

Na super, darauf hatten wir gerade noch gewartet. Doch unser Umzugs-Nachbar beruhigte uns und nahm die Sache in die Hand. 2 Tage später hatte er ein anderes Auto, allerdings aus der Schweiz, das er dann auch wieder dahin zurückfahren musste. Also kurzfristige Programmänderung: Er fuhr das Umzugsauto, sein Neffe unser Auto. Wir würden fliegen müssen.

Da wir die Bahntickets der beiden für die Rückfahrt ab Husum schon in der Tasche hatten, düsten wir blitzartig nach Waldshut, um sie zurückzugeben! Was nützte die ganze frühzeitige Planung und Organisation, wenn dann doch alles anders kam als gedacht. Na ja, »denke nie gedacht zu haben ...«

Meine Freundin hatte auf Sylt von unserer ehemaligen Vermieterin einen Rollator zur Verfügung gestellt bekommen. Sie hatte sich damit viel sicherer gefühlt und so holten wir auf den letzten Drücker für sie einen eigenen, eine Luxusausführung, mit dem sie die letzten Tage in der Schweiz gut zurechtkam. Wir nannten ihn liebevoll »Ferrari«.

Mittlerweile hatten wir unsere Steuern bezahlt und von der Gemeinde die Abmeldebestätigung erhalten. Die letzte Kontrolle in Aarau beim Professor verlief sehr gut. Die Hepatitis C war nicht mehr nachzuweisen und die Parameter des Sjörgen-Syndroms waren weiter gesunken. Es konnte aber noch 1 bis 2 Jahre dauern, bis sich Magen und Darm sowie die Speiseröhre erholten. Es konnte aber auch sein, dass die Beschwerden blieben. Die Zeit würde es zeigen, was möglich war. Die Unterschenkel waren noch geschwollen und die Haut an vielen Stellen aufgeplatzt, aber das würde mit der Zeit besser werden.

Noch 7 Tage bis zur Abreise ...

In der letzten Woche waren wir fleissig am Packen. Ausser 2 Bürostühlen und 2 Lampen kamen keine Möbel mit. Wir füllten 27 Kartons, 11 Schachteln und 3 grosse Taschen mit unseren Habseligkeiten und dokumentierten alles akribisch auf den Zollformularen.

Meine Freundin war gesundheitlich ziemlich angegriffen. Sie konnte wegen der Rückenschmerzen nicht mehr richtig liegen oder länger in der gleichen Position sitzen. Ich holte ihr vom Dorfschreiner noch ein Brett für ihr Bett, weil sie immer sagte, sie liege zu weich. Doch auch das half nicht wirklich. Am Schluss schlief sie öfters auf dem Sofa in halb sitzender Stellung.

Sie konnte auch nicht mehr alleine auf die Toilette, sie hatte die Kraft in den Beinen nicht mehr, um sich beim Aufstehen richtig abzustützen. Von einer Nachbarin erhielten wir eine Toiletten-Sitzerhöhung und damit ging es etwas besser, aber nur mit meiner Hilfe.

Eines Abends stellten wir fest, dass die Haut an ihren Beinen aufgeplatzt war und die Lymph-Flüssigkeit herausslief. Ich hängte mich ans Telefon und rief unseren Hausarzt an. Ich wollte wissen, ob das gefährlich sei. Aber er beruhigte mich und meinte, es würde ihr sogar Entlastung bringen.

Also band ich ihre Beine ein, aber nach 1 bis 2 Stunden war der Verband durchgenässt und unsere liebe Nachbarin brachte uns alte OP-Tücher, die sie noch von ihrer Zeit als OP-Schwester hatte, und wir wickelten die Beine ein. Als sie merkte, wie erschöpft und mutlos ich war, ging sie erst mit unserer Kleinen spazieren und setzte sich dann zu mir.

Ich weinte. Wie sollte ich meine Freundin in diesem Zustand nach Sylt bringen? Die Wohnung war weiter vermietet, wir waren abgemeldet, sozusagen heimatlos! Sollten wir dableiben? Sollte ich sie ins Spital bringen? Ich wusste wirklich nicht mehr, was ich tun sollte.

Noch 3 Tage bis zur Abreise...

Wieder erholte sie sich, das war mein Stehaufmännchen!

Am Freitag, 12. Juni, brachten die beiden Jungs den gemieteten Sprinter. Als ich ihn sah, bekam ich einen Riesenschreck. Da passten unsere Sachen doch gar nicht rein! Doch eine Stunde später was alles eingeladen und es passte fast alles, nur der Fernseher und ein paar Taschen mussten in unser Auto, aber es ging.

Ich war noch am Computer beschäftigt. Für den Zoll musste ich ein Formular ausfüllen. Im Normalfall hätte das meine Freundin gemacht, doch die war dazu momentan nicht in der Lage. Sie sollte sich ausruhen, damit sie die kommenden Tage gut überstand.

An ihren Computer ging ich sonst sowieso nie. Da waren so viele Unterlagen von der Schule und vom Kanton drin, dass ich mich immer davor fürchtete, mit einem falschen Knopfdruck alle Computer der Schule und die des ganzen Kantons zum Absturz zu bringen, oder aus Versehen lebenswichtige Dokumente zu löschen.

Widerwillig versuchte ich, mit dem störrischen Teil fertig zu werden. Da kam die Aufforderung im Display: Sie haben noch 17 Minuten Zeit! Das Ding machte mich wahnsinnig! Ich kam nicht weiter und nach 17 Minuten war mein Bildschirm wieder leer. Ich fluchte lauthals und alarmierte unsere Freundinnen. Die eine kam und half mir, es gelang ihr auch, das Formular auszufüllen, doch als sie es ausdrucken wollte, war das Papier alle und der Papiervorrat schon eingepackt! Mist aber auch! So düste sie nach Hause, holte Papier, druckte das Schriftstück aus und mit dem fertigen Ausdruck in der Hand beruhigten sich auch meine Nerven wieder.

Danach konnten auch Computer, Laptop und Drucker abgebaut werden. Auch sie wurden sorgfältig und bruchsicher eingepackt.

Dann kam unsere letzte Nacht in der Wohnung. Meiner Freundin ging es einigermassen gut und ich war ziemlich müde und erschöpft. Die letzten Wochen hatten viel Kraft gekostet, für meine Freundin natürlich noch viel mehr als für mich. Wir freuten uns auf unser neues Leben und wussten, dass wir genug Zeit für unsere Erholung haben würden.

Am Samstagmorgen kamen die Jungs mit dem Sprinter. Die letzten Sachen wie Bettzeug und Toiletten-Artikel wurden eingepackt und wir fuhren los nach Rheinfelden zum Zoll. Wir mussten beide dabei sein. Zuvorderst fuhr der Umzugswagen, dahinter der Neffe in unserem Auto und wir beide wurden mitsamt Hund von einem lieben Bekannten in seinem Privatauto gefahren. Treffpunkt war die Schweizer Seite am Zoll in Rheinfelden.

Am Zoll-Gebäude waren wir Gott sei Dank die Ersten. Meine Freundin blieb im Auto sitzen, die Jungs bewachten die Autos und ich ging mit den ganzen Papieren zum Schalter. Der freundliche Zöller sah sich alles genau an, fand sich aber offensichtlich nicht zurecht, denn er rief erst mal eine Mitarbeiterin. Die kam dann auch und meinte, es sei alles in Ordnung. Der Mann suchte einen anscheinend wichtigen Stempel, fand ihn aber nicht, dann wollte er etwas kopieren, kam aber mit dem Kopierer nicht zurecht. Nervös lief er hin und her, verschwand für kurze Zeit, tauchte wieder auf und wirkte sehr unsicher. Das Ganze dauerte immer länger.

Mittlerweile bildete sich hinter mir eine längere Menschenschlange. Ein Chauffeur meinte ungeduldig:

»Dauert das hier noch lange, draussen in meinem Car warten 20 Leute auf die Weiterfahrt!«

Ich entschuldigte mich, obwohl ich nicht für die lange Wartezeit verantwortlich war. Endlich hatte der Zöllner alle Stempel gefunden und ich bezahlte die Einfuhrsteuer für unser Auto. Das Formular, das mir gestern das Leben so schwer gemachte, zerriss er und sagte, das brauche er nicht!

Ich knurrte innerlich. Ich hätte mir den ganzen Frust sparen können! Doch es erging mir nochmals genauso wie damals mit diesem blöden zweiten Garagenplatz im Schlossberg: Unser Käufer brauchte ihn nämlich schlussendlich auch nicht und vermietete ihn ... Alle Aufregung für die Katz ...

Nach einer guten halben Stunde wurde ich entlassen. Der Mann hatte weder unsere Pässe kontrolliert, noch nach dem Hund gefragt oder sich auch nur unser Umzugsgut angesehen! Nun, mir konnte es recht sein, aber ich war doch einigermassen erstaunt, dachte ich mir doch, dass er zumindest ein paar Stichproben von unseren Sachen machen würde. Anscheinend genügten ihm meine penibel ausgefüllte Liste und meine vertrauenerweckenden grünen Augen.

Die Jungs konnten also mit den beiden Autos losfahren, Richtung Hamburg. Wir würden morgen mit der Air Berlin folgen. Treffpunkt war der Flughafen Westerland auf Sylt. Ich konnte es kaum glauben.

Wir aber fuhren erstmals wieder zurück, und zwar nach Baden, wo wir in einem Hotel für eine Nacht ein Doppelzimmer gemietet hatten. Meine Freundin legte sich gleich ins Bett. Sie war sehr müde. Die Autofahrt hatte sie sehr angestrengt.

Ich musste noch mal zurück in die alte Wohnung, galt es doch, die letzten Dinge aufzuräumen, mitzunehmen oder wegzuschmeissen. Dann musste noch die Verteilung der Schlüssel vorgenommen werden, denn das Putzinstitut musste noch kommen, unsere Freundinnen bekamen einen, weil sie für uns die Abnahme übernehmen würden und auch die Jungs, die jetzt unterwegs waren mit unseren Habseligkeiten, mussten nach ihrer Rückkehr nochmals in die Wohnung, um die geschenkten Möbel abzuholen.

Daneben wollte ich mich noch von ein paar Nachbarn im Dorf verabschieden. In den letzten Wochen hatten wir schon alle Menschen, die uns nahestehen, eingeladen und uns bei Kaffee und Kuchen ausgiebig von ihnen verabschiedet. Auch den Lohn für die Hilfe der Jungs musste ich noch der Frau unseres Fahrers bringen.

Wie in Trance ging ich noch einmal durch die Wohnung, von Zimmer zu Zimmer. Was hatten wir in diesen letzten Monaten alles darin erlebt: Freude und Trauer, Frust und Tränen, Enttäuschungen und Lösungen. Wir waren glücklich und traurig, und jetzt war dieses Kapitel vorbei. Wenn die Sorge um die Gesundheit meiner Freundin nicht gewesen wäre, hätte ich wahrscheinlich vor Freude getanzt und gejauchzt, nein, dann hätten wir das zusammen tun können!

Ich beeilte mich, mit meinen Aufgaben fertig zu werden, um wieder nach Baden zurückzukehren. Ich wollte meine Freundin nicht zu lange warten lassen, wusste ich doch, dass sie nicht in der Lage war, allein aufzustehen.

Schon im Laufe des Nachmittags erreichte uns eine SMS der Jungs: Alles ging gut, sie waren bereits hinter Hamburg. Wir waren erleichtert.

Nach einem Spaziergang mit unserem Hund an der Limmat in Baden besuchten uns am Abend ehemalige Nachbarn von Berikon. Wir sassen zusammen im Zimmer und plauderten von der Vergangenheit und spekulierten über die Zukunft. Meine Freundin lag im Bett und schluckte, begleitet von unserem Applaus, ihre letzte Kapsel Exviera. Die Therapie war beendet ... Sie hatte die Heilung gebracht und mit den Nebenwirkungen würden wir mit der Zeit auch noch fertig werden. Auf Sylt hatten wir alle Zeit der Welt dazu.

Nach einer unruhigen Nacht erwarteten wir am Sonntagmorgen unsere Freundinnen zum gemeinsamen Frühstück. Sie wollten uns auf den Flughafen nach Kloten fahren. Die Stimmung war gedrückt, irgendwie unwirklich. Wir fuhren beizeiten los, um rechtzeitig da zu sein.

Ich war sehr nervös. Ich wollte immer noch nicht fliegen, doch ich wusste, dass mir nichts anderes übrig blieb. Seit Jahren war ich nicht mehr auf einem Flughafen gewesen und die vielen Leute machten mir Angst. Dazu meldete sich wieder das ungute Gefühl in meinem Bauch.

Nach dem Einchecken verabschiedeten wir uns tränenreich von unseren Freundinnen. Wir würden sie in unserem neuen Leben vermissen. Dann begann das lange Warten auf den Abflug. Wir hatten wieder eine Begleitung mit Rollstuhl bestellt. Doch zur verabredeten Zeit kam niemand und meine Freundin drängte mich, telefonisch nachzufragen, ob man uns vergessen hätte. Das war nun wieder so eine Übung, die mir so gar nicht behagte. Doch ich überwand mich widerwillig und man versicherte mir, dass gleich jemand kommen würde.

Endlich kam ein freundlicher Mann, setzte meine Freundin in den Rollstuhl, ich packte Hund und Rucksack und wir gingen zum Zoll. Wir wurden gecheckt und der Rucksack fuhr durch den Röntgenapparat. Mittlerweile waren wir sehr knapp in der Zeit, doch das interessierte die Maschine nicht und sie begann zu piepsen, als unser Rucksack hindurchfuhr. Die Mitarbeiterin des Zolls sah mich streng an:

»Haben Sie etwas Flüssiges da drin?«, fragte sie mich.

»Nein«, bestimmt nicht, versicherte ich ihr. Wir hatten sehr genau darauf geachtet, nichts Flüssiges einzupacken.

Sie begann, den Rucksack auszupacken. Unser Begleiter sah demonstrativ auf die Uhr. Ich wurde immer nervöser. Dann schickte sie das Gepäckstück nochmals durch die Maschine, wieder piepste diese. Wiederum wühlte sie in unserem Handgepäck herum, und ganz zuunterst fand sie eine Tube mit Waschmittel, die sie sogleich konfiszierte. Nochmals fuhr der Rucksack durch den Apparat und diesmal blieb er still. Na also.

Ich durfte in aller Eile die Sachen wieder alle einpacken, kriegte das aber nicht so toll hin wie meine Freundin und hastete eilig dem Rollstuhl hinterher. Mit einer grossen Hebebühne wurden wir sodann aufs Rollfeld gefahren und durften als Erste in die bereitstehende Maschine einsteigen. Meine Freundin wurde getragen, der Hund war in seiner Box und wir nahmen unsere Plätze ein. Blöderweise hatten wir Tickets in unterschiedlichen Sitzreihen und ich sah mich immer wieder nach meiner Freundin um, die völlig erschöpft und mit geschlossenen Augen hinter mir sass.

Endlich rollte die alte Propeller-Maschine an und hob ab. Sie machte einen Höllenlärm. Gott sei Dank ist unsere kleine Hündin so stabil, dass ihr auch das absolut nichts ausmachte. Sie lag ganz ruhig in ihrer Box und verschlief die ganze Aufregung. Mir aber dröhnten die Ohren.

Meine Freundin hinter mir schien auch zu schlafen. Ich sah, wie kaputt sie war und machte mir grosse Vorwürfe. War es wirklich richtig, sie unter Mobilisierung ihrer allerletzten Kräfte nach Sylt zu schleifen? Ich hatte mir diese Reise so ganz anders vorgestellt. Eigentlich wollte ich vor Freude zerspringen. Wir hatten Pläne gemacht, was wir zuerst unternehmen und wo wir unsere Ankunft und den Beginn unseres neuen Lebens auf Sylt feiern wollten. Jetzt war alles so ganz anders und mein komisches Gefühl im Bauch wollte auch nicht besser werden.

Nach knapp 2 Stunden setzte der Pilot zur Landung an. Es waren ein paar harmlose Wolken unterwegs, aber kein Wind. Irgendwie kam es mir vor, als würde die Maschine wie ein Helikopter landen, sie fiel in einem recht steilen Winkel sehr schnell nach unten. Es gab einen gewaltigen Ruck, hinten im Flugzeug schrie jemand auf, und wir wurden kräftig durchgerüttelt. Dann hatten wir Bodenkontakt und rollten aus.

Wir stiegen als Letzte aus. Wieder wurde meine Freundin rausgetragen und der nette Sanitäter brachte uns direkt zum Auto, ohne Zollkontrolle. Auf der Terrasse winkten unsere Jungs und begrüssten uns. Eben hatte es zu nieseln begonnen.

»Was war das denn für eine komische Landung?«, fragten sie uns.

»Jedenfalls war sie sehr hart«, meinte ich und sie erzählten uns, dass einige Zuschauer meinten, so etwas hätten sie noch nie gesehen. Hatte mein komisches Gefühl im Bauch doch seine Berechtigung gehabt?

Obwohl meine Freundin sehr müde war, bestand sie darauf, dass wir mit den Jungs nach List zum Abendessen fuhren. Im »Königshafen« assen wir zu Abend und die beiden Männer berichteten von ihrer Fahrt, die zu ihrer Zufriedenheit und ohne Pannen oder unliebsame Zwischenfälle verlaufen war. Sie mussten noch nicht mal im Stau stehen.

Und das ist für die Strecke zwischen Hamburg und Niebüll schon eine kleinere Sensation.

Danach fuhren wir nach Westerland ins Haus »Ankerlicht« wo wir je ein Appartement für die Jungs und eines für uns gemietet hatten. Wir waren alle müde und gingen früh zu Bett.

Nach einigen Stunden rief mich meine Freundin und ich ging mir ihr zur Toilette. Danach legten wir uns wieder hin, aber ich konnte nicht mehr einschlafen. Gegen Morgen rief sie mich erneut und ich wollte ihr wie immer aus dem Bett helfen. Doch es gelang mir nicht, sie aufzunehmen. Auch mithilfe von einem unserer beiden Männer, den ich aus dem Bett geholt hatte, war nichts zu machen. Sie hatte heftige Schmerzen im Rücken und wir konnten sie nicht anfassen, ohne dass sie geschrien hätte.

Da beschloss ich, die Rettung zu rufen. Es dauerte eine ganze Weile, bis ich mit meinem Schweizer Handy die richtige Nummer hatte. Das war nicht die 144 wie in der Schweiz, sondern die 112, und das erst noch mit deutscher Vorwahl 0049.

Der Gesprächspartner am anderen Ende der Leitung war extrem nett, fragte nach der Adresse und versicherte mir, dass er sogleich einen Rettungswagen schicken würde. Da das DRK (= Deutsches Rotes Kreuz) nur zwei Strassen weiter stationiert ist, dauerte es keine 5 Minuten, bis der Rettungswagen eintraf.

Kurz danach kamen 2 Sanitäter mit einer Trage und ein Arzt und sie kümmerten sich um meine Freundin, die wahnsinnige Rückenschmerzen hatte. Sie setzten eine Infusion und legten sie sorgfältig auf die Schaufeltrage. Sie stöhnte bei der Lagerung. Sie bekam eine Schmerzspritze und ich suchte eiligst ihre Krankenkassenkarte, die ID und ihre Medikamenten-Liste zusammen.

Am ersten Tag unseres neuen Lebens kam meine Freundin morgens um 5.30 Uhr in die Asklepios-Klinik in Westerland!

Stunde null!

Weder die Jungs noch ich konnten jetzt schlafen. Die beiden wollten sowieso so bald als möglich die Heimfahrt antreten. Also räumten wir unsere Zimmer auf und begaben uns in »Michel's Backhüs« zum Frühstück. Ich war wie gelähmt und trank nur eine heisse Schokolade.

Dann gingen wir zu unserer neuen Wohnung. Eigentlich wollten meine Freundin und ich sie das erste Mal gemeinsam betreten. Das konnte ich jetzt knicken. Ich schloss auf. Die Kartons waren in den Zimmern verteilt, es war ja alles beschriftet und die Jungs hatten toll gearbeitet. Auch hatten sie den neuen Esstisch zusammengebaut, den wir noch original verpackt mitgenommen hatten. Jetzt musste noch ein Spiegel montiert, und die Winterreifen von unserem Auto zu »Rosier« nach Tinnum zur Einlagerung gebracht werden. Dann konnten unsere lieben Helfer wieder Richtung Süden starten.

Wir trennten uns und irgendwie hatte ich das Gefühl, damit die letzte Verbindung zur Schweiz durchtrennt zu haben. Ich bedankte mich bei ihnen herzlich, denn ich war sehr froh über ihren Beistand in den letzten paar Stunden.

Nochmals ging ich in die Wohnung, um unsere Kleine in ihrer Box zu versorgen, denn in die Klinik konnte ich sie ja schlecht mitnehmen. Sie sah mich mit grossen Augen an, verzog sich aber ohne einen Mucks und fügte sich in ihr Schicksal, als wüsste sie, was los war.

Ich setzte mich ins Auto, brachte erst die Schlüssel der beiden Appartements im »Ankerlicht« zu unserer Vermieterin und fuhr dann in die Klinik.

Das Gebäude, ein ehemaliger Fliegerhorst aus den 1930er Jahren, machte auf mich nicht einen besonders vertrauenerweckenden Eindruck. Ich musste mich durchfragen und das war nicht ganz einfach, weil kaum Personal zu sehen war. Doch endlich nannte man mir die richtige Station und ich bekam ihre Zimmer-Nummer.

Ich fand meine Freundin in einem 2-Bett-Zimmer am Fenster.

»Und, wie geht es dir? Was machen die Schmerzen? Was hast du überhaupt?«, überfiel ich sie mit Fragen.

Sie erzählte:

Im Notfall wurden Röntgenbilder und ein MRT gemacht sowie Blut abgezapft. Die Diagnose lautete: Wirbelkörperkompressionsfraktur, d. h. der 12. Brustwirbel und der 1. Lendenwirbel waren komplett in sich gestaucht und Lendenwirbel 2, 3 und 4 hatten Sinterungs-Frakturen, d. h., die oberen und unteren Wirbelkörper waren eingedrückt. Dazu stellte man eine beginnende Lungenentzündung fest. Auch wurde eine fortgeschrittene Osteoporose diagnostiziert, die anscheinend die Brüche der Wirbel begünstigt hatte.

Da lag sie nun im Bett und bekam Sauerstoff und eine Infusion mit Novalgin. Sie durfte sich nicht bewegen, da erst die Auswertung der MRT-Bilder, die nach Flensburg geschickt worden waren, abgewartet werden musste. Sollten die Nerven betroffen sein, drohte eine Querschnittlähmung.

Mir blieb bei diesem Bescheid fast das Herz stehen. Hatte sie jetzt wirklich all die Monate gekämpft und endlich die Hepatitis besiegt, damit sie jetzt im Rollstuhl landete? Warum musste dieser Pilot sein Flugzeug so heftig und unprofessionell landen? Wären wir doch bloss nicht geflogen! Vielleicht hätten wir doch warten sollen, bis es ihr besser ging, um dann mit dem Zug zu fahren! Aber es war jetzt müssig, über 1000 Wenn und Aber nachzudenken. Es war passiert und wir mussten damit fertig werden.

Ich blieb noch eine Weile bei ihr sitzen und wir sprachen uns gegenseitig Mut zu. Da mittags unsere neue Wohnwand, Matratzen und Bettroste sowie die 4 Esszimmer-Stühle geliefert und montiert werden sollten, musste ich sie leider allein lassen, so gerne ich noch bei ihr bleiben wollte.

Daheim blinkte mein Handy. Die SMS liess mich wissen, dass die Jungs gut nach Hause gekommen waren und auch schon das Auto zurückgebracht hatten. Wenigstens da war alles in Ordnung.

Pünktlich kamen die bestellen Waren an und die Männer begannen mit der Montage. Ich fing an, die ersten Kartons auszupacken. Ich räumte die Küche ein und dachte dabei ständig an meine Freundin, sie hatte sich so auf diese Arbeit gefreut.

Am Abend waren die Wohnwand und der Geschirrschrank aufgestellt. Die netten Männer nahmen auch meine schon ausgepackten leeren Kartons mit und so sah es schon etwas besser aus. Nur die immer noch stattliche Anzahl Kartons sowie die Taschen störten das

Ambiente. Aber ich hatte keine Lust mehr, weiter auszupacken und so ging ich nochmals in die Klinik zu meiner Freundin. Sie fühlte sich müde und war unter dem Einfluss der starken Schmerzmittel etwas verwirrt.

Wieder daheim setzte ich mich ans Handy und informierte unsere Freundinnen in der Schweiz über die neusten Ereignisse. Sie waren sehr erschrocken und sprachen mir Mut zu. Es tat mir gut, nach all den Aufregungen mit ihnen zu sprechen. Ich versprach ihnen, mich wieder zu melden, um Bericht zu erstatten.

Später spazierte ich mit unserem Hund auf der Promenade entlang des Weststrandes. Es war kurz nach 22 Uhr und begann langsam zu dämmern. Ich fühlte mich so einsam unter all den anderen Leuten, die lachend und schwatzend an mir vorbei flanierten. Vor einigen Jahren hatte ich mal geträumt, ich wäre auf Sylt, aber nicht so fröhlich wie sonst, sondern traurig und niedergeschlagen. Ich war ganz erschrocken aufgewacht und konnte mir gar nicht vorstellen, wie und warum ich auf Sylt so traurig sein konnte. Damals kam mir das so unwirklich vor. Doch genau so fühlte ich mich jetzt. Ich hörte nicht die Möwen, ich sah nicht das Meer, ich fühlte nicht den Sand unter den Füssen und den Wind im Gesicht. Ich war wie hinter Glas und vermisste meine Freundin ganz schrecklich.

Ich sagte früher mal zu ihr, dass ich es nicht aushalten würde, auf Sylt allein zu sein, denn die Schönheit der Insel ist für mich allein einfach zu viel. Ich musste diese gewaltige Natur zu zweit erleben, ich musste sie teilen können mit jemandem, der genauso empfand.

Ich setzte mich vor der »Badezeit« auf die Mauer. Unsere Kleine schaute mich mit grossen Augen an. Auch sie vermisste ihr zweites Frauchen. Ich kraulte ihr weiches Fell und wurde langsam ruhiger. Wir würden auch diese Hürde meistern, egal was kommen würde.

Die erste Nacht im neuen Heim war kurz. Ich verbrachte sie im Bett meiner Freundin, da der Schreiner mein Eigenes zu schmal gebaut hatte und deshalb die eben gelieferte Matratze nicht rein passte. Auch mein Schreibtisch war viel zu klein und so rief ich ihn gleich an und bat um Abhilfe. Er versprach, in den nächsten Tagen vorbeizukommen.

Nach dem Morgenspaziergang mit unserer Kleinen fuhr ich in die Klinik. Meine Freundin hatte die Nacht gut verbracht, klagte aber über starke Schmerzen, trotz MST (= Morphin-Steroide-Therapie). Von Flensburg waren noch keine neuen Nachrichten gekommen und so hiess es weiterhin, abwarten und nicht bewegen.

Am Nachmittag widmete ich mich wieder dem Chaos in unserem neuen Heim. Ich wusste gar nicht, wo ich anfangen sollte. Die Schränke konnte ich noch nicht einräumen, da fehlte noch einiges, meine Schreibsachen hatten noch keinen Platz, im Abstellraum gab es noch keine Tablare und ein Badezimmerschrank, der im Bad dummerweise nicht verwendet werden konnte, musste ungeplant nun im Abstellraum platziert werden, doch das Ding war zu schwer für mich. An allen Ecken konnte ich ein bisschen was machen, aber nicht richtig zu Ende bringen, und das frustrierte mich sehr. Ich hasse Unordnung!

Vor allem aber nervte mich der momentane Poststreik. Ich war von allem abgeschnitten. Ich hatte kein Telefon, weil der Haus-Anschluss noch nicht gelegt war, alles musste ich mit meinem vorsintflutlichen Nokia-Handy (von Deutschland über die Schweiz und wieder zurück, was sehr teuer war) erledigen. In der Wohnung waren Computer, Laptop, Radio und Fernsehen noch nicht angeschlossen, mit Mails schreiben war also auch nichts.

Als ich am nächsten Tag in die Klinik kam, wurde ich in die Verwaltung gerufen. Eine Mitarbeiterin hatte sich mit der Schweizer Krankenkasse in Verbindung gesetzt wegen der Kosten und die behaupteten, dass meine Freundin gar nicht bei ihnen versichert sei! Ich war sprachlos. Grad eben hatte diese Kasse ihr eine 60.000-fränkige Therapie bezahlt und behauptete jetzt, sie würden meine Freundin gar nicht kennen? Das war ja wohl nicht wahr! Ich versicherte der Sekretärin, dass es sich um ein absolutes Missverständnis handeln würde, denn sie wäre schon seit vielen Jahren dort versichert.

Meine Freundin bat mich dann, ihr die Unterlagen zu bringen. Sie selbst wollte am Hauptsitz in Luzern sowie in der Filiale in Aarau anrufen, um die Sache zu klären, obwohl sie sich wegen der starken Medikamente schlecht konzentrieren konnte.

Ja, Unterlagen bringen, das war wohl schnell gesagt. Aber wo sollte ich die Dinger finden? Sie befanden sich in irgendeinem Karton, der in ihrem Zimmer darauf wartete, von ihr ausgepackt zu werden. Ich machte mich also auf die Suche und nach einiger Zeit wurde ich fündig. Ich fand etliche Ordner, aber keiner war angeschrieben. Ich blätterte sie durch, aber die Logik ihres Ablagesystems erschloss sich mir nicht richtig und so nahm ich einfach mal alles mit, was mir wichtig erschien.

Ausserdem suchte ich verzweifelt ihr Handy-Ladekabel. Ich hatte das Teil irgendwo gesehen, konnte es aber trotz intensiver Suche nicht finden. So kaufte ich ihr bei »H. B. Jensen« ein neues. Die ganze Sucherei kostete aber viel Zeit und machte mich nervös. Zudem kamen ständig irgendwelche Handwerker, die noch etwas fertig machen mussten. Ich hatte das Gefühl, ich käme nicht vom Fleck und drehte mich im Kreise.

Da ausserdem unsere Aussenanlage noch lange nicht fertig war, musste ich das Auto auf einem öffentlichen Parkplatz abstellen, was mich jede Menge Kleingeld kostete. Wenn ich ins Haus wollte, musste ich über einen hohen Absatz ins Treppenhaus klettern, draussen war überall Dreck und Matsch und überhaupt ... ja, meine Nerven flatterten zeitweise ganz schön!

Es dauerte einige Tage, einige Faxe und Telefonate, bis die Krankenkasse endlich einsah, dass meine Freundin wohl doch bei ihr versichert war. Dass wir in dieser Zeit als Selbstzahler galten, war unserem Ruf in der Klinik auch nicht gerade zuträglich.

Als das endlich geklärt war, beschloss ich, eine Liste zu machen, um nach und nach alles zu erledigen, was noch zu tun war. Viel Zeit verbrachte ich natürlich in der Klinik am Bett meiner Freundin oder auf Gassi-Runden mit unserer Kleinen. Die musste so viel alleine in der ihr noch fremden Wohnung bleiben. Aber sie beklagte sich nie, nahm alles gelassen hin und freute sich sehr, wenn ich endlich wieder auftauchte. Sie ist so ein toller Hund!

Als Erstes wollte ich uns anmelden. Doch da tauchte schon das erste Hindernis auf: Ich brauchte ein biometrisches Foto und meine Freundin konnte ich sowieso nicht anmelden, die musste da persönlich erscheinen, was ja im Moment wohl nicht möglich war. Also suchte ich ein Fotogeschäft und dackelte mit dem Foto und dem Pass wieder auf die Gemeinde-Stelle. Gleichzeitig konnte ich den Hund anmelden und ihre Sylter Steuermarke beziehen. Na ja, wenigstens etwas.

Dann nahm ich mir die Versicherungen vor. In der Agentur schloss ich die notwendigen Verträge ab, was dank des netten Filial-Leiters, den wir schon vorher kontaktiert hatten, reibungslos über die Bühne ging.

Als Nächstes wollte ich unser Auto ummelden, vernahm aber, dass das nur in Niebüll, auf dem Festland, möglich war. Ich traute mich nicht, allein mit dem Sylt-Shuttle zu fahren. Doch der Versicherungs-Mensch gab mir den Tipp, ich solle mich bei der Renault-Vertretung Nielsen melden, die würden das auch übernehmen.

Zwischen 2 Krankenbesuchen ging ich da hin und trug mein Anliegen vor. Langsam wurde ich etwas mutiger im Umgang mit fremden Leuten. Die nette Dame am Schalter zählte auf, was sie brauchte: die Auto-Versicherung, einen Abgastest, ein Attest vom TÜV und natürlich die Auto-Papiere. Uff! Abgastest und TÜV kosteten mich wieder einen halben Tag, die Versicherung wenigstens hatte ich ja eben abgeschlossen.

Mit den nötigen Papieren wurde ich wieder vorstellig und ich durfte mir eine Wunsch-Nr. aussuchen. Die Schweizer-Nummer musste samt Fahrzeugausweis in die Schweiz aufs Strassenverkehrsamt zurückgeschickt werden. Mir wurde versichert, dass alles erledigt würde. So konnte ich unser Auto am nächsten Tag hinbringen und am übernächsten um 15 Uhr wieder abholen. Es kam mir ein wenig fremd vor mit der neuen NF-Nummer. Die autofahrenden Insulaner sind aber seitdem sehr viel höflicher zu mir als zuvor, als ich mit meiner Schweizer-Nummer sofort als Ausländer erkennbar war!

Ich fuhr an diesem Tag mit dem Taxi in die Klinik. Endlich kam auch Bescheid aus Flensburg. Sie gaben Entwarnung: Die Nerven waren Gott sei Dank nicht betroffen! Wir waren sehr froh und erleichtert. Doch jetzt musste sich meine Freundin bewegen, und das war nach 3 Tagen absoluter Ruhe gar nicht so einfach. Dazu kam natürlich, dass die Polyneuropathie nicht einfach verschwunden war. Sie war darauf angewiesen, dass sie fachmännisch aus dem Bett genommen wurde. Doch es herrschte Mangel an Pflegekräften und es waren Praktikanten oder ungelerntes Personal, die sie manchmal unwissend und ungeschickt behandelten.

Sie wehrte sich gegen diese Behandlung und erlangte so bald den Ruf einer schwierigen Patientin. Wir versuchten immer wieder zu erklären, dass sie mit ihrer Pergamenthaut und den geschwollenen Beinen unter den Nebenwirkungen einer schweren Hepatitis-Therapie litt und durch die Neuropathie ihre Beine nicht richtig einsetzen konnte, doch irgendwie wurde das nicht richtig wahrgenommen, auch nicht von den Ärzten.

Das Ganze gipfelte darin, dass eine ungelernte Kraft sie einfach auf dem Bettrand sitzen liess und sie anfauchte, sie solle selber sehen, wie sie zurechtkomme. Und das nur, weil meine Freundin sie gebeten hatte, sie nicht so schnell hochzuziehen und sie nicht so unsanft anzufassen. Wenn ihre Bettnachbarin sie nicht liebevoll hingelegt hätte, wer weiss, was passiert wäre. Es bestand immer noch die Möglichkeit, dass bei unsachgemässer Behandlung Folgeschäden auftreten könnten. Und das verursachte bei uns beiden Ängste.

Am liebsten liess sie sich immer noch von mir helfen. Langsam hatte ich genug Erfahrung und wusste genau, wie ich sie anzufassen hatte. Ich versuchte, es einzurichten, dass ich beim Waschen oder bei den Toilettengängen dabei sein konnte. Sie hatte da so einen uralten Toilettenstuhl, der fast auseinanderfiel, weil eine wichtige Schraube an der Armlehne fehlte. Wenn sie sich beim Aufstehen darauf stützen musste, konnte es passieren, dass die Lehne einfach wegknickte und sie dabei fast zu Fall brachte. Davor fürchtete sie sich sehr. Dazu hatte sie einfach immer noch kein Vertrauen zu ihrem Körper, vor allem zu ihren Beinen. Endlich bekam sie aber wenigstens Physio-Therapie, und diese Frau war wirklich spitze.

Das Essen war auch nicht gerade berühmt. Morgens und abends gab es immer das Gleiche: eine Scheibe Brot, eine Scheibe Wurst und Käse, am Morgen eine Milchsuppe und am Abend eine steinharte eiskalte Birne. Meine Freundin hatte darum gebeten, Schonkost zu bekommen, da Magen und Darm noch sehr empfindlich waren und sie eigentlich auch keinen grossen Appetit hatte. Von da an bekam sie das Essen püriert und daran konnte bis zu ihrem Austritt nichts geändert werden, trotz mehrmaliger Intervention unsererseits.

Ich wunderte mich sehr, dass es keine knusprigen Brötchen gab, kein frisches Gemüse oder Obst, aber die Erklärung war wohl die, dass an allen Ecken und Enden gespart werden musste.

Mittlerweile hatte ich in dem Durcheinander von Handwerkern, Kartons, unerledigten Arbeiten und Organisieren von Terminen ein anderes, grosses Problem: Die Platte meines Stomas musste gewechselt werden! Meine Freundin konnte mir nun wirklich nicht helfen und ich wusste nicht, an wen ich mich wenden sollte.

Ich vernahm von den Pflegenden, dass es in der Klinik eine Stoma-Schwester gab und ich nahm mit ihr Kontakt auf. Vorbei war die Zeit, wo sich meine Freundin um alles kümmerte. Es war Zeit, dass ich aus meiner Bequemlichkeit aufwachte und die Dinge selber in die Hand nahm. Ich hatte ihr vor einigen Monaten versprochen, auf Sylt wenigstens die Platten selber zurechtzuschneiden und das benötigte Material zu bestellen, doch dazu waren wir noch gar nicht gekommen. Wenn ich ihr zu Hause dabei zusah, mit welcher Genauigkeit und Akribie sie millimetergenau die Platte ausschnitt, wusste ich, das würde ich nie so können. Also war ich ganz froh, und es war ja auch so bequem, dass sie das all die Jahre liebevoll für mich gemacht hatte.

Doch jetzt wehte ein anderer Wind! Es verursachte mir Herzklopfen und Bauchschmerzen, wenn ich an das anstehende Gespräch mit der Schwester dachte.

Ich war schon immer sehr schüchtern. Als Kind traute ich mich nicht, allein an anderen Kindern vorbeizugehen, mit fremden Leuten sprach ich überhaupt nicht. So zwang man mich mit 5 Jahren in den Kindergarten, wo mir die vielen fremden Kinder und eine ganz junge, unerfahrene Leiterin unheimlich waren und mich noch mehr verängstigten. Der Schuleintritt 2 Jahre später wurde zum absoluten Horror für mich, und als ich im 2. Schuljahr an einem schweren Scharlach mit Herzkomplikationen erkrankte, was mich zwang, mich ein ganzes Jahr lang extremst zu schonen, wurde ich noch mehr in meine Aussenseiter-Rolle gedrängt.

Auch als Jugendliche in der Lehre stand ich oft minutenlang vor einer Bürotür und traute mich nicht, anzuklopfen. Kontakt mit fremden Leuten aufzunehmen, war für mich immer schwierig, und ich versuchte, solche Situationen so gut wie möglich zu vermeiden.

Meistens fand ich jemanden, der das für mich erledigte. In den letzten Jahren war das meine Freundin...

Aber jetzt war ich nicht mehr Kind und nicht mehr eine unerfahrene und unsichere Jugendliche! Ich brauchte Hilfe und die würde ich mir jetzt holen. Ich trat mich energisch in den Allerwertesten und nahm den Kontakt zu dieser Schwester auf, wenn auch mit Herzklopfen, aber das konnte ja keiner hören.

Sie meinte, das dürfe sie nicht machen. Sie könnte nur die Patienten versorgen, die in der Klinik lagen. Doch ich liess nicht locker und sah sie wohl so verzweifelt an, dass sie schliesslich einwilligte, den Wechsel zu übernehmen, aber nur ein einziges Mal, danach müsste ich eine andere Lösung finden. Ich war mit allem einverstanden.

Am nächsten Tag brachte ich alles mit, was sie benötigte und in einem leeren Patientenzimmer klebte sie mir die neue Platte. Natürlich hatte ich schon wieder Angst, sie würde nicht halten, denn es ging relativ fix und mir kam wieder die Spitex in den Sinn, die mir vor vielen Jahren diesen fürchterlichen Abszess beschert hatte.

Doch das Ding hielt vorerst und verschaffte mir wieder etwas Luft, wenigstens bis zum nächsten Mal. Bis dahin musste ich mir was einfallen lassen.

Endlich kündigte sich der Monteur an, der im Keller den Telefonanschluss einrichten wollte. Ich wartete den ganzen Tag auf ihn, vertröstete meine Freundin mit SMS, aber der Kerl kam nicht. Im Briefkasten fand ich dann einen Zettel: »... unser Monteur war hier, leider war niemand zu Hause ... « Ich fand das eine unerhörte Frechheit, hängte mich an mein Handy und versuchte, einen neuen Termin zu bekommen. Noch mal eine Woche warten.

Frustriert nahm ich unseren Hund und wollte im Syltness Center wenigstens eine Einwohnerkarte beantragen, damit ich auch tagsüber mal an den Strand konnte. Dazu wiederum brauchte ich meine Anmeldung von der Gemeinde und ein Foto, also wieder nach Hause, Anmeldung raussuchen, Foto machen und nach ein paar Stunden hatte ich wenigstens meine Einwohnerkarte.

In dieser Nacht erwartete mich der Super-GAU! Die Platte meines Stomas wurde nach nur 3 Tagen undicht. Wie gelähmt lag ich im Bett. Der Schweiss lief mir aus allen Poren und ich hoffte inständig, ich würde nur träumen. Aber es war kein Traum. Die Möwen zeterten, es kam Wind auf und das tosende Meer hörte ich bis in mein Zimmer. Ich hatte Herzklopfen bis zum Hals. Aber die Angst wurde immer grösser, je länger ich wartete.

Beruhigend blinkte mir die Rauchmelder-Anlage alle 30 Sekunden ein rotes Pünktchen in meine Einsamkeit und erinnerte mich an das rote Signallicht auf den Kränen, damals im Spital in Zürich. Es kam mir vor wie eine kleine Ermutigung.

Also fasste ich mir ein Herz, suchte das nötige Material zusammen und wusste: Jetzt musst du es selber machen, ob du willst oder nicht, ob du es kannst, oder nicht, du musst, und zwar jetzt!

Ich löste die Platte ganz ab, wusch alles sorgfältig und entfernte die Klebereste. Das ging ja eigentlich alles ganz gut. Aber jetzt kam das Schwierigste: den Kleber so aufzutragen, dass die Platte hielt! Ich trug den Leim auf und bemühte mich nach Kräften, alles so zu machen, wie ich es jeweils gespürt hatte. Sehen konnte ich ja nichts, denn ich lag immer flach auf dem Rücken. Jetzt hielt ich den Kopf natürlich nach oben, es war eine sehr unbequeme Stellung, ich musste mich immer wieder ausruhen. Doch endlich dachte ich, es wäre genug gebastelt, ich legte die kleine Platte darüber, dann die Grosse und befestigte schliesslich den Beutel. Schwer atmend legte ich mich hin, drückte mit der rechten Hand auf das Stoma und betete inständig:

»Bitte lieber Gott, mach, dass es hält. Ich habe momentan keine Zeit, mich um Harry zu kümmern. Ich brauche meine Kraft für meine Freundin, die braucht mich jetzt. Bitte, bitte, er soll einfach nur halten!«

Es fing schon an zu dämmern, ich lag immer noch bewegungslos im Bett und traute mich nicht, mich zu rühren. Schlafen konnte ich auch nicht. Ich war zu aufgeregt. Irgendwann musste ich wohl doch eingeschlafen sein. Es war heller Tag, das Licht brannte noch und ich lag immer noch in derselben Stellung. Doch die Platte war dicht!

So stand ich langsam auf, bewegte mich erst wie in Zeitlupe, doch als ich merkte, dass die Platte hielt, wurde ich wieder normaler. Ich fuhr in die Klinik und berichtete meiner Freundin von meinem Abenteuer. Sie freute sich mit mir und war, glaub ich, ein wenig stolz auf mich.

Es ging ihr etwas besser, doch sie hatte keinen Appetit und das Essen schmeckte ihr nicht wirklich, was weiter nicht verwunderlich war, mir hätte es auch nicht geschmeckt.

»Kannst du mir nicht vom Café Wien Nürnberger Würstchen mitbringen mit Kraut und Kartoffelstampf?«, fragte sie mich.

Ich wand mich ein bisschen. Ich sollte allein ins Café Wien und fragen, ob ich was mitnehmen könnte? Für jeden anderen wahrscheinlich kein Problem, für mich aber wieder eine Mutprobe.

Doch ich gab mir einen Ruck. Was hatte ich diese Nacht geschafft, ganz alleine? Ich konnte das doch, niemand würde mich auffressen!

»Ja«, lächelte ich sie an. »Ich versuche es, ich weiss nicht, ob sie Essen ausser Haus geben, aber ich werde fragen.«

So stand ich etwas zittrig im Café Wien. Zu meinem grossen Glück war »die Nette« da. Schon in früheren Jahren hatten wir dem Servicepersonal, das uns in unseren Urlauben immer wieder bediente, Übernahmen gegeben. Und »die Nette« war eben immer besonders nett und so traute ich mich, sie anzusprechen und nach den »Nürnbergern« zu fragen. Sofort organisierte sie das Essen, bestellte es in der Küche und war wirklich sehr nett zu mir, sodass ich mich auch schnell beruhigte. Es war doch wirklich alles halb so schlimm ...

Stolz brachte ich das Essen in die Klinik zu meiner Freundin. Sie ass zwar nur sehr wenig davon, aber es schmeckte ihr. Sie musste unbedingt mehr essen, sie hatte bestimmt wieder abgenommen, aber um ihr Gewicht kümmerte sich leider niemand.

In der ersten Juli-Woche bekamen wir lieben Besuch von unseren ehemaligen Nachbarn am Schlossberg. Ich holte sie am Flughafen ab und brachte sie ins Hotel Niedersachsen. Ich war sehr froh, mit jemand Vertrautem reden zu können und meine Sorgen zu teilen. Ich fuhr sie über die Insel, zeigte ihnen unsere schönsten Plätze, wir assen zusammen und besuchten auch meine Freundin in der Klinik. Es tat mir so gut, ich fühlte mich wie im Urlaub, obwohl ich zwischendurch immer wieder Termine einhalten musste.

Kurz nach ihrem Abflug klappte es endlich mit dem Telefon-Anschluss im Keller. Doch nun fehlte der Router. Also ging ich zur Telekom und erkundigte mich, wo das Ding geblieben war, das doch schon vor Wochen bestellt wurde. Ja, der wurde wohl weggeschickt, kam aber wieder zurück, weil die Post sich weigerte, ihn auszuliefern. Blöder Poststreik! Davon wusste ich natürlich nichts und so beschloss ich, einen Router zu kaufen und nicht nur zu mieten. Dazu brauchte ich den Vertrag, den meine Freundin seinerzeit bei der Wohnungsabnahme abgeschlossen hatte und ihr schriftliches Einverständnis. Also wieder nach Hause, Vertrag suchen, Schreiben aufsetzen, in die Klinik fahren, Einwilligung unterschreiben lassen, dann wieder zur Telekom und den Router kaufen. Uff, warum musste immer alles so kompliziert sein!

Als dann der Monteur kam, der mir das Telefon sowie Computer und Laptop einrichtete, war ich ganz zufrieden. Wenigstens konnte ich jetzt telefonieren, auch wenn das Teil noch 1000 andere Sachen konnte. Meine Freundin hätte das Ding bestimmt gleich durchgetestet, eingerichtet und ausprobiert. Sie ist ein echter Technik-Freak. Hatte sie doch schon als Kind ein Radio auseinandergeschraubt und wieder zusammengesetzt und zum Laufen gebracht. Doch so weit reichte mein technisches Verständnis nicht und Zeit, um die dicke Gebrauchsanweisung durchzulesen, hatte ich sowieso nicht. Doch zum Anrufen und um den AB abzuhören reichte es allemal. Unser Nachbar vom unteren Stock schenkte mir noch ein Telefonbuch, und so hatte ich fast alles zu meinem Glück.

Mittlerweile gingen langsam meine Geldreserven zu Ende. Ich hatte noch keine Bankkarte und so wechselte ich nach und nach die Schweizer Banknoten in Euros um. Auch liess ich mir erklären, wie man die Sepa-Anweisungen ausfüllte, hatte ich doch davon keine Ahnung. Die Einzahlungsscheine, die ich von der Schweiz gewohnt war, gibt es hier nicht. Gleichzeitig beantragte ich auch die Maestro-Karte, damit ich nicht ständig am Schalter anstehen musste.

Auch der Wasch/Trockner wurde geliefert und montiert. So langsam lichtete sich das Chaos und ich fühlte mich in der Wohnung schon viel wohler. Schlussendlich trafen auch die bestellten Oma-Sessel ein und ich suchte im »Baumarkt« einen kleinen Tisch mit 2 Stühlen für den Balkon aus. Die Stühle konnte man unter den Tisch schieben und verkeilen. So hatten wir einigermassen Gewähr, dass sie sich beim nächsten Sturm nicht selbstständig machten.

Im Spital erwartete mich immer wieder mal eine neue Überraschung. Eines Tages rief mich meine Freundin an und meinte, ich solle nicht erschrecken, sie sei isoliert worden. Auf meine erstaunte Frage, warum denn um Himmels willen, erklärte sie, sie habe Durchfall und die Doktoren hätten Angst, sie könnte einen Virus erwischt haben.

In den letzten Monaten hatte sie immer wieder Durchfall gehabt, das war absolut nichts Neues, sondern ein Gruss vom Sjörgen-Syndrom. Falls sie einen Virus hätte, wäre ich seit Monaten auch damit infiziert. Aber sicher war sicher und so kleidete ich mich vor der Tür jedes Mal in Grün: grüne Schürze, grünes Häubchen, Mundschutz und Handschuhe. Ach ja, es war mühsam. Ebenso schnell, wie sie angeordnet worden war, wurde die Isolation nach ein paar Tagen wieder aufgehoben.

Dann sollte meine Freundin ein Formular unterschreiben, weil sie unbedingt Blut bekommen sollte. Der HB-Wert (= Hämoglobin-Wert) war sehr tief und sie wollten ihr eine Bluttransfusion verabreichen. Doch sie weigerte sich, weil sie genau wusste, dass der Wert bei der nächsten Untersuchung wieder absolut in Ordnung sein könnte. Auch dieses Auf und Ab vom Sjörgen-Syndrom kannten wir zur Genüge.

Aber die Ärzte wollten auf Nummer sicher gehen. Sie drängten sie immer wieder zu dieser Unterschrift. Sie aber blieb stur bei ihrer Weigerung und bei der nächsten Untersuchung war der HB-Wert, welche Überraschung, wieder völlig normal.

So ging es hin und her, mal besser, mal schlechter. Mit der Physio-Therapeutin war sie jetzt täglich unterwegs, zuerst im Zimmer später auf dem Gang. Das Gehen kostete sie viel Energie und sie war jedes Mal sehr erschöpft nach der halben Stunde.

Mit dem Essen klappte es fast gar nicht mehr. Zum Frühstück ass sie etwas Milchsuppe und für spätere Mahlzeiten brachte ich ihr Steaks aus dem »Blockhaus«, Wiener Schnitzel vom »Fischhüs« oder von der »Sturmhaube« und die Nürnberger vom Café Wien. Ich hatte also mehr als genug Gelegenheiten, meine Schüchternheit und meine Hemmungen zu überwinden. Mit der Zeit gelang mir das auch recht gut. Aber meine Freundin hatte einfach keinen Appetit und ass wie ein Vögelchen.

Mittlerweile war auch der Schreiner tätig gewesen und ich konnte endlich mein eigenes Bett benutzen. Die Umgebung nahm langsam Gestalt an und man konnte das Haus nun ebenerdig betreten, ohne eine Kletterpartie in Kauf nehmen zu müssen. Auch die Parkplätze waren bezugsfertig und ich brauchte nicht mehr 1- und 2-Euro-Stücke zu horten. Endlich konnte ich die Kleider versorgen und meinen Schreibtisch einräumen.

Schlussendlich warteten nur noch die 5 Kartons im Zimmer meiner Freundin aufs Auspacken. Mit der Deko wollte ich noch warten, bis auch sie mitbestimmen konnte, was sie wo haben möchte. Mir wurde wieder wohler und ich entspannte mich. Ich kann mich in einer unordentlichen Umgebung nicht wohlfühlen.

Harry war auch ganz brav. Inzwischen hatte ich ihn selber 3-mal versorgt und er hielt jedes Mal die obligaten 6 Tage. Ich fühlte mich sehr gut dabei und mein Selbstvertrauen wuchs.

Das Wochenende kam in Sicht und meine Freundin eröffnete mir, dass sie am Samstag entlassen werden sollte. Das kam für uns sehr plötzlich und wir hofften, dass sie einen Reha-Platz bekommen würde.

Doch man beschied uns, es sei Hochsaison und es gäbe nirgendwo einen Platz für sie. Das war stark. Wie sollte ich ohne Hilfe daheim mit ihr zurechtkommen? Sie war noch nicht in der Lage, allein aufzustehen oder aufs Klo zu gehen. Ebenso wenig konnte sie sich alleine waschen oder sonst pflegen. Wir erreichten wenigstens, dass die Entlassung auf Montag verschoben wurde. So gewann ich etwas Zeit, mir übers Wochenende etwas einfallen zu lassen. Aber was?

Wieder gab es eine neue Hürde zu überwinden. Es war Freitagnachmittag und ich suchte unsere ehemalige Vermieterin auf und erzählte ihr von unseren Nöten. Sie hörte mir mitfühlend zu und handelte sofort. Sie setzte sich ans Telefon und erreichte das Vorzimmer ihrer eigenen Ärztin. Ich durfte noch am gleichen Nachmittag kurz vor Ende der Sprechzeit, dort vorbeikommen.

Ich war natürlich sehr froh über diese Hilfe und begab mich auch sofort in die Praxis an der Friedrichstrasse.

Die Ärztin war sehr nett. Sie hörte sich meinen Bericht an, fragte mich auch, wie es mir selber ging, und ich war über diese Anteilnahme schon wieder fast den Tränen nahe. Es tat so gut, etwas Verantwortung abgeben zu können. Wir vereinbarten, dass sie gleich am Dienstag bei uns zu Hause vorbeikäme, dann würden wir weitersehen. Ich war beruhigt und so sahen wir der Entlassung doch etwas ruhiger entgegen.

Am Montag kam sie als Liegend-Transport im Rettungswagen nach Hause. Die Sanitäter fuhren sie im Lift hoch und trugen sie in die Wohnung ins Bett. Sie wurde ohne eine einzige Tablette, ohne ein Rezept und ohne Anweisung, was weiter zu tun sei, entlassen. Wir wurden einfach ins kalte Wasser geschmissen.

Ich war sehr froh, als am Dienstag die Ärztin kam. Sie untersuchte meine Freundin gründlich und liess sich erzählen, was bisher geschehen war. Dann verordnete sie ihr Schmerztabletten, eine Physio-Therapie und eine regelmässige Lymphdrainage. Die war dringend notwendig. In der Klinik waren die Beine so dick geworden, dass die Haut wieder aufgeplatzt war und das Wasser herauslief. Die einzige Gegenmassnahme, die erfolgte, war, dass sie Tücher unter die Beine gelegt bekam, damit das Bett nicht nass wurde!

Als wichtigste Massnahme aber bekamen wir einen Pflegedienst zugeteilt, dessen Mitarbeiter 2-mal in der Woche kommen würde, um sie zu duschen. Es war höchste Zeit, dass sie mal wieder Haare waschen konnte. Jetzt würde alles gut. Wir waren sehr zuversichtlich.

Der Pflegedienst erwies sich als absoluter Glücksfall. Seit Wochen war meine Freundin nicht mehr so gut betreut worden, es war einfach toll. Ganz langsam wurde sie wieder sie selbst. Frisch geduscht und wohlriechend gesalbt lag sie klein und schmal im Bett. Aber ihre Augen wurden wieder lebendiger.

Ich machte für sie Fotos vom Meer und vom Strand. Endlich begriff sie, dass sie sich wirklich und wahrhaftig auf Sylt befand. Langsam kam sie wieder zu mir zurück und ich war froh und dankbar dafür.

Kaum war meine Freundin wieder daheim, fing Harry an, Theater zu machen, er platzte wieder öfter, obwohl ich alles so handhabte wie immer. Eines Morgens als der Leiter des Pflegedienstes programmgemäss kam, um meine Freundin zu duschen, war die Platte gerade wieder undicht geworden. Also fragte ich ihn, ob er mir helfen könnte und er meinte ganz unkompliziert:

»Na klar«, wir versorgen erst Sie, dann ihre Freundin, »die rennt ja sowieso nicht weg«, meinte er augenzwinkernd.

So suchte ich meine Utensilien zusammen und legte mich aufs Bett. Er entfernte die Platte, reinigte die Klebestelle gründlich, drückte eine Wurst aus der Tube rund um das Stoma, legte die kleine Platte drauf, dann die Grosse, zuletzt den Beutel, und fertig war die ganze Angelegenheit.

»Sie meinen, dass das hält?«, fragte ich erstaunt.

»Und ob das hält, was denken Sie denn, ich mache das nicht zum ersten Mal. Aber ich habe noch einen tollen Trick für Sie. Haben Sie eine Wärmeflasche?«

Er füllte den Beutel mit heissem Wasser.

»So, den legen Sie jetzt noch eine Viertelstunde auf das Stoma, dann ist alles in Ordnung.«

Ich staunte nicht schlecht, tat aber, wie mir geheissen wurde. Und wirklich, das Ding hielt 6 Tage und alles war gut. Das begeisterte mich natürlich sehr und als er das nächste Mal kam, bat ich ihn, mir alles noch mal genau zu zeigen, damit ich es in Zukunft auch so machen könnte.

Das tat er gerne und wir machten den nächsten Wechsel zusammen. Er meinte:

»Ich würde das Loch in der grossen Platte grösser schneiden.« Und sogleich schritt er zur Tat.

»Aber ich dachte, das müsste ganz eng am Stoma liegen und müsste ungeheuer genau geschnitten werden«, wandte ich ein.

»Nein, im Gegenteil. Es braucht ein bisschen Luft um das Stoma und der Kleber dichtet genug ab. Dazu gleicht die kleine Platte die gröberen Unebenheiten und Unterschiede aus«, beschied er mir. »Und vom Kleber braucht es auch nicht so viel. Eine einzige Wurst um das Stoma reicht völlig aus. Sie haben viel zu viel Kleber gebraucht. Die grosse Platte ist dazu gemacht, dass sie auf der Haut haftet, und nicht auf dem Kleber.«

Das waren für mich gewaltige Neuigkeiten. Also bedeutete auch hier nicht: »Besonders viel ist besonders gut«, sondern bewirkte eher das Gegenteil. Ich hatte es zu gut gemeint.

Von da an war Harry kein Thema mehr. Ich wechselte die Versorgung fortan selber, bestellte meine Ware bei »Publicare« in Kiel und schnitt auch meine Platten! Was für eine Erleichterung für meine Freundin, was für eine Freude für mich! Endlich draussen aus der Abhängigkeit, endlich wieder selbstständig, selber verantwortlich, es war unglaublich. Es hatte 10 Jahre gedauert, bis ich so weit war. Warum nur hatte ich so lange gebraucht?

Die 5 cm, die meine Freundin an Körperlänge durch den Unfall verloren hatte, gewann ich in diesem Augenblick an innerer Grösse und fühlte mich stark, gesund und ohne Angst.

Langsam wurde auch ihre Gesundheit stabiler. Die Wunden an den Armen heilten ab, es blieben aber Narben zurück. Die Beine wurden wieder schlanker und wir merkten bei einem Gang auf die Waage, dass sie auf 43 kg abgenommen hatte. Ich kochte für sie oder brachte ihr alles, was sie sich wünschte, aber ihr Körper verbrauchte immer noch mehr Energie, als er aufnahm.

Auch alleine aus dem Bett und zur Toilette konnte sie noch nicht, und so standen wir halt wieder jede Nacht ein- bis zweimal auf und erledigten, was nicht aufzuschieben war. Ich geriet wieder ins Schlafdefizit, aber das war mir egal. Ich war so froh, sie wieder bei mir zu haben, so wusste ich wenigstens immer, wie es ihr ging und konnte entsprechend reagieren.

Deshalb traute ich mich auch nicht allzu weit von der Wohnung weg. Es konnte jederzeit passieren, dass mein Handy blinkte, und sie mich daheim brauchte. Dann düste ich so schnell wie möglich hin, manchmal rechtzeitig, manchmal kam ich auch zu spät, aber was soll's, wir waren wieder zusammen.

Meistens sass ich bei schönem Wetter mit der Kleinen vor der »Badezeit« am Strand und schaute den Leuten zu. Ich hatte keine Angst mehr. Ich war stark geworden. Ich erfreute mich an den Möwen. Ich mag diese eleganten, rotzfrechen Strandpiraten, die sich nicht scheuten, hemmungslos den armen, ahnungslosen Touristen Pommes, Eis oder Crêpes aus den Händen oder sogar aus dem Mund zu klauen. Fassungslose Blicke und drohende Gebärden der armen Opfer sind ihnen sicher.

Endlich, nach 6 langen Wochen, war auch der unselige Post-Streik beendet. Plötzlich landete stapelweise Post in unserem Briefkasten. Darunter auch ein Brief unseres Energielieferanten, der uns damit drohte, unsere Energie-Versorgung einzustellen, wenn wir nicht die fälligen Zahlungen vornehmen würden. Ja, das konnte passieren, wenn wochenlang keine Post zugestellt wird. Bis anhin wusste ich nicht einmal, wer unsere Energie lieferte und Rechnung hatten wir natürlich auch keine erhalten. Per Telefon liess sich das aber schnell klären und die Gesprächsteilnehmerin am anderen Ende war sehr verständnisvoll. Wahrscheinlich waren wir nicht die Einzigen, denen das passiert war.

Fast gleichzeitig kam ein Schreiben aus Berlin vom Schweizer Konsulat. Nanu, was wollten die denn von uns? Sie drohten mit der Aussetzung der AHV-Bezüge, wenn wir uns nicht sofort bei der Botschaft in Berlin immatrikulieren würden. Autsch, auch dieser Brief kam nie an und wir intervenierten sofort telefonisch, erhielten 2 Anmeldeformulare und erledigten die Angelegenheit postwendend.

Auch ein Anwaltsbrief war nicht angekommen und so hielten wir, zwar unwissend, ein ganzes Bauvorhaben auf, weil eine Unterschrift von uns auf einem Dokument fehlte. Ja, die Post ist schon eine wichtige Einrichtung. Das merkt man, wenn sie mal nicht funktioniert.

Ich wollte mich jetzt endlich der Umschreibung unserer Führerscheine widmen. Meine Freundin brauchte nur eine Erneuerung, da sie schon mal einen deutschen Schein besessen hatte. Ich aber benötigte einen neuen. Ich bestellte in Flensburg zwei entsprechende Formulare. Das für meine Freundin war schnell ausgefüllt. Aber ich benötigte einen Sehtest, das obligatorische biometrische Foto und musste einen Nothelfer-Kurs absolvieren. Auch das noch! Den Sehtest konnte ich beim Optiker machen und Fotos hatte ich noch vorrätig. Aber der Kurs würde mich einen ganzen Nachmittag kosten. So lange konnte ich meine Freundin nicht alleine lassen.

Ich fragte meine Nachbarin vom Stockwerk unter uns, ob sie Zeit hätte, 1- bis 2-mal bei meiner Freundin vorbeizuschauen und ihr gegebenenfalls zu helfen. Netterweise sagte sie mir sofort zu.

So meldete ich mich für den nächstmöglichen Kurs an, der 200 m von unserem Haus entfernt beim DRK stattfand. Nach ein paar Stunden hatte ich das nötige Formular in den Händen. Es war zudem sehr lehrreich, hatte ich doch den ersten und einzigen Nothilfe-Kurs vor 46 Jahren in Zürich absolviert. Verschiedenes wird heute anders gelehrt, vor allem das Abnehmen des Helms bei einem verunfallten Motorradfahrer. Uns wurde damals noch beigebracht, den Helm niemals auszuziehen, um einen allfälligen Genickbruch nicht noch zu verschlimmern. Heute gilt das Gegenteil. Ausserdem war die Kursleiterin sehr nett.

Die Nachbarin und meine Freundin kamen auch prima miteinander zurecht und so war alles gut. Meinen Führerschein bekam ich einige Wochen später.

Eines Tages wollte ich kurz zum Einkaufen fahren. Doch unser Auto streikte. Ich hörte sofort, dass die Batterie am Ende war. Ich ging also wieder in die Wohnung zurück, um meine Freundin zu informieren und den ADAC anzurufen, dem ich in weiser Voraussicht schon vor einigen Wochen beigetreten war.

Nach einer halben Stunde kamen die »gelben Engel«, überbrückten die Batterie und das Auto schnurrte wieder wie ein Kätzchen. Das Problem war jetzt aber, dass ich mindestens 50 km fahren musste, um die Batterie wieder aufzuladen. Das hiess, die Insel runter nach Hörnum und dann wieder rauf bis mindestens Kampen. Oh nein, der Sinn stand mir nicht gerade danach, es war heiss und meine Freundin liess ich nicht gerne allein. Aber es musste sein und so lief ich nochmals hinauf und versicherte ihr, dass ich mich beeilen würde.

Ich fuhr also über Rantum nach Hörnum, einfach so, ohne Auftrag, ohne etwas erledigen zu müssen. Ich kam mir vor wie im Urlaub. Aber ich war müde, die Nächte mit zu wenig Schlaf und zu vielen Unterbrüchen machten sich bemerkbar. Ich musste mich extrem auf die Strasse konzentrieren und auf der Rückfahrt, vor Westerland, kurz bevor ich in die Felder abbiegen und nach Keitum fahren wollte, fielen mir die Augen zu und ich konnte knapp einen Ausflug in den Graben verhindern! Der Schreck war so gross, dass ich sofort wieder hellwach war, mir Musik anstellte und die Klima-Anlage auf kühler schaltete. So was war mir noch nie passiert!

Über Keitum fuhr ich nach Munkmarsch, dann weiter nach Braderup bis Kampen. Vor dem »Manne Pal« drehte ich wieder ab und fuhr über Wenningstedt zurück nach Westerland. Endlich konnte ich meine Einkäufe erledigen und zurück zu meiner Freundin eilen. Sie hatte meine Abwesenheit gut überstanden und war froh, dass mir nichts weiter passiert war.

Langsam besserte sich die Situation. Die offenen Stellen an den Armen meiner Freundin waren verheilt, die Beine dank fleissiger Lymphdrainage wieder schlank. Auch die Haare wuchsen wieder und die Schuppung der Haut hörte auf. Der Podologe kümmerte sich um ihre völlig verhornten Zehennägel und auch die Fingernägel wuchsen wieder normal. Die Hilfe des Pflegedienstes war nicht mehr notwendig. Ich schaffte es allein, sie auf einem Stuhl zu duschen, und mit der Zeit kam sie auch immer besser aus dem Bett. Es war eine Erleichterung für mich, als sie wieder alleine zur Toilette konnte und mein Schlaf nicht mehr unterbrochen wurde.

In der Wohnung bewegte sie sich dank Rollator schon recht sicher. Der Physiotherapeut kam noch ins Haus und machte Übungen mit ihr. Ihr Gang wurde wieder sicherer, aber sie traute ihren Beinen noch nicht richtig und hatte immer noch Angst. Ich konnte sie gut verstehen. Es ist sehr unheimlich, wenn der eigene Körper nicht mehr das tut, was ihm befohlen wird.

Im September kam ihr jüngster Bruder zu Besuch und da traute sie sich erstmals aus dem Haus. Erst nur mit dem Lift runter und einmal die Strasse rauf und runter. Mit der Zeit wurde sie mutiger und wir schafften es bis zur Commerzbank 200 m weiter.

So konnten wir nun auch zur Gemeindeverwaltung fahren. Weich gepolstert mit Kissen sass sie das erste Mal auf Sylt neben mir im Auto und unter Umfahrung sämtlicher Schlaglöcher (und von denen gibt es auf Sylt viele!), konnte sie sich endlich offiziell anmelden. Die Einwohnerkarte holten wir sogar zu Fuss im Syltness Center ab. Jetzt war auch sie endlich offiziell angekommen.

Mit der Zeit kam sie auch mit zum Einkaufen. Der Rollator war eigentlich ganz praktisch, man hatte den Warenkorb immer bei sich. Doch wir merkten auch, wie viele Hindernisse eine Behinderung noch hinderlicher machen: hohe Bordsteine, Engstellen auf dem Bürgersteig, Restaurants, in denen die Toiletten nur über Treppen zu erreichen sind, oder auch einfach Mitmenschen, denen es völlig egal ist, dass sie mit ihrem rücksichtslosen Verhalten Schwächere gefährden.

Es freute uns sehr, dass sie jetzt auch die hohe Stufe im Café Wien mit tatkräftiger Unterstützung meinerseits schaffte. So sassen wir eines Tages bei Kaffee und heisser Schokolade, als ihr plötzlich mulmig wurde. Sie wurde immer weisser und stiller und ich hatte Angst, sie würde mir vom Stuhl kippen. Ich rief einen Kellner, der meinte aber erst:

»Ich bin nicht zuständig für Ihren Tisch«, doch dann sah er meiner Freundin ins Gesicht und handelte sofort:

»Komm mit, nimm meinen Arm«, sagte er freundlich zu ihr.

Fürsorglich führte er sie durch das halbe Café in den Wintergarten, der Gott sei Dank kaum besetzt war. Dort legte er sie auf eine Bank, fühlte ihren Puls, deckte sie zu und kümmerte sich um sie. Ich bezahlte in aller Eile unsere Zeche und ging auch nach draussen. Sie erholte sich schon wieder langsam und ich fragte den netten Kellner, warum er so professionell gehandelt hätte. Er lächelte und sagte:

»Ich war früher Rettungssanitäter.«

Instinktiv hatte ich mir unter all dem Personal den Richtigen ausgesucht. Von da an hatten wir einen Freund mehr im Café Wien.

Wir erlebten in dieser Zeit wirklich viel Hilfsbereitschaft und Anteilnahme. Es gab kaum eine Anlaufstelle, bei der mir von den Mitarbeitenden nicht freundlich und auf sehr nette Art und Weise weitergeholfen wurde. Meine Anliegen wurden immer sehr aufmerksam wahrgenommen.

Auch unsere neuen Mitbewohner sind sehr lieb und aufmerksam. Es wurde immer wieder nachgefragt, wie es meiner Freundin gehe und wenn die Nachbarn von nebenan da waren, kamen sie zu einem kurzen Besuch vorbei oder ich wurde auch mal tröstend in den Arm genommen, wenn ich wieder mal traurig war und so wenig oder gar keine Fortschritte bei meiner Freundin zu erkennen glaubte.

Unser Heim war mittlerweile richtig wohnlich geworden. Meine Freundin hatte die letzten Kartons ausgepackt und sich eine funktionale und gemütliche Schreibecke eingerichtet. Bei »Foto Mager« in Tinnum liessen wir ihre schönsten selbst geschossenen Fotos auf Plexiglas aufziehen und vergrössern. Die schmücken nun stilvoll unsere Wände. Etwas neue Deko-Artikel waren dazu gekommen, und wir fühlten uns beide sehr wohl.

Die Ärztin war mit meiner Freundin soweit ganz zufrieden. Nur das Untergewicht bereitete ihr Sorgen und so setzte sie sich mit unserem Professor in der Schweiz in Verbindung. Der riet zu künstlicher Ernährung, entweder mit einer PEG-Sonde, d. h. über eine in die Bauchdecke eingelegte Magensonde oder zu einem Port mit zentralem Venenkatheter. Das konnte aber nur in der Uniklinik in Kiel abgeklärt und in die

Tat umgesetzt werden und so kam es, dass sie eines Morgens vom Rettungswagen abgeholt und liegend nach Kiel gefahren wurde.

Dort angekommen verbrachte sie den ersten Tag auf dem Flur, denn die Klinik war total überbelegt. Es wurde ihr Blut abgenommen und die üblichen Untersuchungen durchgeführt. Dann kam ein Facharzt für Ernährung und besprach die Situation mit ihr. Er meinte aber, aufgrund ihres schlechten Allgemeinzustandes und des doch recht hohen Risikos der beiden zur Diskussion stehenden Massnahmen würde er eine Therapie mit eiweissangereicherter Nahrung bevorzugen.

2 Tage wartete sie dann auf einen Professor, der eigentlich auch noch mit ihr sprechen wollte, doch der kam nicht. Dafür hatte sie 2 Beratungsgespräche mit der Ernährungsberaterin und bekam auch schon die erste eiweissreiche Nahrung. Gott sei Dank schmeckte die nicht schlecht.

Am 4. Tag beschloss sie, nach Hause zu kommen.

»Im Bett rumliegen und Eiweissnahrung essen kann ich auch daheim«, meinte sie. Sie hatte in den letzten Tagen wieder Fortschritte gemacht und traute sich sogar, mit dem Taxi nach Hause zu fahren.

So futterte sie nun Eiweiss-Pudding mit Vanille- und Schoko-Aroma und versuchte nebenbei, komplette Mahlzeiten zu essen oder Kuchen und sonst noch allerlei Süsskram. Ich nannte sie liebevoll: »Mein Zwerghamsterchen ... «

Jeden Tag übten wir draussen mit dem Rollator das Laufen. Sie hatte noch Physio-Therapie in der Sylt-Physio, die ihr sehr guttat. Sie lief zwar immer besser, aber noch sehr gebeugt. Um einem Rundrücken vorzubeugen, erhielt sie eine Orthese, das ist so ein Gestell ähnliches eines Rucksacks, das ihr helfen sollte, sich aufzurichten und sie ausserdem vor Stössen von hinten schützte. Allmählich schaffte sie auch wieder ein paar Treppenstufen.

Wir verbrachten eine schöne Adventszeit, besuchten fast alle Weihnachtsmärkte auf der Insel und freuten uns an den so liebevoll gebastelten Dingen, die da verkauft wurden.

Am 4. Advent waren wir in der Nikolai-Kirche beim Weihnachts-Konzert vom Shanty-Chor und liessen uns von den alten weihnächtlichen Seemannsliedern verzaubern. Sie schaffte es, 1 ½ Stunden auf der Kirchenbank zu sitzen.

Im Januar 2016 wurde der Rollator in den Abstellraum verbannt. Fortan lief sie an meinem Arm. Der Radius wurde immer grösser und als ihr jüngerer Bruder im März wieder in den Urlaub kam, holten wir ihn am Bahnhof ab. Unter anderem waren wir zusammen sogar am »Ellenbogen«, wo meine Freundin das erste Mal wieder auf Sand laufen konnte.

Ende April 2016, fast 10 Monate nach dem Klinik-Austritt, bekamen wir die Rechnung. Wir staunten Bauklötze, was sie alles gehabt haben soll:

»Hauptdiagnosen:
Kompressionsfraktur BWK 12 / LWK 1
Sinterungsfraktur LKW 2, 3, und 4

Nebendiagnose:
Volumenmangel
Sicca-Syndrom (Sjörgen-Syndrom)
Keimträger der Virushepatitis
Umschriebenes Ödem
Akute respiratorische Insuffizienz, anderenorts nicht klassifiziert: Typ I (hypoxisch)
Anämie, nicht näher bezeichnet
Isolierung als prophylaktische Massnahme
Atherosklerotische Herz-Kreislauf-Krankheit, so beschrieben
Akuter subendokardialer Myokardinfarkt
Hypokaliämie
Hyperkaliämie
Bronchopnemonie, nicht näher bezeichnet
Dyskinesie des Ösophagus
Fraktur eines Lendenwirbels L2

Arzneimittelinduzierte Osteoporose mit pathologischer Fraktur: Sonstige (Hals, Kopf, Rippen, Rumpf, Schädel, Wirbelsäule)

Computertomographie des Thorax mit Kontrastmittel
Native Computertomographie von Wirbelsäule und Rückenmark«

Wir waren erstaunt und sehr froh, dass sie überhaupt nach am Leben war!
    Mittlerweile war die Neuropathie völlig verschwunden. Meine Freundin hatte wieder mehr Selbstvertrauen zu ihrem Körper gefasst und fing jetzt auch an, wieder ganz alleine zu laufen. Sie holte am Morgen früh Brötchen vom Bäcker, bevor sich die Touristen-Schlangen bildeten, ging alleine zur Ärztin oder holte ihre Medikamente von der Apotheke. Mehr und mehr kam ihre Selbstständigkeit zurück. Wir machten wieder grössere Ausflüge und laufen konnte sie schon eine gute Stunde.
    Sie hatte aber grosse Probleme mit ihren Augen, sie sah wie durch einen Nebel, die Farben waren nicht mehr richtig farbig, sondern grau in grau. Der Augenarzt diagnostizierte beginnenden Grauen Star. Er wollte sie in 3 Monaten nochmals kontrollieren, aber es war nicht besser geworden, sondern schlechter. Die monatelange Einnahme von Cortison hatte wohl dazu geführt. Da sie nicht mehr scharf sehen konnte, wurde auch ihr Gang wieder unsicherer und wir beschlossen, ihre Augen operieren zu lassen.
    In der Augenklinik in Husum wurde sie operiert, und zwar so erfolgreich, dass sie schon kurz nach dem Eingriff wieder fast 100 % Sehkraft hatte. Die Operation des 2. Auges mussten wir verschieben, da die NOB (Nord-Ostsee-Bahn) alle ihre 90 Waggons wegen Kupplungsschäden aus dem Verkehr gezogen hatte. Unsere Insel war zeitweise nur mit grosser Mühe zu verlassen oder anzufahren. Dann fuhren verkürzte Züge, die aber mit den armen Pendlern vom Festland vollgestopft waren, die nur noch schwerlich ihre Arbeitsplätze auf der Insel erreichen konnten.

Doch Mitte November klappte auch das und das 2. Auge wurde genauso gut wie das erste. Ich nannte sie nicht mehr »Zwerghamsterchen«, sondern »Adlerauge«. Sie sieht besser als ich und freute sich sehr, als sie wieder Farben wahrnehmen konnte und alles klar vor Augen hatte. Dazu gab es dann endlich die letzte und passende Brille. Wir hatten zwischenzeitlich sicher 3 verschiedene Modelle machen lassen müssen.

Aber auch meine Augen sind top in Ordnung. Ich war beim selben Augenarzt in der Kontrolle und konnte sogar meine Sehfähigkeit stark verbessern. Offensichtlich bekommt es meinen Augen besser, auf das weite Meer hinausschauen zu dürfen, als 8 Stunden täglich in einen Computer-Bildschirm zu starren.

Und heute?

Wir stehen kurz vor dem Jahreswechsel zu 2017. Meiner Freundin geht es immer besser. Wir sind täglich unterwegs und trainieren, steigen Treppen und sie fühlt sich mehrheitlich gut. Magen und Darm sind noch empfindlich und rebellieren immer mal wieder von Zeit zu Zeit. Auch mit dem Kreislauf hat sie ab und zu Probleme und die Rückenschmerzen quälen sie mal mehr mal weniger. Vor allem bei Wetterwechsel oder bei feuchtem Wetter leidet sie. Aber manchmal geht es ihr auch gut und wir können am Tisch sitzen und spielen. Oder sie macht ihre geliebten Fotokarten oder Jahreskalender am Computer. Zwischendurch muss sie sich kurz ausruhen, dann geht es wieder.

Ihr Gewicht hat sich stabilisiert. Sie isst wieder besser und vor allem auch lieber. Die Ärztin ist ganz zufrieden mit ihr. Die Blutkontrolle ist gut. Hepatitis ist im Blut nicht mehr nachweisbar, jedoch das Sjörgen-Syndrom ist noch vorhanden. Deshalb haben sich die Auswirkungen auch nicht so wie erhofft zurückgebildet. Magen und Darm machen immer wieder Probleme und die Speiseröhre, die jetzt wohl besser arbeitet als früher, bringt sie oft zum Husten. So gibt es mal bessere und mal schlechtere Tage, aber alles in allem ist sie auf gutem Wege. Wir schaffen das schon...

Im nächsten Jahr will sie sich sozial engagieren. Wo genau, ist noch nicht klar, aber sie wird bestimmt eine Aufgabe finden. Auf der

Insel gibt es genug Leute, die hilfsbedürftig sind, aber auch viele soziale Einrichtungen, die diese Hilfe erbringen.

Mir geht es sehr gut. Ich bin täglich draussen, am Morgen mit unserem Hund alleine. Dann sind wir stramm unterwegs. Richtung Süden bis zum Campingplatz, Richtung Norden bis zur Asklepios-Klinik oder Richtung Osten bis zum Flughafen. Richtung Westen ist schlecht, denn da ist das Meer. Ich geniesse diese Augenblicke der Ruhe. Im Frühjahr und Sommer begleitet uns ein Vogelkonzert. Die Luft ist klar und frisch, macht die Gedanken frei und lässt sie fliegen. Der Strandhafer in den Dünen wiegt sich im Wind und die aufgehende Sonne vergoldet den Tag. Es ist so traumhaft schön!

Harry erledige ich alle 6 Tage. Sämtliche Emotionen wie Freude, Aufregung, Trauer oder sonstige Belastungen, spiegeln sich in ihm und bescheren mir immer wieder Entzündungen rund ums Stoma. Meine grösste Angst, dass die Platte undicht werden könnte, macht mir immer noch zu schaffen. Doch von anfänglich 83 normalen und 39 Notfall-Wechseln pro Jahr bin ich auf stolze 60 normale und lediglich 2 Notfälle runtergekommen. Das ist doch schon sehr viel besser.

Mein Selbstbewusstsein ist durch die vergangenen Ereignisse gestärkt worden, meine anderen Ängste sind grösstenteils überwunden. Ich mache den Haushalt, kümmere mich um die Einkäufe und den Alltag. Alles ist ganz selbstverständlich geworden. Vorbei sind Bequemlichkeit, Unsicherheit und Mutlosigkeit. Ich fühle mich stark.

Mittlerweile kann ich auch wieder Salat essen. Nach 10 Jahren der Enthaltsamkeit hatte ich so grosse Lust auf frisches Grün, dass ich es einfach einmal probiert habe. Erst ganz langsam und ganz wenig, dann immer mehr und heute geniesse ich jeden Tag das so lange vermisste Grünzeug. Ich bin fast zum Kaninchen mutiert und es bekommt mir ausgezeichnet. Die Haut um das Stoma ist besser geworden, auch weil weniger Notfall-Wechsel anstehen. Was Menge und Zeitpunkt des Essens anbelangt, bin ich immer noch sehr diszipliniert, habe aber mittlerweile in der Regel alles gut im Griff. Süsses bekommt mir nach wie vor nicht, der Verzicht fällt mir manchmal schwer. Ich komme mit 2 Mahlzeiten am Tag gut zurecht, die sind aufgeteilt in Frühstück, ca.

10 bis 11 Uhr und Mittag-/Abendessen, ca. 17 Uhr. Somit habe ich eine einigermassen ruhige Nacht mit nur 2–3 Unterbrechungen.

Seit ein paar Monaten besuche ich regelmässig eine 92-jährige Dame, die in Wenningstedt ganz allein in einem alten Friesenhaus wohnt. Ich bin jeden Dienstag bei ihr und wir spielen »Kniffel« oder »Mensch ärgere dich nicht«. Sie spielt mich fast jedes Mal in Grund und Boden und freut sich diebisch darüber. Sie erzählt mir von früher und freut sich jedes Mal sehr, wenn ich komme. So hat sie etwas Abwechslung in den langen Tagen des Alleinseins.

Wir haben auch neue Freunde gefunden auf der Insel. Zum Beispiel die liebe Bettnachbarin aus der Klinik. Oder auch »die Nette« aus dem Café Wien. Wir haben ein paar Privatkontakte und auch mit den Hausbewohnern verstehen wir uns gut. Wir sind eine gute Gemeinschaft. Wir fühlen uns beide Zuhause und haben keine Sehnsucht nach der Schweiz. Klar fehlen uns unsere beiden Freundinnen oder mir besonders auch meine ehemalige alte Freundin, mit der ich so oft mit und ohne Hund unterwegs war sowie gute Nachbarn aus Berikon oder Bellikon. Aber wir fühlen uns wohl.

Wenn der Orthopäde meiner Freundin es erlaubt, möchten wir uns im Frühling vielleicht Fahrräder kaufen und die Insel wieder, wie früher oft, per Rad erforschen. An viele schöne Ecken kommt man mit dem Drahtesel besser hin als mit dem Auto. Auch das Frühschwimmen in der Sylter Welle würden wir gerne wieder aufnehmen. Mal sehen, was daraus wird.

Unsere kleine Hündin wird nächstes Jahr schon 9 Jahre alt. Wo sind bloss die Jahre geblieben? Sie benimmt sich nach wie vor wie ein junger Hund, tobt im Wald und buddelt im Sand. Ihr geht es prima und sie hat mir über viele schwere Stunden mit ihrem freundlichen und liebevollen Wesen und ihrem Dasein hinweggeholfen.

Ich bin sehr dankbar, dass alles so ist, wie es ist. Uns geht es gut. Wir sind angekommen.

»Wir fühlen uns geborgen im Spiel der Nordseewellen
aufgehoben im lebendigen Wind der Dünen
und behütet in der endlosen Weite des Horizonts.«

Verena Böckli

Ende

Autorenbiografie

1948 in der Schweiz geboren und aufgewachsen, arbeitete Verena Böckli nach einer kaufmännischen Lehre für eine grosse Druckerei als Texterfasserin, später jahrelang für eine Tageszeitung.

Schreiben war in früheren Jahren ein grosses Hobby, nebst Lesen, Sport und Bergwandern. Später wurden Hunde, Katzen und Pferde wichtige Begleiter.

Sie lebt heute mit ihrer Lebensgefährtin und Hund auf Sylt.